JN240035

路地裏の劣等感

長谷川　シン

目次

二〇〇七年の九月十八日の午前中、一本の電話があった。
バンドメンバーの死を報せる電話だった。

それを境に身の回りのありとあらゆる状況が一変した。その時バンドはツアー中だった。バンドとして、一個人として、やらなければならない事、考えなければならない事が怒濤のように押し寄せた。

残暑の厳しい年だった。目の前の事で必死だった。できるだけの事はやったつもりだった。周囲へも言えるだけのことは言った。

けれども想像以上に、批判や事態を疑問視する声が多く、周囲の人達に失望し、心底辟易した。最後まで「自殺」という表現を口に出来ず、薄っぺらで曖昧なありきたりな言葉を繰り返すことしかできなかったからかもしれないと思った。

CDがリリースされ、ツアー中だった現在進行形の登り調子だったバンドの周囲から、目に見えるように大勢の人達が離れて行った。無責任な憶測が誤解を呼び、下世話な興味本意からくる不審感がさらなる好奇の目を誘ったことだろう。音を立てるように信頼という言葉が崩れ去って行った。

それ以来、自分と世間との間には、まるで見えない境界線が聳えるような白けた感覚に陥った。誰かが引いた線が、いつしか今の自分には到底越えられない、果てしなく、絶対的に存在する高く分厚い壁となって眼前を阻んでいるように思った。

その日を境にあらゆる人間関係から孤立した自分。

ＣＤリリース、そしてツアーと、そんな快進撃から一転、その日を境に絶界孤島をさまようこととなった我がバンド、ロゼ・スタイル。

これは決してハッピーエンドが待つような、カッコいいバンドのサクセスストーリーなんかじゃない。結成当初からメンバーの入れ替わりも多く、どちらかと言えばアクシデントやトラブル三昧の波乱万丈なバンドライフだった。無条件に夢や希望に溢れた青春群像劇でもない。どちらかと言えば挫折と苦悩の記録だ。

これまでバンドを通して、雑誌やラジオ、ブログ等で色んな事をみんなに発信してきた。けれども、みんなの知らないロゼ・スタイルもある。みんなの知らない「俺」もたくさんある。

今回、周囲の方々の勧めもあり、この本を書くことになった。あの二〇〇七年の初秋に起きた最悪の出来事を通して、改めて今、自分やバンドのことを書き記してみる。そうすることで何より自分の中の様々な思いを整理しているようにも思う。

これが本当の「ロゼ・スタイル」。

これが本当の「自分」。

深淵の向こう側に、いつの日か新しい一歩を踏み出す光をどうか見出だせますように。

ＯＵＴ．

たとえば。

三塁ランナーが猛然とダッシュをかける。ボールは外野手から内野手へ、そしてホームベースを死守するキャッチャーへと、まるでバケツリレーのようにムダのない中継で返ってくる。

ヘッドスライディング。

渇ききったグラウンドの土が激しく抉られる音がした。ホームベースの上で交錯するランナーとキャッチャー。

アウト？ セーフ？

砂ぼこりが勢いよく立ち込め、二人を隠すかのように舞い上がった。

息を飲むスタンド、ベンチ。一瞬の静粛。

アンパイアの右手が大きく上がり勢いよく降りおろされる。

ＯＵＴ！

はっきりと宣告されたアウト。覆されることのないアウト。突き付けられたアウト。揺るぎようのないアウト。見えないアウト。消えないアウト。信じられないアウト。信じたくないアウト。

受け入れられないアウト。紛れもないアウト。完全なアウト。明白なアウト。

炎天下。目の前には立ち込める砂ぼこり。遠くに目をやれば見慣れない蜃気楼に目が眩んだ。

そしてもう、それっきり何も見えなくなった。気付いたら言葉を無くし立ち尽くしていた。

そしてもう、何も聴こえなくなった。

俯いたら秋の訪れを告げる少し冷たい風が胸に突き刺さった。

そして、
誰もいなくなった。

BURN OUT

あの日の出来事からこれまでの長い間、なんだかうまく言葉にできないままでいた感覚。OUT！と、重く大きなアウトを、一方的に突然目の前に突き付けられたような、強いて例えるとしたら、そんな感覚が近いかもしれない。

二〇〇七年の九月、残暑の厳しい晩夏のある日、突然やってきたアウト。ツアー中のバンドに有無を言わさずくだされたアウト。

あの日を境に色々な事が変わった。なにもかもめちゃめちゃになった。非情過ぎるアウトだと思った。

毎日毎日、部屋の中で膝を抱えた。うつむいて目を閉じても、窓の外は今日もまた陽が昇り、沈み、そして驚くような速さで相変わらず春夏秋冬が繰り返されていた。

カーテンの隙間からは今日もまた朝陽が射してきた。焼け焦げた太陽が、なに食わぬ顔でまた「今日」を連れてきたのか。テレビの中のニュースキャスターが、「今日も元気に行ってらっしゃい！」と笑っている。

なんだか物凄く嫌な気分になった。布団を頭まですっぽり被り、もう一度眠ることにした。


何もかもがバカバカしい。何もかもがくだらない。

気が済むまで眠っていることにした。外でそのまま陽が傾いて一日が終わってしまっても構わないと思った。世間が言うような、「喪失感」とか「虚無感」とか、そんな簡単な言葉では到底片付けられない。言い様のない重苦しい複雑な心境に包まれながら、毎日遅い時間に起き出しては、部屋の真っ白い壁をぼぉ～っと眺める。

とてつもなく非生産的で膨大な時間を垂れ流しながら毎日を過ごす事が多くなった。思いきって出かけても、どこに行くつもりだったか解らなくなってすぐに帰宅したり、ハッキリとした用件や目的地がある時でも、なんだかどうでもよくなって簡単にやめにしたり、今日じゃなくても良い理由を探しては来た道を引き返したりした。

せっかく街に繰り出しても、たまたま入った飲食店の店員の応対が悪かったとか、買う気になった服のサイズが在庫切れだったとか、そんな程度の些細なことであっても、何もかもにやる気が失せて、さっさと明るい時間に帰宅しては、人知れず東京のまん中で一人何をするでもなく白い壁をずっと見ていた。

あの日の出来事以前の自分は、毎日どんな事を思って、何を愛し何を語り、どんな生活をしていたのか。

なんだか遠い昔のような気がしたり、ついこの前のことである実感のようなものを感じたり。ぐるぐるぐるぐる考えが堂々巡りする。

そしてその繰り返し。

結局行きつくところは、泣こうが喚こうが何も変わらないし、変えることも出来ないという事実だけ。

周囲から孤立している自分。その自分は自分自身の自分の思考からも孤立していると思った。

携帯電話を変えたり、引っ越しをしたり、過去の物を多く処分したり、新しい自分に成りたいと思えば思うほど、振り切っても振り切れない陰鬱な気持ちが全身にまとわりついていることに気付く。

そんな日々が続いているというゆるぎない事実。そしてこの自分自身がまさにその渦中にいる当事者であるという確固たる事実をとてつもなく恐ろしいことだと思った。

二〇〇七年九月十七日

二〇〇七年九月十七日。

その日は結局、ベースのセイがスタジオに現れることはなかった。

九月とはいえ、残暑の厳しい毎日が続いていた。

その年の七月に発売されたオムニバスCD、(「赤いギター」収録)に参加していたロゼ・スタイルはこの夏、五都市・全七公演の予定でツアーを展開している真っ最中だった。ツアーとして、決して規模の大きいものではないが、その分、全ての会場でまったく別のセットリストでの、各地それぞれ違った趣向を凝らしたライヴをやる挑戦的な計画で、ツアーの合間にも時間を見つけては頻繁にスタジオに入り、メンバー一丸となりステージの演出を固めていく作業を続けていた。

その頃、各地でのライヴ以外にもラジオの生放送出演や誌面への掲載情報の提出やその他諸々関係各所とのやり取り等々、やらなければならない事は次から次へと山のようにあり、時間のやりくりやメンバー個々の体力等、どれもギリギリのところで、なんとかメンバー全員でその時期の過密スケジュールと向き合っていた。


セイは無断でスケジュールに穴をあけるようなタイプではなかったし、その日のスタジオでも、みんな始めは「今日はあいつ来るの遅いなぁ」という程度で、メンバーそれぞれサウンドチェックをしたり、機材の手入れをしたりしながら、ごく普通に遅刻してくるメンバーを待っているというような感じで、ありふれたスタジオ作業の一日の始まりという雰囲気だった。

けれども、三十分経ち、一時間経ち、二時間が経過し、結局セイが来ないまま、その日は終了した。何度もセイの携帯電話に連絡を入れたが繋がらず、まったく状況が解らなかった。

単純に思い浮かぶ事案として、昼寝でもして寝過ごしてしまっているのか、スタジオに向かう道中で何らかのトラブルがあったのか、はたまた、なにかしらの意思表示のつもりで本人が意図的にスタジオ作業をボイコットしたのか、というあたりは容易に頭に浮かんだが、結局のところ想像は想像でしかなく、その日はスタジオ作業の後、セイ以外の三人で諸々と軽く打ち合わせをして、全員どうにもすっきりしない表情のまま、ひとまずその場は散会とした。

個人的には、ツアー中の高揚した気分に水をさされた形となり、物凄くイライラした。ドラムのキヨに、「ちゃんと連絡して解決しといてよ!」と言い捨ててスタジオを出た。


帰り道、物凄く顔が熱かったことを覚えている。

「なんや、こんな時に」

セイがスタジオに来なかった理由が全く見当たらず頭の中が混乱した。


湿気が全身にまとわりつく。残暑の厳しい九月の夜だった。

二〇〇七年九月十八日

この日も暑い日だった。

前日のスタジオにセイが来なかった。セイからはなんの音沙汰もない。すでに七月には、参加していたオムニバスＣＤが発売され、ツアーが始まっていた。この大事な時期に。なんだかほんとに胸クソが悪い。

正午前、蒸し暑い駅のホームを歩いていて、何気なくポケットの携帯電話を取り出すと、着信があった事を報せる表示が出ていた。ちょっと前にも取り出していじっていたのに、ほんの少しの気付かない間にかかってきていたようだった。その後起きる出来事など、夢にも思わず、「タイミング悪いなぁ」などと、呑気な事を考えていた。すぐに騒々しい駅を抜け、地上へと急いだ。電話の相手はドラムのキヨ。

この頃バンドは参加したオムニバスＣＤが発売された直後で、バンドとしてのツアーもスタートし、ロゼ・スタイルのスケジュールは多忙を極めていた。

バンド内では、活動を展開していくにあたって、メンバーそれぞれ自然と役割分担のようなものがあった。結成当初からのメンバーであるキヨにも多くの案件を引き受けてもらっていて、ましてやツアーもスタートし、忙しい毎日だっただろう。そんな状況もあり、日頃の連絡はメールで簡単に、というのが慣例になっていた。

けれどもこの日の連絡は電話。当然、前夜スタジオにセイが来なかった件についてだろうなと思った。単純になんとなく早くキヨと話したいと思った。コンビニエンスストアの前の街路樹の下で、キヨに電話をかけ直した。

「昨日あの後（スタジオから帰った後）、どうなったん？」と昨夜スタジオにセイが来なかった件について少し話した。


そしてキヨから、「セイが亡くなった」という事実を告げられる。


前日にスタジオに来なかったセイに、キヨは何度も連絡をしていた。

それで、「何度もセイに電話をかけていた」キヨに、セイのご家族から電話があったそうだ。


コンビニの前の白っぽい街路樹をじっと見たまま、なんだか訳が解らなくなった。

お通夜や告別式の日程や時間、会場への行き方など、目下必要な内容をキヨが教えてくれた。

けれども電話を切ったとたんに何もかも解らなくなった。結局その後すぐに「混乱して全部解らなくなった。電話だとまた解らなくなりそうだからメールに必要な事を書いて、もう一回全部教えてほしい。」とキヨにメールをした。

何が何だか全く解らないまま、「着替えるため」だけに、その場から予定外の帰宅をした。動転しているような、冷静なような、ふわふわしているような、重苦しいような、感じたことのない、言い様のない気分で、しばし電車に揺られた。

帰宅し、出かける時に持っていったオニギリをテーブルの上においた。持って出かけたオニギリを食べることなく持ちかえってきたという事実が、いかに非常事態であるかということを、物言わぬオニギリが、強烈なまでに主張しているように見えた。

時間は正午を過ぎ、いっそう蒸し暑さを増した。拭っても拭っても汗が顔にまとわりつく。本当に嫌な汗だった。部屋の真ん中で仰向けに寝転がった。訳が解らない。

「なんやこれ」

自問自答。

気紛れに、ＣＤコンポのスイッチをいれた。

そんな時に限って、悲しい曲が流れた。

二〇〇七年九月十八日（二）

夕方になり、ドラムのキヨがあらかじめメールで報せてくれていたメモを頼りにバスと電車を乗り継ぎ、まだ西日の強い街を斎場へと向かう。斎場への最寄り駅でメンバーと集合した。キヨが先に着いて待っていてくれた。

「おう。」とだけ、キヨが言った。

「どういうことなん？」

と思わず口をついた。無意識に言葉が出るとはこういう時の事をいうのだ、と今改めて当時の事を振り返りながら、書きながら、思っている。そしてその後キヨとどんなふうに会話したのかよく覚えていない。

そして、すぐにボーカルのサオリも到着。

これも今書いていて、例えば実はサオリがかなり遅れて来て長い時間、キヨと二人で待っていたのではないかな？

とか、きっとあの時サオリは確かすぐに来たと思うけれども、なんだかその日その時の記憶がひどく不確かなものに思えてきて仕方ない。その日過ごした時間とか、見えていた景色とか、とても鮮明に強烈に覚えている瞬間と、ひどく曖昧だったり、記憶から抜け落ちていたりする瞬間とが混在していることに今改めて気付く。

前夜に普段通りスタジオで顔を合わせていたメンバーと、まだ丸一日も経たないうちにこんな場所で、こんな黒のネクタイ姿で、こんな気持ちで集合することになろうとは、夢にも思わなかった。想像できるはずもなかった。

キヨがサオリに「大丈夫か？」と尋ねていた。

「うん」とだけサオリが答え、三人で斎場へと歩いた。

陽が落ち、少し風が出てきた。

ゆるやかな登り坂を、その風に逆らうかのように三人で何を話すでもなく歩いた。ひどく重い足取りで、着なれない喪衣を纏った三人が歩く。たいして強くない向かい風がなんだかものすごく鬱陶しく感じられた。車道を行き交う車のヘッドライトがひどく眩しく感じられた。

なんだか少しイライラした。

たぶん何とも言えない血色の悪そうな青白い暗く引きつった顔をして歩いていたことだろう。

誰にも見られたくなかった。誰にも知られたくなかった。そしてそれは誰も知らない。

三人だけが知る時間。三人だけが共有した時間。三人だけで耐えた時間。三人だけの最悪の記憶。

二〇〇七年九月十八日(三)

お通夜からの帰り道、関係者やセイと親交のあったバンド仲間をはじめ、多くの人達に電話やメールをした。深夜にも関わらず、突然の訃報を知り、連絡をくれた人達が大勢いた。

タクシーに乗ってからも携帯電話の着信が続き、帰宅後も遅くまで着信音が鳴り続いた。自分には、一人きりになって突然のセイの死を悼み、なぜ?どうして?と自問自答する時間さえ与えられないのかと、哀しみや辛さに加え、茫然とした現実味のない感覚が全身に覆い被さってきて混乱した。

そんな中、訃報を聞きつけ連絡をくれた人達やコールバックをくれた一人一人に、翌日の告別式の会場や時間などを判で押したように、応対をし続けている自分を、冷静なもう一人の自分が見ているようなへんな気分に陥った。

自分はまるでピエロだと思った。

目の前の受け入れ難い現実、信じられない現実、そして内心とても混乱している自分。逃げ出したい。投げ出したい。

けれどもそんな現実から逃避したい自分を、バンドのリーダーとしての役割を果たさなければという義務感にも似た裏腹な思いが、無意識のまま、それでいて強迫的なまでにその時の自分を突き動かし、決壊寸前の理性を繋ぎ留めていたのかもしれない。つとめて毅然とした態度で周囲との事務的な連絡を繰り返す自分を、青白い顔で憔悴しきったもう一人の自分が見ていた。

突然のバンドメンバーの死に、自分自身、言葉では言い表せないほど混乱していたが、深夜、この周囲とのやり取りが続く中で、次々に届くメールの文面に対して、ある違和感のようなものが少しずつ、けれども確かに感じるそのストレスにも似たその感情を冷静なまでに感じとっている自分がいた。

まず、大きな傾向として、メールで連絡をした人達の中で、間髪入れずに早い段階で返信をしてくれた人ほど、非常識なものや冷たいもの、腹立たしいものが多かった。その文面や行間が発するその人の人柄や事態に対する見解がこうも薄っぺらいものかと愕然とした。

仮にも、人が亡くなっているという報告をしているのに対し、「了解です！」とか、「ありゃ、そりゃ残念」とか、「バイトあるんで、明日行けません」とか、これじゃあまるで飲み会の幹事に出欠を知らせる返信メールじゃないか！と、腹立たしいやら悲しいやら。

残暑からの疲れに加え、諸々の心労もあり、何かしら反論する余力もなく、これには一人唖然とするほかなかった。

他にも、「これからどうするつもり？」等と暗に批判的なものや、「事実はもう変わらないんだから、頑張って生きていってください。」と、もはや過去の出来事として扱われているようだった。「どのみち人はいつか死ぬんだから、まぁそれが今回だったってだけだよ。」と訳知り顔で悟ったようなことを無責任に言う人までいた。


もちろん、一口に「人が亡くなった」と言っても、感じ方は人それぞれであるというのは解るし、故人との間柄や関係の深浅にもよると思う。

例えば、子供の頃に学校で「今日は、○○さんはご家庭で不幸があり欠席（忌引き）です。」と先生が言っても、たぶんみんなさほど衝撃を受けるでもなく、いつも通りの一日を過ごしたと思う。

それは、みんなその○○さん家の亡くなったご家族の事を知らなかったり会ったこともなかったりするから、子供なりにも実感が湧かないからということであって、冷たいとか無関心ということではないということが解る。

だから、ちゃんと大人になれば、人が一人亡くなるという事の重大性や、残された人達の心のうちなども理解することができるようになり、少々付き合いの薄い人や、普段は日常的には接点のあまりない人にでも、仮にも不幸が起きてしまった場合には「御愁傷様です。」とか「お悔やみ申し上げます。」、「ご冥福をお祈りします。」というようなことを自然に言うことができるようになる。

それが、律儀に即刻メールを返信してきた人に限って、同情の欠片もない、あまりに内容の無いレスポンスばかりで目を疑った。

昔、テレビドラマの有名なセリフで「同情するなら金をくれ！」なんていうのがあったけど、その日そのあまりにクソ過ぎるメールを読んで、「いやいや、せめてうわべだけでもいいから同情ぐらいしてくれ！」と本気で思った。

ひと通り連絡が済むと、かなり深い時間になっていた。熱くなった携帯電話を充電器に差し込んだ。

本当に色々なことが止めどなく頭を駆け巡った。体力的な疲労を余所に、頭が冴えてしょうがなかった。朝になったら告別式に行くために、そのための体力と気力のためだけに、その義務感と使命感だけを自分に言い聞かせ、ふとんに入り横になったが、とてもじゃないが眠れそうにない。

今日の朝起きた時には、まさかこんな一日になるとは思ってもみなかった。キヨからの電話でセイの死を知るまでは、まさかこんな激動の一日を過ごすことになるとは想像も出来なかった。何もかもが唐突で、一方的で、絶対的で、そして衝撃的だった。いつもと変わらない何気ない一日になるはずだった。そんな毎日が続くと思っていた。そんな毎日が途絶えるとは思ってもみなかった。

でも違った。

「日常」ではない、「非日常」が自分の身に起きている事実を自分自身どう解釈すればいいのか解らなかった。

これまでのままじゃいられない。

これから先、身の回りの様々なことが変わってしまうことを想像した。

あらゆることが止まるんだ。

涙だけが止まらなかった。

二〇〇七年九月十九日

無情にも陽は昇り、世の中は九月十九日の朝をむかえた。

心身の消耗と疲弊を実感しながらも、どこか張り詰めた緊張感を保ったような、これまで感じたことのない感情は、今回の出来事がやはり夢でも幻でもなく、紛れもない現実なのだということを自分自身に突き付けているかのようにも感じられた。

冷たい水で顔を洗った。鏡に映る自分の顔はひどく疲れた、むくんだ顔をしている。光が失せた瞳とはこういうことを言うのだと、その時初めて思い知った。

腰を下ろし、一昨日の九月十七日に自分はいつも通りスタジオに行ったこと、そしてその日は本来リハーサルが終了する時間を過ぎてもベースのセイが姿を現さなかったこと、連絡もとれず、ツアー中の高揚した気持ちに水を射された気分になりイライラしながら帰ったこと、もしかしたらセイが何かとんでもないアクシデントにでも遭ったのではないかと、やきもきしながら夜を過ごしたこと、そして翌十八日のお昼前にドラムのキヨからの電話でセイの死を知ったこと、それから何が何だか訳が解らないままお通夜に行ったこと。

そしてあっという間に今日九月十九日の朝、この瞬間に至るまでの数日間の出来事を何度も何度も頭の中で反芻していた。

メンバー三人には前夜、斎場でのお通夜でセイのご遺族や関係者から直接、様々な事実を時系列で詳しく知らされることとなった。

十七日の早朝、変わり果てた姿で発見されたセイ。

結果的には、十七日にスタジオでいつまでも到着しないセイをメンバー三人で待っている頃、すでにセイは息絶えていたというその事実は、傷付き鋭気を失ったメンバーの心をどこまでも深く容赦なく抉った。

そして何よりセイが自らの意志で、命を絶ち、たった一人、天への旅立ちを急いたという悲劇的な事実が、残ったメンバー三人を、そしてその場に居合わせた関係者を何もかもが粉々に砕け散ってしまうのではないかと思えるほどにめちゃめちゃに打ちのめした。

十七日に、三人がスタジオで、「遅いなぁ、何やっとるんや。」と、苛立ちを募らせていた頃、ご遺族は混乱の中、哀しみや辛さに浸る隙もなく、翌日からのお通夜や葬儀に向けての調整や手配に翻弄され怒濤のような時間を過ごしていたことは容易に想像することができた。

セイが愛してやまなかったロックに関わる端くれとして、残された自分達三人も、ありのままのロゼ・スタイルとして、セイの旅立ちをバンドマンらしく送ってあげなければと強く思った。

自分は、今何をすべきなのか。

自分には、今何ができるのか。

それは途方のない、空気を掴むような実感のない自問自答に思えて無力感に苛まれた。


九月十九日の朝、喪服に着替え黒のネクタイを絞め、果たして自分はそのあといったいどうやって、どこを通って、どう斎場に向かったのか。今なおこの原稿を書いていても完全に記憶から欠落しているということに改めて気付かされている。

二〇〇七年九月十九日（二）

斎場の二階。昨日の夕方、何が何だか訳が解らないままで、混乱したままメンバーと共に駆けつけたこの場所にまた戻ってきた。自分が自分じゃないみたいな、なんともいえない変な気分だ。地に足が付かず、ふわふわと浮いているようだった。

これからここで、セイと最後の別れを、だなんてこの期に及んでもまだ実感がないまま、時計の針だけが確実にその時へと無情に時間を刻み続けていた。

斎場へと駆けつけてくれた、セイと交流のあったバンド仲間や先輩や後輩たちを受付へと案内した。皆、口々に「何があったの?」、「大変だったね。」、「メンバーのみんなは大丈夫?」と、エレベーターを降り受付へと向かう僅かな時間にも気遣いの言葉をくれた。

前述の通り、昨夜はかなり遅くまで様々な立場の人達と電話やメールで今回の訃報についてのやり取りや連絡をしたが、想像以上に批判的で冷ややかな反応があった事は正直予想外、想定外であり、心底疲弊してしまっていた。

そんな中こうして、それぞれ多忙な中を駆けつけてくれた人達が居てくれたことは、荒れ果て、枯れ果てた傷心に幾ばくかの正気を取り戻させてくれた。

ただただ、「忙しい中、来てくれてありがとう。」、「(昨夜) 夜中にお騒がせしてしまってすみませんね。」、「俺も何が何だか訳が解らなくて。」と、なんとも月並みな薄っぺらい受け答えしかできないまま時間だけが流れた。

祭壇の遺影の下には、セイがステージやレコーディングで毎日のように使い続けてきたベースギターが並べられている。

たくさんの花と共にお気に入りだったステージ衣装も所狭しと飾られていた。

そんな祭壇の中央に置かれた棺に、セイがひっそりと横たわっているという事実がどうしても受け入れられなかった。

亡くなった当日にセイのCDプレイヤーにセットされていた、有名なパンクバンドの曲が流され、その場にいるすべての人達がセイの死を悼み、なぜ?どうして?と答えのない自問自答に苛まれ、涙にくれた。

目の前で、すべての物事、何もかもが事務的にに進められていく。

別れを惜しんでいる隙すらもないのかと、絶望的な気持ちになった。

読経が終わり、焼香が始まる。

ご遺族は最後の一人が終えるまで長い時間、すべてを見守って下さっていた。

ある後輩が斎場に飛び込んできた。

急な訃報を知って、残暑の陽射しが照りつける中を着の身着のままで駆けつけてくれたのだそうだ。汗だくになりながら肩で息をしていた。

何度も何度も「こんな時にこんな格好ですみません。」と繰り返していた彼。

それほどまでして駆けつけてくれた彼のセイを悼む気持ちに、そして何よりそんな掛けがえのない多くの仲間たちに慕われ愛されたセイの生前の姿を思い、会場にいた誰もが渇れることのない涙を流し続けた。

二〇〇七年九月十九日（三）

出棺の時が近づいていた。

トレードマークの金髪もいつも通りきれいにセットされたセイが静かに横たわる棺を、ご遺族や様々な関係者、そしてたくさんのバンド仲間が囲んだ。たくさんの花や思い出の品の数々、そしてセイが愛用していた品々が皆の手によって納められた。

あっという間の出来事のようでもあり、すごく長い時間のようにも感じられた。

皆が最後の別れを惜しむ中、棺の前で呆然と立ち尽くしてしまった自分の背中をそっと叩く手があった。

多忙な中、遠くから駆けつけてくれたPIXIE ROUGE（ピクシールージュ）というバンドのメンバーだった。

振り返ると、なんとも言えない表情で、「もっと（故人を）見てあげたら。」と一言だけ声を掛けてくれて背中を押してくれた。

それまで表面張力のように保たれていた、張り詰めた感情が一気に溢れ出した。

リミッターが完全に外れた。

古くからの親友であり、互いにそれぞれのバンド活動を長年続けてきた戦友のような存在である彼のさりげない気遣いに、なんだか無条件に一瞬ほっとしたような、不思議な感情でもあった。

前日から混乱しっぱなしだった自分に、そんなさりげない気遣いを見せてくれた仲間にまた涙が止まらなくなった。

昨夜は遅くまでたくさんの人達と連絡をとりあっていたが、実際、先にも述べたように心ないリアクションをする人達がいた。他にも不躾でデリカシーの欠片もない興味本意な問い合わせがいくつもあり、そんな世間の現実に心底疲れ果てていたから尚更だった。

批判的で薄情な人達がいた半面、彼をはじめとして他にもセイの死を知り、すべてを差し置いて駆けつけてくれた人達がいたことは荒廃した自分の心に本当に救いとなってくれた。

日頃はそれぞれのライヴの会場や打ち上げ等で、あるいはプライベートでも顔を会わせていた仲間達。

ライヴ後の打ち上げともなれば、皆、思い思いに酒を酌み交わし、それぞれの夢や生き方の信念を語り、互いに音楽へ懸ける思いをぶつけ合い、ロックという土俵でしのぎを削ってきたそんな同志達ばかりだ。

そんな人達とこんな場所で喪衣に身を包み、パンクバンドの曲が流される会場ですすり泣きをしながら一同に会することになるだなんて、と本当に不思議な気持ちだった。

そして、ついに出棺の時がきてしまった。

より一層大きな音で、セイが大好きだったパンクバンドの曲が流された。

おぼつかない足取りで、いま階段を降りている自分が、なんだか自分じゃないみたいに思えた。

斎場の一階に横付けされた霊柩車に、ご遺族や関係者、そして親しいバンド仲間が棺を支え、ゆっくりと運び入れた。

ずっしりと重みを感じる棺。

皆、押し黙ったまま、その棺に手を添えて、永遠の別れがもうそこまで迫っているという事実を突き付けられた。これまで感じた事のない感情の波が激しく渦巻いて全身に押し寄せてくる。放心しそうになるのがとても怖かった。


霊柩車の扉が閉められた。

目の前にある黒い扉しか見えなくなった。

目の前が真っ暗になった。

心臓が激しく打っていて、それでいて心は静粛だった。

弔問に駆けつけてくれた知人や後輩達の言葉に応えるものの、誰に何をどう話しているのか、もはや解らなかった。口が勝手に喋っているとさえ思った。自分の足で立っている事すら、なんだかもう現実味のないことだった。

そんな状態を見かねてか、またPIXIE ROUGEのメンバーが、そっと声を掛けてくれたが、もう何が何だか訳が解らなかった。自分がこうして曲がりなりにも、公の場で何とか立ち振る舞えているというのは、そうした周囲の気遣いや支えによってのみ保たれているということだけは、なんとなく実感することができた。後ろからそっと仲間が見守ってくれているという安心感でのみ理性が保たれていたと思う。

公衆の面前で仰向けにひっくり返り、のたうち回って喚き散らす、聞き分けのない子供のような姿で醜態をさらさずに済んだのは、そんな仲間達のおかげだった。

その日の午後には荼毘に付され、今世に永遠の別れを告げたセイは、ご遺族の胸に抱かれ、そして少年時代を過ごした郷里へと還って行った。

二〇〇七年九月十九日（四）

あまりのあっけなさに、何だか呆然とした。

もう何もかも終わってしまった、と無力感と脱力感に襲われ、これから先どうしたらいいのか、どう生きていったらいいのか、自分は一体何をすべきなのか、自分は一体誰に何を話すべきなのか、そんなような事を何となく考えていたと思う。

帰り道、弔問に駆けつけてくれた知人が、きっと本人なりには気を遣ってのことだったのかもしれないが、急に笑いを欲すような世間話を始め、早く一人になりたいなと強烈に思った。ただ、早く一人になりたいと思う反面、まっすぐ部屋に帰るのを無意識のうちに避けている自分の気持ちをかすかに感じていた。


当時、毎月のように出演していたライヴハウスの事務所に自然に足が向かった。交差点で信号待ちをしている時、角のガラス張りのコーヒーショップの窓際の席で談笑する女性達の姿が目に入った。大きい口を開けて、手を叩き大笑いしている。みんな笑いあって突つきあって楽しそうに盛り上がっていた。

今日がいったい何曜日で、今何時頃なのか、その時の自分にはその程度の考えすらも頭に思い巡らせる余裕がなかった。今日も世間はいつも通りのなんてことのない、ごくありふれた日常の中の時間が当たり前のように流れている、ということだけは理解できた。

喪衣を纏い、黒のネクタイをして、肩を落として信号待ちをする自分の姿がそのガラス窓に映っていることが、惨めな気分を強烈に増幅させた。

信号が青に変わり、一目散にライヴハウスに向かった。

もう何十回、何百回と登り降りしたであろう、その地下へと降りるライヴハウスの階段を今日こんな喪衣姿で降りている自分の状況が、自分で自分を理解できなくさせていた。

階段の両脇には、そこに出演する数々のバンドや歌手のポスターやチラシが所狭しと貼られ、そしてもちろんその中にはこの夏のCD発売のツアーを告知する自分達ロゼ・スタイルのフライヤーもでかでかと掲げられている。目に映る何もかもが、今まで通りのいつも通りの見慣れた光景なはずなのに。

自分はもうついこの前までの自分とは全く違う異次元を、ふらふらと当てもなく歩いている捨て猫のようなものに思えた。

階段を降りきり、重い扉を押し、まだ開店前の静けさの漂う薄暗い店内に入る。

ロゼ・スタイルがバンドとして活動を始めた初期の頃から、いつもメンバーの個性を理解し、長年に渡り、惜しむことなく活動の後押しをして、バンドとしてステップアップしていくための機会を与えてくれていたお店だ。

その日その時、いったい何を話したくて、何を言ってもらいたくて、その場に足を運んだのか今となっては思い出せないが、その時は本気で藁をも掴む思いでその薄暗い階段を降りたと思う。

すでにライヴハウスのスタッフの方々には、セイが亡くなった諸々の情報が共有されており、すぐに事務所に通され、挨拶もそこそこに機転を利かせ、すぐに椅子を用意してくれてとにかくまずは座ってくださいと気遣いを見せてくれた。

顔馴染みのスタッフ達が、何度も何度も「ほんとに大変でしたね。」、「自分の身体も労って下さい。」と気遣ってくれた。

自分が十代でロゼ・スタイルを始めた当初からの付き合いである、そこで代表を務めるスタッフも多忙な中、外出先から戻ってすぐに応対してくれた。


しばらく二人で色々な事を話した。

今後の事なども含め、話しておくべきことや、相談しておきたいこと等、ひと通りその時点で話できることを色々とお話した。一見、こんな時に?と思ってしまいそうなごく普通の業務連絡的な話題のほうが、むしろ自分の普段通りの感覚を呼び起こしてくれるような感じがして、不思議と幾分か正気を取り戻すことができた。

極限の精神状態の中、こうして駆け込む場があった事は自暴自棄になりそうな自分を確実に救ってくれた。

捨て猫のように、さ迷い逃げ込んできて、ぼろ切れのように座る自分を、こうして迎えてくれた人達がいたことに本当に救われた。

その日どうやって帰宅して、その夜どう過ごしていたのか、全く覚えていない。

けれど、そこでのスタッフの方々と過ごさせたてもらった時間だけは鮮明に記憶に焼き付いている。

二〇〇七年九月二十日

その頃、ひっきりなしに連絡が入る携帯電話がうっとうしくてイライラしていた。セイの突然の死に対して向き合っている時間すらも無い状況に苛立った。

「自分自身」を保つ事で精一杯だった。この数日の間、こちらから連絡を入れたものに対するコールバックも含め、物凄い数の着信があった。お通夜の最中にも、まだセイの死を知らない、あるラジオ番組のスタッフからしつこく電話がかかってきた。まさかメンバーが亡くなりお通夜の真っ最中だとは知らずに、という訳だが、そうでなくても誰でも電話に出られないタイミングがある事ぐらい簡単に想像出来そうなものだ。

とにかく何度も何度も連続してかなり長く鳴らしてくる。仮にもこちらはバンドメンバーなのだから、スタジオで音を出しているような時なら着信にすら気が付かないだろうし、ライヴでステージに上がっている時なら携帯電話自体、身に付けてすらいないはずで、他にも多々電話に出られないタイミングがあることは容易に想像つくだろうに。

全く無名の自分達を思い切りよく抜擢してくれた番組で、信頼もあっただけに自分の都合だけでしつこくかけ直してくる担当者の姿を想像して、何だか物凄い勢いで熱いものが冷めていくのを強烈に感じた。

当時、ツアー中だったのでセイの死の翌週にもすぐに各地でのライヴのスケジュールが何本も控えていたし、週明けにはラジオ番組への出演が決まっていて、しかも週間レギュラーのような感じで、四日間の生放送の予定が入っていた。残されたメンバー三人で考えなければならないことが怒濤のように押し寄せた。

各地でのライヴ出演をどうするのか。そもそもベーシストのセイが居なくなった状況でライヴが行えるのか。ラジオ番組へは予定通り出演するのか、もしくはキャンセルするのか。はたして、突然にメンバーを喪った今のメンバー三人の精神状態でラジオの生出演が務まるのか。いや、生放送だからこそキャンセルする訳にもいかない。

各地でライヴに来てくれるお客さんに、セイの死をどう伝えたらいいのか。本来楽しい内容の番組のはずだったラジオの生放送で、セイの死の報告をどのようにすべきなのか。日頃から応援してくれている人達や、様々な角度で関わりのある人達、そしていつも活動に携わってくれているたくさんの関係者にどう伝えたらいいのか。

誰も教えてはくれない。誰も助けてはくれない。何を信じるべきか。誰を信じるべきか。何をするべきか。悩みに悩んだ。

ただ、突然にメンバーを喪った哀しみや辛さに負けないくらい、確固たる感情が沸々と沸き上がってくる自分に気付いていた。前述の通り、バンドメンバーの突然の死というものを、スキャンダラスな不祥事として批判的に捉え、すでに心身ともに疲弊し憔悴しきった自分達に、さらなる好奇の目を向け容赦なく冷やかすような事を言う人達が許せないと思った。そんな人達への反発心だけが、本当なら何もかも投げ出して逃げ出したい自分を奮い立たせ、生きさせていた。

二〇〇七年九月二十日（二）

とあるバンド仲間の後輩からメールがあった。

ベーシストである彼は、「今回は大変でしたね。何も出来ないですけど、ベースぐらいだったら弾きますよ。」と、短いメールをくれた。

その中に凝縮された気遣いが、すごく伝わってきて、この時期、最も救われたと思えた出来事だった。

バンドとして様々な調整を続けていたけれど、各地でのライヴの日程も迫り、さすがにこれだけ急に代役を立てることが最大の困難になりつつあった、絶体絶命の窮地を救ってくれたメールだった。

突然メンバーを喪った自分達に、心無い視線を向ける周囲への反発心もあり、どうしても全てのスケジュールをキャンセルすることなく走破したいと思っていたので、その後輩からの率直な申し出に有り難く甘えさせてもらうことにした。

彼とは過去に一緒に音を出した経験もあり、ロゼ・スタイルというバンドで出すべき音をすでに理解してくれていた。

すでに押さえてあったスタジオ（本来ならセイと入るはずだった）に、さっそく来てもらい、その後輩を交えメンバー全員で音を出した。残りのツアー日程を乗り切るための即席の代打メンバーとして精一杯、惜しみ無く力を貸してくれた。

その頃にはバンドのホームページでも、突然のセイの死を報せる記事を掲載していたため、それを読んだ人達からの連絡も加わり、相変わらず頻繁に携帯電話が鳴り、たくさんメールも届いていた。

セイの死を悼み、残されたメンバーを気遣い、労ってくれるような優しいメールに混じって、やはり批判的で持論を押し付けるような無責任でデリカシーの無いメールも後を断たなかったが、すでに機転を利かせ自ら協力を申し出てくれた後輩のおかげで、残されたライヴスケジュールも全て予定通り行える事が決まり、それに向けて様々な物事が動きだしていたロゼ・スタイルには、もう恐れるものは何もなかった。

ツアー日程の最終日まで、何事も無かったかのように走り抜けてやる。

「見とけよ、クソ野郎ども。」

口を衝いて出る言葉も、頭の中を駆け巡る想いも、それ以外に無かった。

残されたメンバー三人、言い様のない負の感情だけが原動力となって、スタジオでいつも通りに音を出した。

混乱と日常の狭間で

当時、日にちや時間の感覚は完全に麻痺していた。何が何だか訳が解らないまま、目の前の事に食らい付いていくしかなかった。

改めて整理してみると、九月十七日はスタジオにセイが現れなかった（結果的にすでに亡くなっていて、来るはずのない人を待っていたのだ）。

そして十八日のお昼前にドラムのキヨからの電話でセイが亡くなっていた事を知らされる（その夜、お通夜）。

十九日、告別式。

二十日には、心身とも疲労がピークに達する中、急遽代役を引き受けてくれた後輩ベーシストとスタジオに入った。

二十一日は、セイのご遺族と共に、セイが住んでいたマンションの整理に立ち合わせていただいた。

そして、翌二十二日からは全て当初からのスケジュール通り、各地でのライヴやラジオ番組への生出演のため連日全国を奔走した。

ラジオの生放送では、スタッフとの打ち合わせの時点で、なんとも言い様のない空気だった。メンバーを亡くしたばかりのバンドに、どう接すれば良いのか、スタッフの誰もが困惑していたのだと思う。

普段、ロゼ・スタイルのライヴは、ＭＣ（ライヴ中のトーク）をほとんど挟まず、ほぼノンストップの構成で展開していたため、その分ラジオ出演の際や情報誌等でのインタビューでは、より様々な角度からロゼ・スタイルの事を知ってもらおうと、メンバー各々ここぞとばかりにトークを展開し、そのギャップがリスナーや関係者から好評を得ることも多く、個人的にもその番組の出演を楽しみにしていた。

予定通り出演するとなったからには、もう大いに開き直って、いつも以上に楽しい番組になるように全力でトークしようと心に決めていた。

打ち合わせの途中、番組パーソナリティーの女性が、「昨日階段から落ちてケガをしてしまった」と言って、本当にアザだらけで登場し、その姿を見て皆が笑った。

その場の空気が一気に和んだ気がした。

「そんな、体を張ってウケ狙ったって（ラジオなので映像はないため）、絵がないのだからムダだよ！」と、みんな冗談を言って笑いあった。

そうして、各地でのライヴの合間を抜って無事予定通りに全てのラジオ出演を果たした。そんな混乱と喧騒の毎日の中、九月二十九日には、ボーカルのサオリが一つ歳を重ねた。

その日の渋谷でのライヴの後、皆で小さなケーキを囲んで、サオリに「オメデトウ！」を言った。

セイが亡くなってからというもの、周囲への反発心だけを気力のつっかえ棒にして、どうにかこうにか自分たちを奮い立たせながら、この数日間の活動をスケジュール通りに、半ば意地になって続行してきた中で、やはりみんなが心のどこかで、楽しい事や心安らぐ瞬間を潜在的に欲していたのかもしれないと思った。

同時に、突然にセイが亡くなってしまったあの日から、はや二週間近くもの時間が経っているのだという事実が、どうにも実感として認識できないでいた。

何も変わっていない世の中、いつも通りにステージに上がっている自分、けれど生きている実感が全く無かった。

SOLD OUT

九月三十日。

ツアー最終日。セイが突然にこの世を去ってからこの日までの間、バンドとして全てのスケジュールを何一つキャンセルすることなく走破できたことは奇跡のように思えた。

セイが亡くなってからというもの、傷口に塩を塗るような、情け容赦ない外野からの批判や中傷に、正直ショックを受けたし、それまで友好的で前向きな親交のあった人達からも一瞬にして手のひらを返されるようなことが続き、世間の現実というものをこれでもかというぐらいに思い知らされた。


残されたメンバー三人で、混乱の中、本当に色んな事を話し合った。

特に、セイの死後に残ったツアースケジュールをどうするのかという点については、時間がない中、深夜まで慎重に議論を重ねた。やってもやらなくても周囲に叩かれるなら、キャンセルなんてせずに当初からの予定通りにやったほうがいい、そんな方向に気持ちが向いた時、自らを代役にと申し出てくれた後輩の存在があり、ツアー続行が叶ったわけだ。

その頃、バンドのホームページに掲載していた、セイの死を報せる記事に対しても、その一言一句に対してまで、細かく疑問や持論を投げ掛けてくる人達の存在は、バンドとしても一個人としても、さらなる反発心や反骨精神を激しく掻き立てられた。

例えば、バンドとして、周囲への精一杯の配慮として、セイの死について掲載した文面の中に「自殺」と言う表現をあえて避けた判断についても、不明瞭で曖昧である点について批判が寄せられた。

「そういうのはロックじゃない！」とか、「そんな（稚拙で中途半端な）コメントなら、公表自体しないほうがマシ。」といったような、騒ぎに便乗して自分の冷静さや、その振る舞いを誇示したいような、こちらからしてみれば、何の足しにもならない、ただただうっとうしいと感じるようなものばかりだった。

もしもその時、残っていたツアースケジュールを延期したり、中止にしていたりしたら、さらなる誹謗中傷が一体どれぐらい寄せられたかと思うと、未だに想像するだけでゾッとする思いだ。だからこそ猛烈なまでに、ライヴも全てなに食わぬ顔で予定通りに行い、何一つ後ろめたいことのない自分自身で在りたかったのだ。

ツアー最終日も、つとめていつも通りの普段通りのスタンスでライヴ当日としての一日を過ごした。サウンドチェック、リハーサルを済ませ、会場のスタッフと打ち合わせをした。

前売りチケットの予約枚数が予想以上に伸びていた。数時間後に開場したら満員になる会場の様子を想像して、素直に嬉しい気持ちになった。会場の収容能力等の関係も含め、当日券は出さないということに決まった。

もちろん、純粋に急遽ライヴに足を運んで下さった方々が会場に入れないということに対する懸念はあったが、セイの死後、バンドに対しても、メンバー各々に対しても、散々批判や中傷を繰り返してきた類いの人達や、今回の騒動に対して興味本意で会場を覗きたいような人達が入場出来ない事は、はっきり言ってむしろ好都合な事に思えた。

ライヴハウスの入口に、

「SOLD OUT」

「当日券の発売はありません。」と大きく貼り出された。

SOLD OUT（二）

ツアー最終日のライヴをなんとか無事に終えた。

セイがスタジオに来なかったあの日以降、本当にもう何がなんだか訳がわからないまま、ただただ必死で駆け抜けた毎日だった。

半ば意地になってツアーをやり終えてみたものの、「どうや。最後までやってやった！」という達成感や高揚感というよりは、どちらかというと、もう何もかもが嫌で、何だかぼーっとしてしまうような感じだった。

今までごく普通に目の前に居た人がいないという現実。そしてそれは永久に揺るぐことのない事実だということ。

ごくありふれた日常は戻ってくるはずもなく、ツアーが終わってもやはり、これまで体験したことのないような、そんな「非日常的」な日常に知らず知らずのうちに飲み込まれていた。


すごくよく覚えているのが、この頃しょっちゅう電車を乗り過ごしてしまっていた。座席で寝入ってしまったとかでもなく、ふつうに起きていても、あるいは座席は満員で自分は吊革につかまって立って乗っている時でさえ、自分が降りる予定の駅を通りすぎてしまって、ようやく車窓からの見慣れない景色を見て、ようやく自分が降りるべき駅で降りずに乗り過ごしてきてしまったことに気付くような感じだった。

それぐらい何に対しても上の空で、たびたびそういった日常的な些細なことで注意散漫になることが増えた。最終電車で乗り過ごし、何度か徒歩で帰宅するはめにもなった。人気のない真夜中の国道をたった一人で何駅分もひたすら歩き続けるのが本当にみじめで情けなくて、それが怒りなのか哀しみなのかも、もはや自分でも解らなくて、ただただやり場のないそんなモヤモヤした気持ちと対峙しながら、一歩ずつ足を出して歩き続けるしかなかった。

そんな抜け殻のような日々が続き、日に日に今自分自身が置かれている状況がいかに非日常的で、いかに異常な状況であるか、これでもかというほどに突き付けられ、思い知らされた。ツアーの真っ最中に、メンバーの一人が自らの意思で命を絶ったという事実。そして、そんな中ツアーを続行し、やり遂げざるを得なかったこと、どれをとっても、それらがいかに普通の状況では考えられない、あり得ない異常な状況であるか。

気付いたら、あれほどしつこかった残暑も消え失せて、世間は十月になっていた。我関せずと、しらじらと吹き抜ける秋風が一層虚しい気持ちを増幅させた。

そして、あっという間に四十九日の法要。また黒いネクタイを締め、メンバー三人が顔を合わす。

これから何がどうなっていくのか、何をどうすべきなのか、何もかも訳が解らないまま時間だけが過ぎた。

WHITE OUT

十月に四十九日の法要を終えてからも、なんだかぽっかりと心に穴が空いたような、そんな気分で毎日が過ぎた。

そして、ほんの数ヶ月前まではあれほど怒涛のような過密スケジュールだったのがウソのように、目の前にはいつもいつでも四六時中、降って湧いたように、有り余る時間だけが浮遊していた。

なんとなく、周りのバンド仲間や先輩や後輩に連絡を取りたいと思った。自分の身の回りに起きた非常事態、そして今のこの抜け殻のような状況。話をして、何をどう言ってもらいたいと思ったわけでもないが、やはりどこかで周囲と繋がっていたいという気持ちもあったと思う。それぐらい自分自身弱っていた時期だったのだと思う。

けれど、周りと接点を持ちたいという、ただそれだけの純粋な気持ちは、ことごとく裏切られ、より一層虚しい気持ちや孤立感を強く感じることとなった。

それなりに周囲のバンドや、業界関係者などとの、横の繋がりを大事にしてきたバンドであるという自負もあり、日頃もそれなりに、そういった周囲の人達との輪の中にいる自分たち自身を実感していただけに、この時の事はかなり堪えた。携帯電話に登録された連絡先、手帳に書き溜められた連絡先、長年の活動の中で少しずつ増えていった様々な立場の方々から頂いた膨大な数の名刺。けれど、連絡がつく人はほとんどいなかった。「音信不通」になる人が続出した。

移り変わりの早い音楽業界にあって、浮き沈みの激しいバンドの世界。そりゃあ誰がそんな、メンバーを亡くし、先行きの全く見えないスキャンダラスで下降線まっしぐらのバンドに好き好んで構いたいと思うかと。この部分だけ切り取れば確かになんとなく、それも理解できる。けれど、やっぱり「手のひらを返される」とは、言葉では聞いたことがあっても、これほどまでに自分自身の実体験として強烈に実感したことはなかった。「このクソ」と思った。

そりゃあ誰でも、登り調子の風向き良好な人と仲良くお付き合いをしたほうが楽しいし、気分も良いし、何より自分自身にも得策なのだと考えるのは人間として当然の心理なのだろうと頭では理解できる。けれど、さすがにここまで露骨に手のひらを返されることになるとは、言葉を失った。

そして、自分は出来れば連絡を取り、少しでも話が出来れば良いなと思っている相手とは、いっこうに連絡がつかない反面、訳の解らない「追悼ライヴ」を勧める電話があったり、他のメンバーのもとには、後にあやしい「自己啓発セミナー」のようなものに勧誘するような電話があったりするなど、そういった事が続き、あらゆる周囲との接点に対して強烈に疑心暗鬼になった。

はじめは、やはり仲の良かった人達と急に音信不通になっていく状況や、連絡を取りたい人達とやり取りできないことへの、とまどいやもどかしさや、寂しさが募った。けれど、次第に苛立ちや諦めのほうが強くなっていった。

「嫌いでけっこう。お前らこそ、二度とツラ見せんなよ。」これぐらい開き直らなければ、やっていられなかった。

バンドとしての総意としても、周囲からの興味本意な「追悼ライヴ」の誘いには、一切応じないと決めて、もしまたいつかステージに上がることが出来るのだとしたら、その時は自分達自身の力で、自分達自身のやり方で、自分達自身の意思で、そうやってステージに上がろうと決めた。

大いに開き直っても、心が軽やかになることはなかったけれど、携帯電話のメモリーも、分厚く膨らんでいたアドレス帳も、束になった名刺入れも信じられないぐらいに軽くなった。

捨てられないものに、いとも簡単に捨てられた。そう思ったらアホらしくなった。失うものは何もない。

そして、その年の暮れ。部屋の中の物も、心の中の大切な物も、いろんな物を捨てた。

そして「何が出来るか解らんけど、またそのうちスタジオに入ろう。」とメンバーに連絡を取った。

開戦前夜

「ロゼ・スタイル」

自分自身の人生の大半をこのバンドに費やしてきた。

いや、あるいは他にも、捧げてきたとか打ち込んできたとか色々と気のきいた言い様があるかもしれないが、とにかくこのバンドが自分の人生そのものであるということに変わりはないように感じている。

その創成は、一九九六年。まだ十代だったあの頃だ。

高校時代に組んだバンドを母体として、高校を卒業したその年の春、バンド「ロゼ・スタイル」を結成した。

当時の音楽シーンは、いわゆるビジュアル系と呼ばれるバンドが大々的に市民権を得ていた頃で、濃いメイクで色鮮やかなカラーリングを施した長髪を逆立て、中性的で派手な衣裳を纏ったバンドが全国区で大きなホールやスタジアムを満杯にし、それらのバンドが多くの音楽雑誌の表紙や特集記事を飾っている、そんな時代だった。

もちろん、ご多分にもれず自分自身も、情報誌でチケット情報をくまなくリサーチしては、各地のライヴやイベントに足繁く入り浸るロックキッズの一人であったし、日を増すごとにロックサウンドに傾倒していく自分を自覚していた。ただ、いざ自分自身がバンドをやるとなると、直感的にそれらのスタイルで二番煎じを行くにはもう遅いと高校生ながらに感じるようにもなっていて、やるからにはそれらとは一線を画すような、全く違った切り口でバンドというものをやりたいと思った。

シンプルでストレート。まずはそこにこだわって新バンドを始動した。ギター、ベース、ドラム、そしてボーカル。

シンプルな構成で、エイトビートにスリーコードを乗せるストレートなロックサウンド。とはいえ、「ロック！」と皆、口では言いながらも、前列や分類にとらわれがちな周囲の雰囲気には常々窮屈さを感じていた。凝り固まった既存のイメージや、こうでなければならないという閉鎖的で保守的な固定概念を取り払わない限り、胸を張って唯一無二のオリジナリティを掲げることは出来ないと思った。

週に何回もスタジオに入り、少しずつ自分達なりの音が出来てくると、次は当然どんなスタンスで活動を展開していくかという部分に論点が集まる。メンバーと共に、いかにその他大勢とは違った事をやるかということを、当時はいつもそのことばかりを考えていたように思う。

おのずと、メンバー間での意思の疎通や共有意識が重要になってくる。ただ楽しくライヴがやれれば良いなぐらいに思って加入してきたような感じのメンバーとは当然ギクシャクしてくる。バンドは早くも結成一年目から、メンバーチェンジがあり、波瀾万丈なスタートとなったが、その年の冬には東・名・阪を廻るツアーを敢行し、決して型にはまることのない自分達ならではの発想や、そんな自分達らしさを武器に、少しずつ活動のフィールドを拡大出来ていることを実感できた。

高揚感が全身を駆け巡った。ギラギラとした気持ちで、「ロゼ・スタイル」の活動に没頭した。ずぶずぶと、日に日にバンドにのめり込んでいった。

よく「ロックとは何か?」みたいな問いかけのようなものがある。

それは、単に音楽のジャンルの一つなのか、はたまた、ファッションなのか、あるいは生き方やそのポリシーを指すものなのか等々、挙げればキリがないほどに、様々な角度からのロックというものに対する各々のモノサシやものの見方があると思う。

そして、自分自身、長年ロックにどっぷり浸かってみた結果、自分なりの「ロック」というものに対するモノサシは、初期の頃からさして変わっていないように思う。

雑誌やラジオでも、やはり「あなたにとってロックとは何ですか?」とよく問われる。

自分にとってロックとは、

「ロックとは何か?などと、理屈っぽくならない事だ!」と一貫して主張している。窮屈な固定概念をぶち壊したくて始めたこのバンドに、「ロックとはこういうものである。」などというような、そんなふてぶてしい理屈が有ってたまるかと思っている。

立ちはだかる固定概念をぶち壊した先に、見えそうで見えなくて、触れられそうで触れられないような、そんな永遠の片想いにも似た、デリケートで儚い、手を延ばしたらそっと逃げてしまうような。そんな。

BREAK OUT

中学、高校時代、しだいに「ロック」とか「ギター」というキーワードに興味を奪われるようになり、徐々に傾倒していった。そういった夢中になる対象や、のめり込める対象があったおかげで、幸い金属バットを振り回してバイクを乗り回したりするような方向に走らずに済んだように思う。

それに、暇さえあればバイトに励み、必要な機材を買い足したり、貸しスタジオ代を捻出するためにと奔走したり、そんな余計な事に割くエネルギーなど残っていなかったというのが実際のところだ。

ただ、やはり自分自身そんな年頃であったのも相まって、学校や大人達のことなかれ主義的な型に嵌めたがる体質には日々、疑問や反発心を抱いていて、「思春期」そして「反抗期」ならではの感性をフルに発揮していたように思う。

学校を一歩離れ、実社会に出ればどうでもいいような些細でつまらない事でさえ、目を吊り上げムキになって講釈を垂れる教師達。学校という閉鎖的で極々小さな世界において、日々傍若無人に力で押さえ付けるようなそんな大人の姿に辟易していた。

長々と説教をされても、その矛盾に満ちた落とし所のない、綺麗事だけで一方的に都合よく丸め込みたい意図が明け透けに見える、典型的にサラリーマン化したそんなステレオタイプな教師達の取って付けたような長話を常々ほんとアホらしいと思っていた。

例えば、「人（相手）は、簡単には変わらないのだから、まずはあなたが変わりなさい！」と言う、ありがちな説教。

いやいや、「人は簡単には変わらないのですよね？」「じゃあ俺もそう簡単には変わらないし、変わらなくて当然なんじゃないですか？」となる。「なんで俺にだけ変わる事を強要するのですか？」「矛盾していませんか？」と徹底的に食い下がったし、そんなマニュアルだけ読んで駆けつけてきたような大人に丸め込まれてたまるかという意地のようなものもあった。

他にも、童話「みにくいアヒルの子」を例に取って、個々の個性はどれも尊くて大切なものだという事を、なぜか得意気に鼻息荒く説くような話も、綺麗事で塗り固めて、表面的な部分だけを取り繕った感じが見え見えで、なんだか白けた気分になった。

「みにくいアヒルの子」は、実は白鳥の子供で、やがては綺麗な成鳥になったという壮大なオチがつく訳で、なんだか大人達の説く、ありがちな「みにくいアヒルの子」の話は、なんだかどこか本質からずれてしまっているような感じがしていた。

他人を見た目で判断するのは良くないとか、例え他人と違う個性であってもそれを尊重すべきだとか、そういう事を説きたいのであれば、「みにくいアヒルの子」は「実は白鳥の子」だったという設定ではなく、「みにくいアヒルの子」は「その他大勢とは容姿が著しく異なるが紛れもなくアヒルの子」という設定でなければならないはずだし、のちのち不憫に「みにくい成鳥のアヒル」に育っていく前提の話でなければ、そもそもの元々の物語と教師達が説きたい要点とは矛盾が生じてきてしまっている。

要は「みにくいアヒルの子」がほんとうに「みにくいアヒル」のまま、マイノリティなアヒルとして生きてゆくためには云々、そしてそれは決して他人に否定などされる筋合いのない尊い個性なのだという部分をもっと前面に出して説くような話でなければ、ましてや「ほんとは白鳥だったんです！」なんて話では、個性がどうのもへったくれもないのであって、そもそも教師達が説きたい事の核心がぶれまくっている。

　それにもう一点、これは今現在も変わらずそういう風潮が蔓延しているように思える事があって、それは「なぜか大人は子供達に、大人へと成長してゆくことや、大人になって独り立ちして生きてゆくことを、大変な事とか辛い事として教えている」という点だ。

「大人になったら大変だぞ」

「そんなんじゃ大人になったら通用しないぞ」

「子供だから守られているけど、大人になったら誰も守ってくれないぞ」

「今、楽をしていたら、ロクな大人になれないぞ」

「お前達が大人になる頃には大変な世の中になっていると思うぞ」

　などなど、どうしてそこまでして徹底的にネガティブなイメージを植え付けるのか、まるで大人へと成長することは、辛くて面倒なことであるかのような物言いの数々が、全くもって理解できない。

　よく最近の若者は元気がないだの覇気がないだのと話題になるが、そりゃあ大人達がそれだけ徹底して子供達が夢を見られないように洗脳して、希望の芽を摘み取り続けてきたんだから、当然の結果ともいえる。

大人になったら楽しいぞ！大人になったらもっと面白い事がたくさんあるぞ！

どうしてそういうふうに、大人へと成長することに夢を持ち、希望を抱けるような教え方、育て方をしないのかなと。疑問、反発、不信。

今回この原稿を書きながら、少しずつそんな当時の事を思い返したりしながら、一つだけ確実に言えるのは、そんな、身勝手な大人達に押さえ付けられる日々から少しでも早く抜け出したくて、どちらかというと早く大人になりたいと思っていた、そんな学生時代だったように思う。

そんな頃に手にした一本の「ギター」。

それは何の取り柄もない自分にとって、最初で最後の最大の武器だと、何の根拠も裏付けもないままに確信していた。

RIDE OUT

よく、「なんでバンドやろうと思ったんですか？」なんていう質問をされることがある。

それはざっと一言で言うと、音楽そのものに対する思い入れとか、ロックに心酔して云々とか、そんな蘊蓄以前に、もっと根本的な部分で「くっだらねぇ〜な。イチ抜けた！」っていうような、色んなものに対する自分なりの物事の選択とか判断を積み重ねることによっておのずと行き着いたものであるような気がしている。

産まれた時からロックだぜ！とかうまいこと言う気なんてさらさらなくてさ、それは単純にロックとは「自分自身だけで選択できるもの」だったという部分や「自分しだいで始められること」だったというところが大きい。大人になるにしたがってだんだん窮屈になるという考え方や教えはおかしいんじゃないか？ということはすでに書いた通りで、むしろ自分的には子供の頃のほうがよっぽど窮屈だった。選択肢が限られた不公平な状況にがんじがらめになっていたと思う。

小さい頃、近所の同年代の子供達の間で、自転車に乗ってちょっと遠くまで行く、みたいな遊びがものすごく流行った。ところが自分は親から「自転車は危ないから、小学校に上がったら買ってやる。」と言われて、マイ自転車でみんなとのツーリング？に参加することが出来なかった。ただ、やはりそこは自分も幼い子供ながらの単純な発想で、みんなどこまで行くのかな？自分も一緒に行きたいな！と思って、みんなが自慢のマイ自転車でかっ飛ばして行くのを、自分は必死で走ってついていった。汗を流して必死で走ってついていった。

いくら子供でも、さすがに何回目かで「こんなのあほらしいわ」と思うようになった。まぁ簡単にいうと、このあたりが自分なりの「イチ抜けた！」の発想の原点になったと思うんだけど、結果的に自分だけそんなにしんどい思いして走っていなくても、例えば他にも自転車買ってもらえなくて公園とかで留まって遊んでいる子達がいることに気付いた。その子達と遊んだほうがよっぽど解り合えるし、自分も無理せず楽しい時間が過ごせるということに子供なりに行き着いて、自分らしく居られる場所があるということやそれを知ったことは、その後の物事に対する選択や判断の基準を自分なりに持つということに大きく影響したことであったと思う。

また、小学校高学年になるとものすごく野球に興味をもった。中学生になったら野球部に入ろう！と楽しみにしていた。実際、野球部に入って素人なりに頑張って試合にも出られるようになって、それなりに野球部生活を堪能したが、入部と同時に有名メーカーのグローブやバットを始め、様々な用具をばっちり揃えてもらって来るやつとかを見て、なんだか先程の自転車の一件の時と同じような気分になったのだ。ましてや野球となると、やれどこそこのリトルリーグの出身だの少年団チームの時のエースだったやつがどうだのと、初日からというより、もう入部以前に、たかだかガキ同士の部活動ごときの小さい小さい世界でさえ、そんなヒエラルキーの物言わぬ壁が存在することに、なんとなく白けた気分になった。いいグローブを持っている奴や、少年団チーム出身の奴らは、それだけでなんとなく「本気」のやつという括りになっていて、「期待できる選手」という雰囲気だった。

ここだけ切り取ってしまうと、「それが社会の縮図だ！」とか「そういうのが現実だからねぇ。」と、でしゃばりが訳知り顔でのたまいそうなので断っておくが、ここでいう子供達のランクの差は、要するに親の財力であったり、早期育成するための情報力だったり、少年団云々に至っては、そのチームが有る校区に在住しているかどうかなど、たかだか十数年しか生きていない中学そこそこのガキにはどうすることもできない問題な訳で、そんなどうしょうもない事で始めっから差をつけられているような感じで、形式だけ表向きだけは、みんなせーのでスタートだぞ頑張れ！、みたいなデキレースを滑稽であほらしいと感じるようになった。

幼い頃の「自転車」の時も、そして「グローブ」も、どちらもその本人達はさも得意気な様子に見えた。けれどどちらも本人の能力とか努力とかとは無関係で手にしている物だ。もっと言えば、金さえあれば手に入る、その程度の「物」だ。大人になった今となっては、そいつらよりいい自転車やグローブを自分自身の力で今すぐにでも買うことができる。（もう要らないけど）。良くも悪くも、その程度のものなわけだ。

そして、その後「ロック」に出会うまでに、そう時間はかからなかった。ロックやパンクを英才教育されたやつはそうはいないだろうと。

力一杯ぶっ叩くドラムも性に合っている気がするけど、やっぱロックならギターだなと。それもギンギンに目一杯アンプを歪ませたエレキギターだ。自分で選んで自分で決めた自分だけの道だ。軟弱なやつらには真似できない自分だけの生き方。たとえ大人達に叩きのめされ、バッを打たれ線を引かれて、つまみ出されても、いつだって頭の中にはエイトビートとスリーコードが鳴りやむことはない。

ギターを買って帰った夜、「新しい自分になった」と本気で震えた。自分自身の手で。「新しくなった」ことに。走るために要らない物を捨てる。

誰かに媚びを売って生きていくのは嫌だ。自分で選ぶんだ。そして選んだ。

バーベキューと愛情

唐突だけど、自分はバーベキューって大嫌いだ。

わざわざクソ暑い時に、わざわざ遠いところまで大荷物で出掛けて、汗はかくし、喉も渇く。日焼けもするし、目が開けていられないくらい鉄板も熱い。煙でむせるし、灰が飛びまくって涙が出る。不衛生極まりない環境で、ド素人が調理するこれまた例外なくクソ不味い料理を振る舞われ、油はギトギト、あげく生焼けだったり、炭同然なほどに黒焦げだったり、砂が混じっていたり、そのクオリティーといったら家畜の餌以下なんじゃないかと愕然とするような代物だったりする。

おまけに「外で食べるとおいしいよね！」とか、どっかで聞いたことあるようなセリフをやすやすと発する奴らがでてきたりして、目も当てられない。少なくとも、その件に関してはどう考えても、室内の清潔で食事に相応しい環境で、プロが作った料理を食べたほうが絶対美味しいし身体にもいいはずだ。

いやいや、別に俺の個人的なバーベキューに対する思いはどうでもいいんだけど、幸いにも周囲には「自分もバーベキュー嫌いだ！」という人がいたりして、それで何となくこれを機に声を挙げたくなった。ただ世間では、どうもそうした「バーベキュー嫌い！」イコール、集団行動に乗れない、協調性のないヤツという括りになっているような風潮で、今回はそこに焦点を絞って断固反論を掲げたい。

「バーベキュー行こうよ！」「嫌だ行きたくない。」

「いいじゃん行こうよ、行ったら楽しいよ！」「嫌だ絶対に行かない。」

「なんか協調性ないね！」

「えっ？」ってな感じでね、十中八九この流れになる。もう、この手のやり取りにね、うんざりで。これ絶対におかしいから！よく考えて！

「協調性」がどれほどのもんか知らないが、こちらからしたら、少なくとも「行きたくない！」人を無理矢理にでも人里離れた訳の解らない河原に連れて行こうとするし、一方的につまらん原始人ごっこに付き合わせようとしてくる奴らのほうが、よっぽど協調性ないんじゃないの？って思うんだけど。全然解ってないなぁ、もう。

ここで少々強引なようにも思うが、そもそもの、ツアー中にバンドのメンバーが亡くなって云々という本来の話題に戻ることになる。何が言いたいかというと、メンバーが亡くなってからというもの「お前ほんとに解ってないなぁ。」とか「よくもまぁそんな事を口にできるよな！」というような、そういううんざりするような噛み合わないやり取りのオンパレードで、ほとほと嫌気が差していたからだ。なんか一方的に不利なその状況とか、まどろっこしい会話に対するストレスとか、なんだか似ているなぁと。

ここでは、セイの死後、周囲からよく言われたセリフを大きく別けて二つに絞って、解りやすい例を挙げたいと思う。まずは一つ目。

亡くなったセイ本人に対することばで、「自殺する勇気があったら、なんだって出来たはずなのに！」という、これまたありがちで薄っぺらい無責任で薄情なセリフ。

そして二つ目は、残されたメンバーに対することば。「こういう辛い出来事は、天から与えられた試練だよ。出来る人、越えられる人にしか試練はやってこないんだよ！」というトンチンカンとしかいいようのない、平和ボケ野郎のトホホなセリフ。

どっちも当事者からしたら、不愉快極まりないセリフだし、死者への冒涜そのものであり、そういう奴らの言葉に対して対話としてやり取りするいまいましさといったらない。

一つ目の勇気がどうたらとかいう話しにしたってさ、単純にそれは、「自殺する勇気がある」って事なんかじゃなくて、「生き続ける勇気」すら無くしてしまったのか？という発想にどうしてならないのかって。

死者の心の叫びに耳を傾ける余地もないのか？故人の痛みに寄り添う情ってものがないのか？って愕然とする。

二つ目の場合も、その場しのぎの慰めなのか何なのかさっぱり理解できない感覚なのだが、少なくともその「越えられる人にしか与えられない試練」だとかなんだとかって、いったい何だよと。こっちはそんな試練まっぴらごめんだし、それならそもそも「越えられる人」なんかじゃなくてけっこうだ。とてもそんな試練なんて越えられない、だらしない奴でいいから、そんな試練とやら、無かったほうがよかったよ。

当時もデリカシーの無い興味本位な視線は、もうここなんかには到底書ききれないくらいに露骨なまでに浴びたけど、それ以上に頭の中が「？」で埋め尽くされるような発言にも日々苛まれた。先に書いたバーベキューの件も然り。そういうヘンテコなやり取りってあまりにも身近に溢れている。その発言の中に何かしら感じられるものがあるのか、その中に何かしら愛があるのか。バーベキュー？行きたくない！と思うか、バーベキューかぁ、行ってみようかな。と思えるか。それって相手の心一つで、紙一重だと思う。

「自殺する勇気がある」なら何でもやれ！とか、「乗り越えられる人」にだから辛い出来事があったんだよ！等と、まるで「俺ってば良いこと言うなぁ。」みたいな自己陶酔百パーセントの間抜けヅラで嘯く奴らに多く遭遇した結果、バーベキューに行くか行かないかの狭間に垣間見る人間関係の縮図みたいな、そんな問題にまで飛び火して、ふと世間との、そしてあらゆる周りの人達のその言動や価値観に対する自分なりの距離感を見つめ直す機会になった。

いやいや、けれども、これももちろん、先述のような軽薄なクソ野郎とかがのたまう綺麗事とは違って、そんな見つめ直す機会なんて要らなかったし、そんなつもりもさらさら無かったんだから、見つめ直す機会なんかより、セイが生きていてくれたほうがよかった。行きつくところはそこだけだ。

LOOK OUT

現在社会問題化している「自殺者増加」の問題。

一九九八年頃から急激に増加し、ついに二〇〇六年には国が対策に乗り出して、自殺対策基本法が施行された。

自分自身、ありふれた日常生活の中でも、ニュース等で毎日のように「自殺」に関する報道を耳にし目にするし、たまに電車に乗る際にも、車内放送や構内放送、電光掲示板等でダイヤの乱れを報せる「人身事故発生」（自殺以外の事故の場合も有るだろうけど。）による、列車遅延の一報にたびたび遭遇する。

実社会で通勤や通学など、普通に日々それぞれの生活を送る人達にとっても、嫌でも認識せざるを得ない現代の「社会問題」の一つであるように思う。毎年三万人前後にまで及ぶと言われている自殺者の数。これは単に「三万人が自ら命を絶つ、一つの問題」ではなく、「ヒト一人が自ら命を絶ってしまう現象が三万件にも及んでいる異常な事態」という問題意識を持った視点で捉えなければならない。切実で非常に切迫した問題であると認識しなければならないと思う。

ただ、これはすでに書いた通り、自分自身が所属するバンド「ロゼ・スタイル」のメンバー・セイが、ツアー中に自ら命を絶ったという事実によって、そのある日突然に起きた、思いもよらなかった事実に直面した自分自身の、後々の生活や思考にとてつもなく大きな影響を与え、戸惑い翻弄され疲弊し、目まぐるしい日々の中で茫然自失の状況に陥り、（もうセイは居ない世の中での）新たな生き方を模索することを強いられた結果言えることであって、それ以前の自分はやはり世間一般のその他大勢の人達と同じように、これといって深い知識もなく、ニュースや紙面の中でだけ目にする程度の「自殺問題」という認識だったように思う。（ちなみにセイの自死は鉄道とは全く無関係なので、誤解のないよう付け加えておく。）

仲間の死に直面した今だからこそ、当事者だからこそ言えることであり、当事者だからこそ見てきたことや感じてきたことがある。

同時に、だからこそこのような問題に対し、遺された、まだ今を生きる者として「声をあげなくては」という思いも少なからず抱いている。

今これを読んで下さっている皆さんは、こうした近年の「自殺者増加の問題」について、どのような認識や思いをお持ちだろうか。

自分なりに、少し具体的な例を挙げながらこれらの問題を整理し、長年拭えず解消されぬまま漂い続け、おざなりにされてきたであろうこの問題の核心について検証してみたいと思う。

LOOK OUT（二）

セイが亡くなった後、色んな人に毎日のように「どうして亡くなったの？」、「自殺した理由は何だったの？」。他人と顔を合わせるたびに判でついたように、

「なんで？」、「なんで？」、「どうして？」、「どうして？」と、うんざりするほど聞かれた。

はっきり言って、予告も遺書も無い「自殺」の理由など、そんなものはセイ本人のみが知ることであって、他人である自分達には全くもって解るはずのないことである。そもそも当初は、セイが亡くなったとも露知らず、セイ以外のメンバー三人は「来るはずの無いセイ」をリハーサルスタジオで待ちぼうけていたんだから。

「なんで？」

「どうして？」

と嘆きたいのはむしろ、残されたメンバー三人。それこそが心の叫びだった。

そして、周囲にしつこく「なんで？」と聞かれることに辟易していた理由の一つに、大半の人が単なる興味本位の下世話な好奇心まる出しの「なんで？」だったからだ。

むしろ、残された自分達としてはセイの心の異変に気付けなかったことや、行為を未然に防ぐことが出来なかったことについて自問自答に苛まれている中で、気軽に「なんで？」としつこく言われることにうんざりしていた。

それでも初めの頃は、ほんとに自分達の事を心配したり気遣ってくれているものと信じ、ものすごく身近なところで起きてしまった、その悲劇的な出来事の顛末を話したりしたが、「肝心なこと」や「自分達が本当に伝えたいこと」はいっこうに伝わっているように思えなかった。

むしろ、「ふ〜ん。」とか「へぇ〜。」とか「そっかぁ、なるほどね。」とか簡単に言われて終わることが圧倒的大多数だったし、それっきり音信不通になり人間関係自体ぷつりと途絶えるパターンが続発した。

先程も少し書いたように、当事者とそれ以外の人達とでは、こうもヒト一人が自ら命を絶つという衝撃的な事実に対する認識や視点が異なるものなのかと、嫌というほど実感させられた。

葬儀などが一段落して、脱け殻のような毎日を過ごしていた頃、ある古くからの音楽仲間に、「実はツアー中にメンバーが亡くなってしまって」と電話をしたことがあった。すると、「それよりさぁ、今度結婚する事になったから、招待状送るから！ぜひパーティ来て！」と言われた時は、怒りだか呆れだか訳が解らなくなって気を失いそうになった。

今、冷静になって思い返してみても、やはりいくらなんでも「それよりさぁ！」って言い様は無いだろうと。

また、ちょうどその時期、自分や周囲の年齢的なタイミングとかも相まってか、「結婚の報告」や「パーティへの招待」の連絡が頻繁に舞い込むようになっていた。もちろん、バンドメンバーの自死という一件を全く知らずに、純粋に結婚報告として連絡をしてくれた方には、丁重に事情を説明したが、あきらかに結婚報告自体はついでで、そういうもっともらしい口実にかこつけて「メンバー亡くしたらしいけど、最近はどうしているんだろうか？」とでも言いたげな好奇心に充ちた遠巻きに様子見するような連絡もあったりして周囲の人達に対する人間不信は光のような速さで加速した。

　自分が置かれている状況が、あまりにみじめで情けなくて悔しかった。ツアーが始まる前、成功を祈願して、厄払いで有名な京都の吉田神社にお参りに行ったことを思い出した。各地でのライヴの盛況ぶりを思い描き、自分達のバンドのＣＤがたくさんの人達の手に届くことを想像して高揚感と期待に胸が躍った。

　マンネリなんて無い。どんなライヴも「今日この瞬間のために生きてきた！」と思ってステージへの階段を登った。移動日の無い過密な日程でも出し惜しみなんて一切しなかった。目一杯ボリュームを上げて全身全霊でギターを掻き鳴らした。妥協も手加減も、そんな言葉は知らなかった。アンコールでどの曲を演奏したのかなんて覚えていない。最後は楽屋でぶっ倒れるまで全てを出し尽くしてライヴの一日は終わる。

　そして汗が引いたら深夜の高速道路をひた走り、次の街へと向かう。新しい街に新しい朝陽が登る。

　そしてまた「俺は今日この瞬間のために生きてきたんだ！」とステージへ上がる。

　それが、わずか数ヶ月後には、たった一人部屋で夢も希望もなく、ただただ膝を抱え真っ白な壁を眺め、ただただ時間を浪費し、項垂れていることになるとは夢にも思わなかった。ツアーの最中には、早くも年末年始のイベント出演の話や次の音源リリースについての計画なども舞い込み、バンドの運営面においても絶好調で、周囲との関係も良好。忙しい日々に忙殺されながらも、初めてギターを手にした当時に思い描いていたバンドライフがまさに今、そしてさらにこの先々に渡って目の前に現実のものとして存在する実感に心地よい毎日を過ごしていた。探していた景色はこれだ。そう思っていた。

二〇〇七年の九月十七日で、何もかもが変わってしまうまでは。

LOOK OUT（三）

メンバーが亡くなってからというもの、世間の人達の「人が死ぬという事」に対する意識の低さや実感の乏しさに正直驚いた。世間での自殺者の増加に伴って、それらに関するニュースや話題も増え、逆に耳が慣れてしまっているようにも思えた。

著名人の自殺や急死をセンセーショナルな報道合戦で伝えるマスメディア。毎日のようにニュースを賑わす自殺の話題。時にその著名人の死や、その人の生きた人生を神格化し伝説的に語り継ぐような強引に美化をする傾向も強くなってきてしまっているような印象さえある。

それらによって、もしかしたら世間の人達は逆に「あぁ、またか。」、「最近多いね。」といった具合で、いまいち実感の持てない、ニュースやテレビの中でだけ起こっている出来事、ワイドショーの中のよくあるトップニュースという程度のことであるかのような感覚に陥ってしまっているのではないかと感じた。「人が死ぬ」ってそんな簡単な事ではない。

実際周囲の人達から、

「最近自殺ってよくあるもんね。」

「バンドやっている人って、よく死ぬよね。」

「へぇ、自殺かぁ。○○さん（著名人）みたいだねぇ。」

等と、言っている側はいたって無意識的にではあるのだろうが、無関心で無責任でそれでいて空虚な言葉をしょっちゅう投げ掛けられた。そのいたって軽い感じの物言いにもちろん頭にきたけれど、そこで感情に任せて傍若無人にキレて、あいつはツアー中にメンバーに死なれて精神的にどうにかなっちゃっているんじゃないか？等と面白おかしく陰口を叩かれるのも癪に障るし、かといってもう今更いちいち人に会うたびに、いやいやそうではなくて等と、一から十まで説明をする気にもなれず、傷口に塩を塗られるような気持ちで、そんなやり取りを無難にやり過ごし耐えるしかなかった。

当時、セイが亡くなってからすぐにスケジュール通りのツアーを再開した際にも、地方でのライヴの打ち上げの席で、関係者から「あれ、今日はあんまり呑んでないねぇ。食べないの？夏バテ？」なんて事を言われて、イラッとしたのも束の間、なんだかもう呆れてしまってその日はただただアホになって笑っていることにしたものだ。

言った本人も当然その時のロゼ・スタイルはセイが亡くなった直後であり決死のツアー敢行であることを知っていたし、かといってあえて景気づけや、いまいち盛り上がりに欠けるロゼ・スタイルメンバーへハッパをかける気遣いのつもりで食が進まない事を指摘した訳でもなさそうだった。

まぁ、本来ならそういった飲みの場への参加自体、辞退してもよさそうなものだったが、せっかくツアーを予定通りに断行したからには、なるべくいつも通り普段通りのツアーのように、むしろセイが生きていて当初の予定通りツアーをしていたらきっとそうしていたであろうと思えるようなスタンスや振舞いでツアーをしたかったのだ。

帰路の車中、メンバー三人で「アイツよくもまぁ、夏バテ？とかって言えるよなぁ。バチが当たるわ。」と散々盛り上がったのは言うまでもない。

他にも驚くような事は続いた。音楽業界の内外問わず、意外にも世間的にそれなりの「立場」

のある人や「人格者」とされているような人からの発言ほど気に障るものや不誠実だと感じる言葉が多かった。

なかには同じ人に同じ事を三回伝えても、全くもって伝わっていなかった時は、「死」という言葉の意味を知っているのかと本気で疑問だった。

一度は電話で、「最近バンドのほうはどんな感じ?」というような話になり、当然、「実はメンバーを亡くしまして。」という事を伝えた。数ヶ月後、久々に顔を合わす機会があり「まさかこんな事になるとは」とバンドの状況を話した。その後かなり経って偶然に顔を合わす機会があって、同じような感じでお互いの近況について軽くやり取りをして「メンバーが亡くなってからは、やはりなかなかこれまで通りにはいかなくて・・・」というような話をしたところ、なんと「え?、メンバー死んだの?」と、今初めて聞いたというような反応で、なんというかあっけにとられたとでもいうのかな、こっちが逆に「あ、そ、そ、そうなんですよぉ!」とすっとんきょうなリアクションになってしまったぐらいだった。もう、呆れたとか嫌になったとか、そんな言葉なんかでは到底言い表すことのできない、なんとも言えない気持ちだった。なんでも、日頃は弁護士として活躍し新進気鋭のやり手としてならしているそうで、そういう意味では人の立場や気持ちに寄り添える姿勢や資質という点に対して素人ながらに非常に疑問を感じた。

けれどもまぁ、非情で軽薄な人間だからこそ、仕事としての「他人の事」にもムキなって議論できるような能力を発揮できるということなのかな～？ハハハ、やっぱデキる人間は違うね～。なんて思うようにして、わりと長い時間をかけて、無理矢理自分自身の中で折り合いをつけた。世のなかのあらゆる事に、あらゆる人に。自分の中の、対世間としての価値観が大きく変わっていった。無駄なやり取り、無駄な時間。そんなふうに感じる出来事ばかりが続いた。笑っている人がいれば、調子に乗ってるんじゃねえよと思った。

こんなことが、これから先ずっと続くのかと思ったら、何もかもに嫌気がさした。街で、昼間から酒の匂いをさせながらブツブツとくだをまき何度も舌打ちしながら、すわった目をして徘徊している小汚いおっさんとすれ違う度に、明日は我が身？そんな日も近いのでは？と本気で心配になった。

また毎日毎日、来る日も来る日も部屋で白い壁を眺めているだけの日々が続いた。

ROCK、LOCK OUT

ロックとは何か？なんて事に対する議論についてはすでに書いた通りで、繰り返しになるが、持論としてはロックとは「ロックが何かなんていう堂々巡りな、つまらん議論をしないこと」という点に変わりはない。

セイが亡くなった頃、そういった「ロックとは何か?」、「パンクというのは!」なんていうことを語りたがる傾向のある人達が一番厄介でストレスの種だった。そしてこれまた、そういう人達って意外に多い。なんとなく体育会系の部活で例えるとしたら、ヘタクソで万年補欠の先輩のほうが後輩に厳しく接したり、シゴキたがったりするのに似ているようにも思う。

そんなわけで事ある度に様々なロック論を説かれてはうんざりしていた。

「ロックなんだから、メンバーが亡くなってもこれまで通り活動を続けるべき!」なんて言われても、

いやいや、そもそも根本的にベーシスト不在ではスタジオでの練習もままならないのが現状なんだけど?

問題はそんな事じゃないんだけどって感じだし、他にも「ツアーは予定通りやったほうが良い!」という人もいれば、「こんな時にライヴやるのか?」なんていう人もいたりした。

そもそもバンドとして「メンバーが欠けてしまった」という事実が一番表面的には明らかな部分で、誰もが嫌でも認識できる点だと思うのだが、この点に関してもなかなか周囲からの理解は得られず「復活ライヴはいつ?」、「追悼イベントやろう!」とか的外れな外野からの雑音が後を絶たなかった。

セイが亡くなってからの残りのツアーは葬儀直後の極限の精神状態の上、急遽代役を引き受けてくれた後輩を伴っての、非常に厳しい環境の中でのツアー敢行だった。体力的にもキツかったし、なにより音楽的に一定のクオリティーを保つという部分でも全身全霊、全精力を込めて立ち向かい心身ともにボロボロになってやり遂げたものだった。

ひょうひょうと口笛を吹いて、へっちゃらさと振る舞い、颯爽と肩で風を切って歩きたいのは山々だったが、自分自身を含め、メンバー三人共、実際のところボロ切れ同然に精気を失っていた。ツアーを続けても、あるいは延期や中止にしたとしても、外野のつまらない「ロック論」のモノサシで、ああでもないこうでもないと言われるくらいなら、こうしてボロボロになりながらもツアーを走覇するありのままの自分達の姿やバンドとしてのせめてもの意思表明を、周囲の人達に何かしら感じとってもらえるものがあるかもしれないという思いで立ち向かったツアーだった。

仮に、五月蝿い外野の主張する「ロック」や「パンク」が、ロックでありパンクであるというのなら、自分達はべつに「ロック」でも「パンク」でもなくて構わないと思った。

むしろROCKにがんじがらめにLOCKされているアンタ達みたいなのと同類じゃなくてホッとしている。

群れたり、何かに属して依存したり、排他的に振る舞う事で自分の居場所を確保するようなそんな大人に絶対になりたくなくて、だからこそギターもロックもバンドも自分自身の手で選択したんだ。

ツアー中にベーシストを亡くし、残されたメンバーが路頭に迷う姿が「ロック」じゃないと言うのなら、ロックじゃなくて結構。こいつらと二度と会うことは無いな。そう思う機会が続いた。

ツアー中にメンバーを亡くしたバンド「ロゼ・スタイル」。

まるで陸の孤島だった。

ROCK、LOCK OUT（二）

ある日突然に、毎日のように苦楽を共にしたバンドメンバーに「自殺」という最悪な形で別れを突き付けられたことで、近年社会問題化かが叫ばれる自殺増加に関する様々な問題を、遺された当事者として強く意識するようになった。

そしてそれはまた加えて遺された側の、これから先をまだ生きる者にとっての大問題であり、周囲からの理解が思うように得られないことへの焦りや苛立ちが止むことなく加速し、それらがいかに心身に負担であるかということを痛いほど思い知った。

もちろん、亡くなったセイの御両親、御兄弟の悲しみは察するに余りあるし、掛ける言葉も見つからないのが実際のところだった。

けれど、誤解を恐れずに言おう。

「世間の現実」は非情で、こういう時、家族でも親族でもない、遺されたバンドのメンバーという、なんとなく中途半端な立ち位置の存在である自分達に対する世間からの風当たりや、ある意味での無権利さのようなものが、セイの死後もさらに遺されたメンバー三人を追い詰め、社会にぽっかり開いた異次元に追いやられたような気持ちになった。

「悲しいだろうけど、肉親を亡くした訳じゃないんだから！」とか、

「辛いだろうけど、セイの御家族はもっと辛い思いをしているんだよ！」とか、そんなようなことを言われる機会が多くあった。

多くの好奇の視線に晒されながら、「バンドのメンバーが亡くなった事ぐらい何なの？」とでも言われているような感じで、悲しみや辛さを感じる個人的な感情すらも世間の人達に否定されているようで、なんともいたたまれない気持ちになった。

ある日突然にそれまでの生活が一方的に一変する衝撃は言葉では言い表せない。

混乱の中ツアーを続行し、終わればその後の事に対しての見通しなど全く立つわけもなく、世間からの好奇の視線のど真ん中に、着の身着のままで放り出されたようなものだ。

ツアー中にメンバーが亡くなって云々という出来事が、もしかしたらなんとなくピンと来ない人もいるかもしれないので、ここではあえて一般的な社会の事に置き換えてみるとしよう。それは例えば出張中に一緒に同行したチームの同僚が、その最中に自ら命を絶ち、混乱と悲しみの怒涛のような時間の中、遺された同僚でなんとか出張を続行し、出張先での取引を全うする。ボロボロになりながら帰社したものの、その一件によって長年勤めあげてきたその仕事自体その後それまで通りに続けていくことは出来ないという事実だけが明白で、遺された自分達自身の先々の見通しも身の振り方も案ずる余裕もないまま、周囲から「何があったの？」、「どんな気持ち？」と好奇の目に晒される。挙げ句の果てに「別に家族や我が子を亡くした訳でも無いんだから！」と無責任な言葉を浴びせられ続け、ある日突然に路頭に迷うことになった、というのと同じような事だ。

他人からなぜこんなに軽んじられた態度で無責任な言葉ばかり浴びせられなければならないのか本当に納得がいかなかった。

自分達はセイの家族とか親族でもないから？はたまた自分達がバンドマンだから？

もう今時、バンドやロックをやっているからと言って、それをあからさまに不良だ！とか、けしからん！というような風潮もさすがにないだろうと思う。多くの先人達の努力とその功績のおかげで、ここ数十年の間に目覚ましい勢いでロックやバンドの文化、そしてそれに附随する音楽ビジネスなどは一般社会の中にも著しく台頭し確固たる市民権を獲得したはずだ。

セイが亡くなって必死でツアーをやり遂げた後、本当に何事に対しても見通しが立たなかった。そんな状況を、色んな人に「そんなものは努力が足りないから！」と一蹴された時、もう何もかも今まで通りにはやっていけない。今まで通りの人間関係は存在しない。今まで通りの価値観ではやっていけない、そう確信した。

充実したバンドライフに未練はあった。夢や希望に溢れ全力で走り続けた、ついこの前までのギターを握る感触がまだ充分に残っていた。二〇〇七年の九月十七日より前の自分達に戻りたかった。何もかもが空回りし、虚しい毎日が過ぎる。何もかもを振り切り、何もかもを一旦ゼロに戻す？ナニソレ？

頭の中で自問自答を繰り返す自分の言葉ですら、ばかばかしい。何もかもが綺麗事に思えて嫌になった。近年、自殺が増加傾向にあるというニュースでは、その自死遺族に対する支援や心のケアなどにも焦点があたる。しかし、そのほとんどは家族や婚約者などを対象にした、ごく近親者へのケアに対する議論や支援論であり、先ほども書いたようにある日突然に路頭に迷うことになったバンドメンバーという存在はどこからも誰からも認識されるようなことはないし、実際のところ何も知らない無関係な第三者にさえ「家族ではないでしょ！」、「立ち直れないのは努力が足りないから！」と一喝されて終わり。

それが紛れもない現実だった。そういったところからも、実際世の中に大勢いらっしゃるであろう、そうした自死遺族（しつこいようだが一般的に親兄弟や親族を指すようだ）の方々に対する世間の目も偏見や差別に充ちた相当偏ったものがあるのではないかなとも思ったりした。もちろん、そうした遺族に対する支援を掲げる機関や団体で本当に自死遺族のために、自死遺族の方々が望む支援や活動を行っている人達も大勢いらっしゃると思う。それによって自死遺族の方々が前を向き、それまでの本来の生活を取り戻したり、社会復帰することに至ったりと支援の輪が多くの人を救っているとも思う。けれど、それらの対象から漏れた人達の存在は、どこの誰からも決して語られることもなく、そのような人達の存在自体無かったことになってしまってはいないだろうか。

「自殺した人の回りにいた身近な人達」という括りで言えば本当にたくさんの人達がそれに該当するはずだ。

例えば、自殺した子に遺されたクラスメイト達。会社で遺された同僚達。遺された部下達。遺された上司。遺された恋人。などなど、亡くなった本人がそれまで人として生きてきたからには、単に「自死遺族」という言葉では到底片付けられないほど多くの遺された人々の存在がある。

世間の言う「遺族」という括りからも外れた、ある日突然に絶望のドン底に放り出された人達がたくさんいる。

そしてそれらの人達は丸ごと、「自死遺族への支援やケア」という周囲からの配慮のようなものからも完全に抜け落ちてしまっているという現状がある。決して、いま自分が辛くて悲しくて誰かに助けてほしいとか支援をされたいとか言っているわけではない。

けれど、少なくとも今これを読んで下さっているあなたには、例えばセイに遺されたバンドメンバー（自分達三人）を含め、世の中の様々な立場や境遇で遺された人達がいることを知ってほしい。ある日突然にかけがえのない大切な人を失い、人知れず故人への思いを絶ちきれず、これからの生き方に希望を見出だせずにたった一人で膝を抱える人達が大勢いることを。

少なくとも、そういった人達に「家族でも無いんだから、大した事じゃない！」とか、社会復帰できない事を「努力が足りない！」と簡単に片付けることだけはしないでほしい。「自死遺族」という括りには決して含まれることのない、そんな「自死遺族」が実は世の中にたくさん存在しているということに対してどうしても声を挙げたくなった。

ここにいるよ！

このままで終わりたくない。

いのちの電話

自殺者増加の問題や、自殺者に対する世間の認識、あるいはそれらに対する対策やその取り組みはどういったものなのか。例えば、街なかでも「自殺防止強化月間」等といった物々しい文言のポスターを見かけることがあるが、多くの人々が行き交う雑踏で一瞬目に入ったそれらの言葉がいったいどれぐらいの人達にどれぐらいの効果を与えることが出来ているのだろうかと何となく疑問を感じている。

身近に自殺者を目の当たりにし、そういった問題に対して敏感に反応する自分ですら、いったいどこでいつ誰が、どういった取り組みで、どう防止を強化しようとしているのか、さっぱり理解することが出来ない。雑踏を行き交う大多数の「自殺」が身近な問題ではない人達にとっては、もっとどうでもいい目に入らない心に届かない広告に違いない。

またある時、踏切で電車が通過するのを待っている時に、遮断機の横に「いのちの電話」という、自死防止に関する看板が立っていることに気が付いた。辛い気持ちや死にたい気持ちを電話で話してみて下さいというような趣旨のものらしい。ただ、自分が見たその看板に関して言えば、その「いのちの電話」の電話番号が看板いっぱいに八つも書いてあった。都内、神奈川県、埼玉県、ざっと関東甲信越すべての管轄先を網羅した、まるでちょっとした電話帳のようだ。なかには英語版いのちの電話というカテゴリーもあった。

素人なりの素朴な疑問だけど、例えば今もうすぐにでも線路に飛び込もうとしている自殺志願者が、仮にふと我に返って「いのちの電話」にすがろうとしたとして、電話番号が八つも書いてあったらと、その場面をなんとなく想像すると、それってどうよ？と甚だ疑問だ。だいたい、自殺志願者に「自分の住まいは○○だから、どの管轄にかければいいのかな？」などと面倒な一手間煩わせる図式が理解できないし、仮にもし違う管轄に電話してしまったら、「あなたはこの番号にかけて下さい」と無神経に門前払いでもするつもりなのだろうか。だって普通に考えても、例え何か自分の用事で自分の意思で電話をかけるとしても、八つも電話番号が書いてあって、さらにそこから自分がかけるべきところを探さなくてはならなかったら、それかなり面倒なことだと思う。ましてや、もう死んでしまおうかな？なんて思って踏切にたどり着いたような極限の状態の自殺志願者だったらなおさらだ。そんなストレスフルで的外れな看板を立てていて、何とも思わないのだろうかと呆れるし、そして要はその「自殺志願者の気持ち」を解り合えないという事自体が、自殺志願者にとっての、周囲に「解ってもらえない」という絶望感や無理解に対する無念さを増幅させることに繋がってしまっているのではないかと非常に心配になる。なにせ「人の命」に関わる電話番号なのだ。色々としがらみや制約等があるにせよ、当の自殺志願者と直に対峙するその看板ぐらいは、せめて解りやすい数字を並べた代表番号とかを大きく掲載するような仕組みに変えられないものなのだろうか。

とにもかくにもこの手の問題は、一言で言えば「ミスマッチ」ってやつかなと思う。ニュースやワイドショー、あるいは雑誌や新聞の中で自殺者増加に関する問題を取り上げている時にも、そういった「ミスマッチ」は多々存在しているように思う。

例えばよくあるのが、近年同じく顕著に問題化している経済状況にも絡めた視点で、「不況が自殺を増加させるのはなぜか?」みたいなテーマ。「なぜか?」って。そうきたかと。よくもまぁ、そんな言い方できるなぁと思う。一流の学者やコメンテーター等々そうそうたる面々がどうしてそんな素人でも解るような事を、顔を付き合わせてステレオタイプな議論を重ねる必要があるのか。不況になる、仕事や生活に行き詰まる困窮者が発生する、精神的に追い込まれ心を病んでしまい最終的に、と個人的な想像の範疇を越えないまでも、やはりその辺り素人ながらにも大方の察しはつくだろう。

もちろん自殺者の本当の心の内は誰にも解るはずはないし、これまた想像の域を出ないものではあるが、そういった無責任で楽観的な論調そのもの自体が、何らかの事情で人生に、切羽詰まってしまった人達をさらに追い込んでしまっているんじゃないかと不安になる。だって「不況が自殺を増加させるのはなぜか!」だ。はっきり言って、ずいぶん呑気な事を言う人達だなぁと思う。不況で自殺が増加しているのだと気付いていながらの、その上でのこの文言なのだからなおさらだ。そして、言い方変えれば「なんで金無いぐらいであいつら死んじゃうの？」と言っているようなものだ。

自殺願望を抱くほどではないにしても、非常に上から目線の傲慢で不愉快な発言であるし、そんな分からず屋どもと同じ空気を吸ってこの先ずっと暮らしていかなければならないという事実は、確かに強烈にその解りあえなさ加減の溝の深さに絶望する感覚は充分に理解できる。「不況で死にたいぐらい辛い」と言う人に、「不況だと何で辛いの？」と言う図式は、少々強引だが、はっきり言って「それが嫌なら死ね」と言っているのと同じようなものだ。

良くも悪くも格差社会という言葉が随分と定着した昨今だが、実際に数字やそれによる状況の変化によって実感できる「経済的」な格差に紛れて、知らず知らずのうちにそれらの格差によって生み出された「感覚」や「価値観」の激しい格差が音もなく忍び寄り、両者の間には決して埋められることのない深い溝が出来上がってしまっている。

自殺願望を抱く人にとって、「なんで死にたくなんてなるの？」等と呑気に平然と言う人達がいる事実そのものが彼らにとって一番生きづらい「生きていたくない世の中」なんじゃないかと思えてならない。理解を得られず解り合えない人々に、そしてやり直しの利かない現実に。悲観視がさらに加速することは充分に考えられる。

「なぜ自殺者が増えるのか」等と、訳知り顔で偉そうにのたまう類いの人達は、ぜひその頭脳と敏腕でまずは「自殺者を出さない社会」を確立して、その上でその自らの手柄について思う存分偉そうに世界中に吹聴されてはどうだろうか。

対策の盲点

世間では割りと身近なところでも最近は自殺防止に関する取り組みが進められてきているように思う。ところがそこでもやはりどこかしら「なんだかズレてるなぁ。」と感じることも多い。都内の駅のホームは最近になって急激に転落防止柵が設置されるようになってきている。もちろんこれは、ホームに入線してくる電車に飛び込む自殺を防止すること以外にも、酔っぱらいや、身体の不自由な人たちが誤って線路に転落してしまうような事故を未然に防ぐ対策でもあり、より安全に電車を利用できるようにするための良い対策だとは思う。けれど、ざっと鉄道が「汽車」だった時代から、今では網の目のように張り巡らされた路線を数分刻みでビュンビュン電車が走りまくっている現在に至るまで、ずっとホームには柵なんて無かったわけだ。戦中の大量疎開列車や戦後の買い出し列車なんかの頃や、その後の高度経済成長やらなんやらで、いわゆる通勤ラッシュというものが当たり前になってプラットホームに人が溢れる状況が当たり前になってからも、かれこれ長い間、つい最近になるまでは、大勢の人間がいるプラットホームのギリギリ、スレスレのところを大きな鉄のかたまり（列車）が物凄い勢いで滑り込んでいた。逆にそんな危険なことをよく長い間それが普通って感じで、何事もなくやってきていたなと思うくらいの状況にも関わらず、今ほど転落事故が多発したり、問題になったりするようなこともなかったわけで、やはりここにきて急激にホーム上の転落防止柵設置が進められていることは昨今の自殺者増加の問題も大きく関係していると思う。

例えば、まだ転落防止柵が設置されていない駅のホームで転落事故が発生した際などに報じられるニュースでは、「○○駅でホームから線路内に人が転落し、入線してきた列車に跳ねられ死亡しました。状況等から自殺と見られています。なお、○○駅のホームには転落防止柵は設置されていませんでした。○○鉄道では今後、柵の設置を急ピッチで進め、ホーム上の安全面を改善していくとのことです。」みたいな報じられ方をされていることが多い。これじゃあ、まるで鉄道会社が柵を設置していなかったから人が亡くなってしまった、みたいな物言いで、全くもって的外れな見解であると思う。人が一番にすべき「改善」というのは、本来柵を設置することなんかじゃなくて、「線路に飛び込んで死にたくなるような社会」を無くすことじゃないかと。少々乱暴な言い方をするようだが、本当に死ぬ気で飛び込むような人なら、柵なんてあったところで、飛び越えてでもぶち破ってでも列車に飛び込むだろう。柵が無かったから自殺者が発生したとか、柵を設置していたから自殺者が減少したとか、そんなのはパソコンの前でカタカタやって机上の空論をぶちあげているだけのエリート気取りどものお手柄争奪戦の茶番劇以外の何物でもないと思う。

というのも、（少し話題が逸れるが）以前から通勤や通学などのラッシュアワーの満員電車が、長年解消される兆しさえない実態。なんていうか、素人ながらにも色々とやりようはあるようにも思うし、いわゆる発言力のある人間の「鶴の一声」のようなもので簡単に変わる問題であるように感じる。ただ、一つ問題なのは「満員電車はヤバイから何とかしよう！」と声を挙げるべき人間や、それを実際に発言や行動に移せるような立場にいるような人間は、皮肉にも普段「満員電車」になんて乗る機会も必要もない、という優雅な生活を満喫している人間だという（なんだか腹立たしく思えてしまうくらいの？）厳然たる事実だ。当然満員電車の実態も知らないし、はっきり言って興味の持てないどうでもいい問題なのだろうなという、非常に、いや「非情」で切ない実情が存在していると思う。

話を戻そう、ただそういった満員電車の問題を何とかしようとはしないという事なんかとは違って、やはり自殺者増加の問題は世の中へのあらゆる影響が素人視点から見てもあまりにも大きいと思う。亡くなった人は辛かったはずだ！とか、残った人達が心理的に苦しむとか、そういった問題はもちろんのこと、ここで述べているようなエリートどもが大好きなお金の問題でもあるんだから。

少子化が問題だのなんだのと騒ぎ立てているようなやつに限って、自殺者増加の問題に無関心だったり、自殺者を軽視していたり、ともすれば蔑視さえしているような傾向も強い。

けれどもそんな中、年間三万人とも言われる自殺者。（全てが成人者ではないにしても）それによってどれだけの税収減とか、社会経済面での損失になるのか。そこら辺、どう考えているのかなぁって。そういう社会経済の視点でも充分すぎるぐらいに問題だと思うし、これから先長く生きる子供達世代にとっても、ダイレクトに影響する問題だと思うんだけどね。本気で考えなきゃならない問題でしょ？と。

またまた話を戻そう。そういった諸々なことも含め（誤って転落してしまう事故を未然に防ぐ対策になっていることには、もちろん一定の効果が有ることは認めた上で）、やはり早急に「改善」すべきは、多くの人が死にたくなるような今の社会であり、「作る」べきは誰もが心身ともに健やかに過ごせる世の中である。ホームに転落防止柵が無かったから事故が多発しているというようなニュアンスの報道はどうにも腑に落ちない。線路内転落死亡事故多発の諸々の実態と世論とのミスマッチはこういった部分でも、ぬけぬけと存在していると思う。

そして、最近では生命保険会社なども「自殺者」に対して、保険を支払わない期間（従来は契約日から一年以内が一般的なようだが）をこれまでよりも延長するなどの条件の見直しが進められている傾向もあるようだ。これもやはり先程と同じように、支払い条件を改正することで保険会社としての支払額を減らすという部分では一時的にそれなりの評価や手柄になるのかもしれないが、それこそそんなものは机上の空論の数字遊びであって、そもそもの支払いの対象になる可能性があるような「死亡者」そのものが減らないことには、最終的には何の解決にもならないのだから。いかにして保険金を支払わなくて済む絶妙な規約を編み出すかなんてことが手柄なのではなくて、単に「自殺者を出さない」という事が一番の解決法であり、人としての手柄ではないのか。直視すべき問題の本質から目を反らしてはならない。柵があったから死を食い止められたわけではない。保険金が支払われないだけで死ぬのを思い留まるというわけでもない。

死にたくなる人の気持ち、今この瞬間にもこの街のどこかで、もう死んじゃおうかなと自死を意識する人達がいるという止まらない実態と真実。あなたは考えてみた事がありますか？

バンドワゴン

世の中で無責任に繰り広げられる、「不況が自殺者を増加させるのはなぜか？」みたいな議論は的外れという以前に、なんとも当事者達のことを、どうにもナメているような感じがして不愉快だということはすでに書いた通りだが、自殺云々という部分を除けば、それは確かに少しだけ「おや？」と気にかかる部分がある。

確かに不況だと、本来なら死ななくて済んだであろう人が、このご時世がゆえに死んでしまうことに繋がってしまったという不遇な事案が存在している気がする。

もちろん人それぞれ様々な境遇や事情があって、決してそれらをひとまとめに語ることは出来ないが、少なくともここではより身近なバンドマンをはじめとする音楽関係者の近年の実態に着目してみたいと思う。

ここ数年で明らかにバンドマンや関係者の「死」が増えているように思う。ニュースや紙面を賑わすような著名人に限らず、無名のバンドや駆け出しの若手バンドマンに至るまで、音楽関係者の「死」が後を絶たない。

例えば、ツアーの移動中に高速道路での交通事故による死亡などはニュース等でも度々報じられているし、当然それらには知名度もありシーンの中でもそれなりの実績や貢献力を発揮してきたバンドのメンバーなども含まれていて、それらの人材を喪うという点においても、音楽業界として大きな損失であるとも思う。

そして、日頃から「自己責任」論を振りかざす類いの、真逆の論理をこねくりまわしているような、負け知らず挫折知らずのエリート気取りのマザコン既得権益どっぷり野郎なんかには、こうした社会的な人的損失という点で、改めてよく考えてみてもらいたいと思う。

学者でも研究家でもない自分には、それらの死亡事案が近年急激に増加している現象についての、これだという明確な原因を指し示すことはできないが、単に不況云々という視点で捉えるとすれば、やはりそれは紛れもない実態として、「不況」を理由にした、経済面、いわばバンド運営のための資金面でかなり無理のある活動展開を強いられているという側面があると感じる。

例えば、これまでなら、新幹線や飛行機で移動していたであろう人が、資金面の都合で車移動が増えた。

あるいは、これまでならツアー興行を専門とするプロのドライバーを雇って移動していたはずの人が、やはり昨今では直接バンドメンバー自らが運転して各地をまわるという実情。

事業としての縮小傾向や、経費削減のあおり等で、マネージャーやスタッフ等が同行せず演者のみで自らワゴン車などの移動手段を調達し、メンバー自ら運転し移動するスタイルが増えてきた実情。

また他には、バンドや音楽そのものだけでは生計が立てられず、アルバイトや副業との兼業を余儀なくされて、慢性的な疲労や寝不足状態での移動、またそれらに起因する体力的にも精神的にもかなり無理のあるスケジュールでの強攻行程での巡業に終始している点など。

そして、あってはならないことだが、そうした金銭面からの事情で移動車（多くの場合、ワンボックスカーやライトバン、あるいはマイクロバスやキャンピングカーのような類いの車だろう。）に不備があった場合にもそのまま乗り続けたり、あるいはタイヤやオイル交換などの整備に気をまわす余裕もなかったり、実質整備不良の状態で、日々バンドメンバーに加え、重たい機材を満載した状態で日本全国各地の会場に向け、何千キロ何万キロと走り続けているわけで、非常に危険な状況下で旅を続けている実情があるように思う。

ざっと思い浮かべてここに挙げただけでも、交通事故に結び付くような要因がごろごろしているし、ここに挙げた状況以外にも、かなり厳しい条件の中で活動を展開しているバンドは目に見えて増えてきていることはリアルに肌で感じるし、それらの負のスパイラルがさらなる負を呼び、ツアー中のバンドマンの交通事故死の増加に繋がっていることは明白であると思っている。

「自殺」問題からは少し逸れたが、バンドマンの急死と遺されたメンバーのその後の苦悩や葛藤という点では、どうしてもこの本の中でも触れておきたい問題であり、あえて書き記すことにした。

月に叢雲、花に嵐

二〇〇七年の九月十七日に突然にセイがこの世を去ってから、やはり毎年いやでも九月十七日という日は、その日が来るたびにその当日のことを思い返したり、混乱の日々だった当時の様子を頭に思い浮かべたり、激しく意識してしまう。ただ、二〇〇七年以前のこととなると、なんだかどさくさに紛れてなぜか思い返すような機会もないままきてしまっていたように思う。

最近になって当時の手帳を整理していて、ふとセイが亡くなったちょうど一年前の九月のページを眺めた。

二〇〇六年九月十七日のスケジュールは、地方のＦＭラジオの生放送への出演だった。シングルＣＤをランキング形式で紹介する番組の中に今後注目のインディーズバンドとして生出演した。生放送の後には、局のウェブサイトでも紹介してもらえるということで、いわゆるポッドキャストの収録も行い、慌ただしくも充実した一日だったことを覚えている。

その日、局に向かう道中や帰り道にメンバーと話したことをすごく覚えている。最寄りの駅で電車を降り、タクシー乗り場の前でメンバーに言った。

「(局まで)そこそこの距離があるし、登り坂ばかりで生放送やる前にバテバテになってしまいそうやけど、今日はあえて歩いて行こか。いつかまたここに来る時には迎えの車を（先方から）用意してもらえるぐらいのバンドになっとらなあかんな。」

そんなような話をしたと思う。放送局までメンバーみんなで色んな話をしながら登り坂を歩いた。生放送とポッドキャストの収録を終えて外に出ると、雨が降っていた。

帰りは下り坂で楽だと思っていたのだが、風も強く雨足は強くなる一方で、なんども通りの店の軒先で雨宿りをしながら、小走りで駅へ向かった。ずぶ濡れになりながら、なんとか駅に着き雨風をしのげる駅舎の中のところまで入ると、メンバーみんな誰からともなく「やっぱ早く送迎してもらえるようなクラスのバンドにならないと。」というような話になり、雨に濡れずに移動できるバンドになりたいという話で盛り上がった。

電車に乗ると、濡れた服がクーラーで冷えて参った。けれど、そんなことがどうでもいいと思えるぐらい、気持ちは熱を帯び、メンバーと同じ夢を語ることに高揚した。

ちょうどその頃は、次作音源の話やそれに伴うツアーの計画など、一年ぐらい先までの予定や案が次々に舞い込み、長年やりたくても出来なかったようなことが少しずつ実現化し、着実に夢や希望が叶いつつあった。

何のツテもないまま飛び込んだ世界。

コネクションも後ろ楯もないまま必死でもがいた毎日。

初期の頃からメンバーチェンジを重ね、少しずつ前進してきた。

ようやく、これだ！と思えるメンバーが揃い、普段の曲創りやスタジオでの作業や、ライヴでもたくさんの化学反応があった。バンドは目に見えて加速度を増し、突き進んだ。

それからわずか一年後に、メンバーの死去という最悪の形でこのメンバー編成が崩れるとは想像も出来なかった。

バードストライク

バンドのツアーでは、何千キロ、何万キロと、街から街へいったいどれぐらいの距離を走り抜けただろう。高速道路の単調な景色を見ながら、他にもたくさんのツアーバンドがこの道を走り抜ける様を想像した。そんなツアーバンドの一つであることがなんとなく嬉しいような、そんな気分にもなったりした。深夜移動も多く、体力的にはキツいバンドワゴンの旅も、それはそれでツアーで各地を回れるそれなりのバンドであることを嬉しく思い、誇らしくもあった。

車中では、メンバーみんな各地でのライヴの疲れで眠りこけてしまうこともあったが、出発時に各々が思い思いの好みのCDを持ち込み、それらを一晩中エンドレスで流しながら移動した。まさに音楽と共に旅をしていた。メンバー同士、それぞれ個々の音楽の趣向やルーツを共有できる絶好の機会でもあったと思う。

そんな感じでの即席の車内DJ大会に飽きれば、それはそれでまた他愛もない話から、バンドの事、翌日のライヴの事など、本当に色んな事を話した。

今これを読んで下さっている方々の中には、ロックバンドというと、メンバー同士あまり仲が良くない？とか、楽屋では口も聞かないだとか、色んなイメージが先行してしまっているかも知れないが、ことのほかこの時のメンバーはロックバンドとしては（奇跡的に？とでもいうぐらい）比較的人間関係も良好で、普段のコミュニケーションを通しての意思の疎通が出来ていた。

ロゼ・スタイルというバンドを結成してからというもの、初期の頃から繰り返されるメンバーチェンジに悩まされてきた身としては、とても嬉しく、素直にありがたいと思える仲間達だった。

何より、日頃のスタジオでの作業や、ミーティング等の進行が、目に見えてスムーズに運び、段違いにバンドの運営が捗ることが、このバンドが一丸となって突き進んでいることを証明しているようだった。

ある時、またそんな雑談をしている中で、メンバーに「バードストライクって知ってる？」と話をした。諸説あるようだが簡単にいうと、この時自分が言いたかったのは、上空を飛んでいる鳥が、同じく上空を飛んでいる飛行機のエンジン部分に巻き込まれてしまい、それが原因でエンジントラブルが発生し正常な飛行に支障をきたし、そのたった一羽の小さな鳥が入り込んできたがために、あげくにはその飛行機自体が墜落してしまうようなケースがあるという話だ。

ちっぽけな鳥でも、その命をもってすれば大空を我が物顔で飛び交う巨大な航空機を落とすくらいのことをやってのけることができる。ロックバンドならそういう意気でやらないと。俺らもそんなバンドにならないと。


そんなような話をしたと思う。（まぁ、もちろん鳥自身は飛行機を落とすために突入しているわけではないだろうという部分は充分理解しているんだけどさ。）

そしたら、ボーカルのサオリに、冷静に「それってまるで、自爆攻撃するテロリストの考え方だよ。」と少し呆れられた。

けれど、みんな結局は「シン君らしい。」と笑って理解してくれる。そんなバンドだ。

それくらいその日その日を「片道切符」、「片道燃料」ぐらいの覚悟で生きていたし、バンドも一分一秒たりとも無駄に出来ないシビアな環境の中で最大限に自分達の持てる力をいかに発揮するかという点に注視していた。

後戻りなんて出来ない、する必要もない。

後ろなんて振り向かない。前だけを見据えて突き進むロックバンド。

長いことバンドをやってきたが、くだらない音楽論や、知らない誰かが決めたどうでもいいセオリィなんてものは一度もメンバーとも話題にしたことはない。メンバーと機材と四人の夢と希望を載せ、深夜の高速道路をひた走るバンドワゴン。薄暗い車内でバンドの「あるべき姿」を語りあった。

誰に何と言われようと自分にはバンドしかない。バードストライクのような生き方。バードストライクのようなバンド。小さい鳥が巨大な飛行機を落とすくらいの。大逆転を信じられるバンド。ロゼ・スタイル。

バードストライク（二）

一九九六年にスタートした、バンド「ロゼ・スタイル」の活動。

当時は自分も含めメンバーみんな十代後半。そんなメンバー四人でスタートした。四人で力を合わせて云々等と、ドラマや映画の中のバンドのようにはうまいこと事行かず、実際はメンバーチェンジを繰り返しながら、少しずつ少しずつバンドとしての経験を重ねながら手探りでのバンドライフの日々だった。本当なら、ドラマや映画に出てくるようなバンドのように、同じ街の仲間や、同じ学校で出会った気心の知れた仲間同士でスタートし、運命共同体のように切磋琢磨し、バンドの成功を目指し日々奔走する、そんなバンドライフが理想で、ロックバンドの魅力に琴線が触れたことのある人なら、一度は夢見るシチュエーションでもあると思うが、現実はそううまい具合には事が運ぶわけもなく、バンドをやりたい一心で必死にかき集めたメンバーでのスタートだった。住んでいる街も境遇もみんなバラバラだったし、バンドをやるために集まった四人であって、決して「友達」というような感じではなかったが、それが逆に周りのその他大勢のバンドや友達同士で仲良くやっているアマチュア然としたバンドと一線を画しているようにも思えて、自分達は「本気でやるバンド」であることを強く自覚することにも繋がった。

そんな形で活動を始めると、当然バンドに対する意識や活動に取り組む姿勢などに、メンバー間でのすれ違いや意識の違いが生じてくる。もっととことんやろう！というメンバーも居れば、そうとは言わず楽しかったらいいじゃないか、気楽にやろうと言う者いる。方向性の違いとか、そんな白々しい綺麗事ではなくて、人と人が集まれば当然のように噴出する個性と個性のぶつかり合いは、バンド活動をやるにあたってのやっかいな「付き物」のようにさえ思えた。先に書いたような、映画に出てくるようなバンドだったならどれだけいいものかと、何度も目の前の現実を嘆いたりもした。

バンドとしてコンスタントにライヴを展開できるようになっても、節目となるライヴや、ツアーがひと段落する度にメンバーチェンジがあった。けれども、新しいメンバーが入ると、曲やバンドの展開はもちろんのこと、それまでのバンド内での様々な習慣や、スタジオでの作業のペース、そして何よりもバンド内の空気がガラッと変わった。無理にそれまでの曲や活動の続きや、あるいは安易な焼き直しをするのではなく、ありのままの環境の中で、ごく自然に新たなメンバーとでしか出来ない新たなモノを求めるスタンスに行き着いた。

だから、活動初期からのサウンドの変化やバンドとしての佇まいは、それはもう別バンド?と言っても過言ではないくらいにロゼ・スタイルという「バンド」としての変遷があった。

結果論としては、それらによって常に新しい事、新しいサウンドに挑戦し続けることが出来たし、マンネリ化することなく常に新鮮な意識で活動を続け、バンドとして脱皮を繰り返し「現在進行形」のバンドであり続けることができた。

ただ、やはりメンバーチェンジというものは何度経験しても、非常にナーバスになるし、「脱退」を告げられる側としてはとても辛い思いや、場合によっては腹立たしい思いをする。その度に精神的にはかなり堪えた。

　せめてもの救いは、「メンバーチェンジ！」とか「新メンバーで再出発！」とか、常に周囲への話題には事欠かなかったという部分かもしれない。決して、人気や好感度の溢れるような類いのバンドでは無かったが、知名度という点だけにおいては、そういったバンドそのものが抱える紆余曲折をその時その時の「話題」としてありのまま提供することで、少しずつ少しずつではあるが周囲への認知度が拡大しつつあることを実感できる機会でもあったりしたように思う。ライヴハウスが発行している冊子や、インディーズバンドを扱うフリーペーパーでも、メンバーチェンジに関する告知をよく取り上げてもらった。

　右も左も解らず飛び込んだバンドの世界だったが、初期の頃はメンバーチェンジが多かったせいもあり、結果的に様々な人達とバンドをやれたことで、自然とバンドを転がしていくためのノウハウや自分達なりのアイデアが生まれ、独自の価値観や方法論で活動を展開する力が知らず知らずのうちに身に付き、そんな異端児的なバンドにやりがいも見出だすことが出来た。

バードストライク（三）

バンドとしてのスタイルやスタンス、曲やライヴの方向性がその時その時のメンバーや時代によって変化を続けてきたことは、すでに書いた通りだが、中でも今改めて振り返ってみて興味深いものの一つに、歌詞の内容やその切り口にもそれらの変化やカラーの変遷がよく表れていることがあげられる。かなり初期の頃から、何度もアレンジを加え、その都度バージョンアップを繰り返しながら演り続けてきた曲の一つに「ＮＯ ＮＯ ＮＯ」という曲がある。

歌詞の内容は簡単に言うと、身の丈に合わない不相応なローンを無理矢理組んでマイホームを手に入れた主人公が、ローンの支払いに追われ、四六時中仕事に明け暮れ、仕事が終わればさらにアルバイトにも出掛け、必死に金策に走り回り、肝心のせっかく手に入れた自慢のマイホームには居る時間などほとんど無い、それって本末転倒というか、そんなんじゃどんなに快適なマイホームだったとしても建てた意味まったく無いんじゃないの？ってな部分を軽快なサウンドに乗せコミカルに叩きつけたロゼ・スタイルなりの問題提起を風刺的な視点で取り入れたともいえる一曲で、手前味噌ながら当時の傑作だったと思う。曲の後半ではさらに世の中の身近な問題に斬り込み、当時（今でもそうかな）、一部の若い人達の間で物凄く高価なブランド物の財布を持つことが流行り、なんとなくステータス的役割を持つアイテムだったりする事をロゼ・スタイル的な視点で捉え、有り金叩いてその高い財布買ったら、買った事実と引き換えに、その瞬間にその財布に入れるお金は無くなるという話。本来、お金をしまっておくための財布なのに、肝心の入れておくものがハナっからまるでないのに、高価な財布だけ持っていてもねぇ、みたいな単純な矛盾点を突いた。実際のところは誰でも、外見なんて例えズダ袋でもいいから中身が沢山なほうがいいはずだもんね。

バードストライク（四）

バンドがスタートした当時、インターネットなんかは今ほど普及しておらず、まだまだ一般的なものではなかった。

どのバンドにもまだオフィシャルサイトや、ブログやらなんやらといった、最近ではもう当たり前のようになったお馴染みのツールはなかった。そして、その代わりに、バンドメンバー専用の「機材車」があるかどうかだとか、専属のスタッフがついているかどうかだとか、そのあたりが、ちゃんとした活動を展開中のそれなりのバンドであることを誇示するという面でのある種のステータスだったりしたように思う。それに加え、例えばギタリストならどんなアンプを使っているかとか、ドラマーならどのメーカーのどんなセットを使っているかとか、そんな機材自慢やこだわりのサウンドシステムの蘊蓄が日常的に飛び交っているのもバンドの世界ならではだったように思う。

そんなわけでインターネットが普及していなかった当時のバンド活動についてちょっと振り返ってみたいと思う。

ロゼ・スタイルが当初から最も意識して力を注いできたのが、バンドのプロモーションだ。少しでもたくさんの人達に、自分達の存在を知ってもらうために、自分達のライヴを観てもらうために、自分達の曲を聴いてもらうために、絶対にやらなければいけないことの一つだ。とにかく当時はチラシ（フライヤーなんてオシャレな言い方してなかったなぁ。）を何千枚、何万枚と作ってメンバー総出で、色んなお店に貼ってもらったり、ライヴハウスや、イベント会場の配布物の折り込みに入れさせてもらったり、あらゆる手段を使ってチラシを撒きまくった。

バンドのライヴによく足を運ぶ方ならご存知かもしれないが、夜の九時過ぎの渋谷の公園通りには、坂の上に点在する渋谷公会堂やＮＨＫホール、代々木体育館など大きなコンサート会場から渋谷駅に向かって帰路につく大勢のコンサート帰りの人達がゾロゾロと歩いている。事前に音楽雑誌のコンサート情報をチェックし、ジャンルや客層を整理し、これだ！と思う公演の行われる日のコンサートが終了する時間を見計らって、公園通りの坂道をゆっくりと登りながら、坂の上の会場から降りてくる人達にメンバー総出でチラシを配って歩いた。

その行動自体は、地味で地道で目に見える成果や実益もない、あてどもない果てしない作業のようにも思えたが、例えば百枚のチラシを配り終えたとしても、もしかしたら百一人目に配った人が自分達のバンドに興味を持ってくれるかもしれない、はたまたその次の百二枚目をもらってくれた人がライヴを観に来てくれるかもしれない、といった感じで、さぁ百三枚目を！百四枚目を！と、その「もしかしたら」を信じてチラシを配り続けた。

最近はインターネットが普及し、クリック一つで自分達のライヴの情報を告知したり、メンバーの思いやバンドとしてのメッセージを簡単に発信したりすることができるようになった。それはもちろん有効利用するべきだし、発信方法として効率的で経済的でもあり、あらゆるバンドにとってインターネットの普及は画期的な転機であったと思う。ただ、ネット上で発信することのみで全てを完結してしまっている人達が急激に増加していることも肌で感じている。よくありがちな部分で言うと、「インターネット」イコール、「全世界と繋がっている！」という部分を、自分に都合のいいように解釈してしまっている人達があまりにも多いように思う。

例えば、多くの人達が、ネット上にライヴ情報をアップしただけで、ライヴの宣伝をちゃんとしています。頑張ってプロモーションしています！という気になってしまっているように思う。インターネットの仕組みが全世界と繋がっている！ということと、全世界中の人達が自分達のバンドのホームページでライヴ情報をチェックしてくれている！ということはまったくイコールではない！誰もその告知記事を目にしていなかったら、何もプロモーションしていないのと同じだし、その記事を見てもバンドに興味を持ってもらえなかったり、ライヴに行ってみようと思ってもらえなかったりしたら、その宣伝活動自体、はっきり言って失敗していると思う。

たまに何気ない会話の中で、知り合いのバンドマンに、「今度のライヴはいつ?」と聞いたりすると、当たり前のように「え?サイトにアップしてあるよ!」というような答えが返ってきて、こいつアホかと本気で思う。

お客を逃しているというような点にまったく気が回っていない点で本当にどうしようもないと思う。

今これを書いていて、ふと思ったが、もしかして、ネット世代の人達には、いったいこの件のどこがアホなのか、何がどうしようもないのかまったく解らないのかもしれないので、あえて解説をしたい。ライヴいつ?って聞かれたら、いついつにあるよ！と答えるのが、正当なというかごく当たり前のごく普通の受け答えだと思う。そして、なにより自分でサイトをチェックしてほしいという感じではなく、なんでサイトにアップしてあるのにそれを知らないんだ！とでもいうようなニュアンスが前面に出てきていることに疑問を強く感じざるを得ない点だ。なんで、誰も彼もがお前のバンドのサイトをいつもチェックしていることを前提とした話になっているのか?と不思議でしょうがない。明らかにそういった偏った感覚は情報を提供する側として、それを拡散していく流れの中でマイナス要素であるはずだし、誰でもその告知記事を目にしていると思い込んでいる感覚自体非常に危険なことだ。だんだん知らず知らずに誰もが感覚がマヒしていってしまうのだろうか。

しつこいようだが、インターネットが仕組みとして全世界中と繋がっている!ということと、全世界の人達みんながいつもいつでも自分達のバンドの動向や情報に注目してくれているかどうかということはまったく別問題なのだから。

同じような事で、もう一つ具体例を挙げてみたい。

とある後輩のバントが、ロゼ・スタイルが長年主催し展開してきたシリーズイベントにぜひ出演させてもらえないか?と交渉に来てくれた事があった。自分達の主催するイベントに自ら名乗りを挙げて出演することを希望してくれるなんて、素直にとても嬉しい気持ちになったし、そんな彼らと一緒ならイベントのクオリティーもきっと上がるだろうと思った。彼らのことをもっとよく知りたいと思い、ぜひ資料(曲を収録した音源やバンドの経歴の解る資料等)よかったら持ってきて!と言った。そしたら、「曲はサイトから聴けるようになっていますし、経歴やライヴ予定もホームページに載せてありますから、見ておいてください！」という返答だった。口では「そっかぁ。じゃあまたチェックしてみるね！」と返したが、はっきり言ってカチンときた。

ここの部分だけ切り取ったら、まるでこちらが相当傲慢な奴みたいだけど、「なんで俺がわざわざお前らのホームページ探して視聴しにいかなあかんの」って思ったよ。別に上から目線とかそんなんじゃないけど、イベントに出させてほしいと言ってきたの、お前らのほうやろ？って。

これ当たり前の感覚やと思うけどなぁ。ネット世代の感覚やっぱおかしいで！とどうしても思えてしまう。

だって、一般的な社会で同じような事があったら、絶対におかしいことだと思うからだ。

例えば、自分の会社の製品をよその企業に売り込みに言って、「弊社の商品の詳細は、ホームページを見ておいてください！」と言ったら、絶対にその商談は成立しないと思う。そもそも、自分の会社の製品の良いところや特長なんかを先方に伝える（当たり前の）ことぐらい、たいした手間じゃないやろ？って。

バンドのチラシをメンバー自ら街中にも出掛けていってガンガン配りまくっていたよ、という懐かしい話から脱線して、ネット世代の感覚を商談の話に例えるところまで、飛びに飛んでしまったが、かなり大規模な商業ベースに則った一般的な興行でも、昨今のネット社会にありながら、いまだにポスターやフライヤーというものは決して淘汰されることなく、必要不可欠なプロモーションツールとして充二分に、中心的な役割を果たし続けていることからも、紙媒体のその重要性、必要性は一目瞭然である。

そういったような時代の変化や、あらゆるアナログな手法から、よりデジタルなツールへと世の中のスタンダードが変遷してゆく時期をバンドとして駆け抜けてきた。簡単に言えば、がちゃがちゃとデモテープをラジカセで再生していた時代も、近年のように指先一つで誰でも全世界に向けて音源を配信できるような今現在の世の中も。

そんな刺激的で変動に溢れた、「今」を生きるということを自ら放棄したセイは今頃どこで何を思う?と、ふとした時間に考えたりする。そして同時に、今もこうして生きる、残された自分達メンバーの「今」現在。

何を思い、何を見て、何を信じ、何を愛せば良いというのか。

世間の人達が無責任に言う、「与えられた試練」とはいったい何なのか。

それはあまりにも唐突にやってきた、とてつもなく漠然とした、目に見えない、手に触れられない、厄介でうっとうしくて、まどろっこしい、決して逃れることの出来ない、「遺された者が生きる」無謀なまでに繰り返される長い長い真っ暗で光の見えない時間だった。

バードストライク（五）

セイの急死後、バンドを取り巻く状況や、自分を取り巻く環境は大きく変わった。

周囲の多くの人達は、だまって遠くから様子を伺っているような感じで、どいつもこいつもじれったい、うっとうしいと思うことが多かったが、こちらとしては、もうそんな人達のことはどうでもいいやと思うほど疲弊し、開き直った諦めた感じが強かった。けれど、それ以上にうっとうしい存在だったのは、「なりふりかまわずに頑張れ！」とか「がむしゃらに突き進め！」、「何がなんでも！という意気でやれば出来るはず！」とかいう、ありがたくもなんともない、何の足しにもならない無責任な言葉を浴びせてくる人達の存在だった。

そして、時間が経てば経ったで、人に会う度に「いつまでも過去の事を引きずったってダメだよ！」とか、「そんなことの一つや二つ誰にでもあることだよ！」とか言われるようになり、ますます孤立感を深めることになった。

そもそも、「そんなこと」とか簡単に言うからには、当然お前もツアー中にある日突然にしてメンバーを喪うというような経験をしてきてから言っているんだろうなぁ？と。もういちいちそんな反論をするのも面倒で、貝になった。

あるいは、「なにそれ？トラウマとか？そういう感じの事？」等と、なんとなく馬鹿にするような態度の人もよくいて、いちいち耳にするたびに疲弊を極めた。

そして、そんな時には決まって、頑張りが足りないとか、根性が無いとか、そんな二束三文にもならない台詞で片付けられ、当時の状況など散々辛い話を根掘り葉掘り質問攻めにされたあげく「はいはい！終わり終わり！暗い話止めようよ、過去の話なんて興味ないし、もっと楽しい話しようよ！」なんて言われて、「またか」、「この人もか」とガッカリさせられることが続き、人と会ったり会話をしたりというごく普通の日常的な事ですら、完全に希望の持てない、何に対しても期待の出来ない億劫な事という認識になりつつあった。

「歯を食いしばって頑張れ！」等と口で言うのは簡単だけど、実際こちらは「歯を食いしばって」混乱極まる状況の中を過ごしていて、心も身体もすでにボロボロだった。

メンバーみんな、ストレスや疲れ等から身体を壊すことを互いに心配していた。そして、身の回りの状況が少しだけ落ち着いた頃、ぽっかりと開いた「時間」が目の前にあった。あれだけ毎日時間に追われ、忙しさに忙殺されていたのに、スタジオでの作業も無い、ライヴやツアーも無い、レコーディングも、取材も、そして周囲との付き合いも、何もかも無い。

時間が有る。有り余るように有る。

何となく歯医者に通い始めた（思いがけない展開でしょ？）。まぁ、全身のストレスが全て歯にきたのかなといったところだろうか。もうほんとに真面目に通いつめた。先生の言われる通りに通い続けた。受付の人に、次回の予約いつがよろしいですか？なんて聞かれても、それまでの自分なら時間を捻出するのがすごく大変だったはずなのに、「こちらは別にいつでも大丈夫ですよ！」なんて答えて、自分でも何だか笑えてくる感じだった。「あ〜、はいはいじゃあ明日もまた来ます！」みたいな。

そんな暇人な患者、あまりいないだろう、ってね。

また、周囲の人達に「最近はどうしているの？」と聞かれれば、「本格的に歯医者に通っているよ！」と答えた。みんな一様に意表をつかれ驚いた様子だった。そりゃそうだよね。「何それ？今からアイドルでも目指すつもりなの？」と本気とも冗談ともつかぬ感じで真顔のリアクションをされてさ。そして、そんななんてことのない会話に、今日、久々に「笑った」なぁとか改めて実感させられて、なんだか本当に何もかも空っぽで、ゆっくりと音もなく、ただただ時間だけが勝手に流れ勝手に過ぎ去る毎日を過ごしていた。

今改めて振り返っても、歯医者さんに通う、という理由が無ければ部屋から出る機会も失ってしまっていたので、歯医者さんに通う事で、いわゆる引きこもりにならずに済んだようにも思う。毎日毎日、とてつもなく膨大な時間を無駄にしていたと思う。そして、夜が終わり、朝が来ても起きる理由が何処にも見当たらない。起きたくないとか、眠ってしまっていたいとか、そういう感じではない。本当に、はたして今から「何をするために」、「何のために」自分は起きるのか、まったく見えない、まったく解らない、といった感じだった。起きる理由が無い。というのは物凄く恐ろしいことだという事が解るまでにそう時間はかからなかった。

起きる理由が無い。というのは。生きる理由が無い。という事だ。

それはもう声も出ないほど恐ろしいことだと思った。朝が来るのが嫌になった。そして、朝を連れて来る夜が嫌になった。本当なら今頃スタジオにいる時間だなぁとか、ライヴがスタートする頃だなとか、身体が勝手に覚えている時間の感覚が、皮肉にも「バンドマン」であることを自覚させた。日々、当たり前のように行ったスタジオに行くこともない、行く必要が無い。行く理由が無い。ライヴも無い。ギターを弾く機会が無い。

そうすれば当然、起きる理由が何処にも見当たらない、というところに行き着く。

生きる理由が何処にも無い。

その事実に気付いてしまった時、思わず震えた。そして、何度目が覚めても毛布を頭まですっぽり被って、何度でも寝た。

周囲の人達も諸々とほとぼりが冷めたと見えて、たまに誰かが連絡をくれても、「そっちには用事があっても、こっちはアンタに用事無いよ！」と思った。よくテーブルの上で携帯電話が鳴っていることに気付いていたが、我関せずを決め込んで、構わず寝続けた。今日が何日で何曜日の何時頃なのか解らない時がよくあった。けれども、それすらも自分には関係のないどうでもいいことのように思えた。

そんな中、歯医者さんに行く日には、それが自分には朝起きる理由になった。予約した時間に行くという、人としての約束があった。扉を開けた時、「おはようございます。お待ちしていました。」と言われる。帰る時、「じゃあ、また来週お願いします！」と言う。ただそれだけのごく当たり前のやり取りに、なぜかホッとさせられた。そしてそれは唯一、社会との間に辛うじて残っている、朧気な接点であるようにさえ思えた。帰宅して、痛み止めの麻酔の効き目が切れると、あらゆることがまた現実に引き戻されるようで、やるせない気分に苛まれた。物音ひとつしない小さな部屋で、大きな溜め息をついて腰を降ろすと、もう何時間も立ち上がれないままでいた。

そして、また窓の外で音も無く陽が落ちる。そうやって一日が終わっていった。

路地裏の劣等感

セイが突然に亡くなって、訳のわからないまま怒涛のような日々が過ぎ、ひとまず予定されていたスケジュールを全て消化し終えると、遺されたメンバー三人は少しずつ「バンドの今後」について話合うようになった。そして、慎重に根気よく新規メンバーを探しつつ、当面はサポートメンバー（正規メンバーではなく、スタジオでのリハやライヴ等、必要な時にパートタイマー的に代役を雇う）に頼るスタンスで何とかバンドの活動を続行し、バンドの存続に全勢力を注いだ。けれど、その肝心のサポートメンバーと何かと反りが合わないようなことが続いて、その後の活動も思うように進まず、一進一退のジリジリとしたなんとも言えない、じれったい時間だけが続いた。

ロゼ・スタイルのやっている音楽に対する共感や、メンバーと共にステージに立ち、同じ釜の飯を喰い、活動をしていくという前向きな意識は皆無で、あからさまにただギャラのためだけにやっているような態度をとる人も多く、サポートメンバーとのバンド活動には心底辟易した。

スタジオで共に音を出しながら、サポートメンバーからよく言われたことの一つに、「まだ、音が固まっていない感じがするから、またスタジオに入ろう。」というセリフ。そこだけ聞くと前向きで積極性のあるサポートメンバーなように思えるかも知れないが、元々のバンドメンバー側、言ってしまえばサポートメンバーを雇っている側としては、はっきり言って聞き捨てならないセリフだ。

まず、第一にバンド側としてはサポートメンバーがバンドメンバーと一緒に音を出せる機会、曲を合わせてみる機会としてその日のスタジオに入っている。もっと言えばその日その時間を割き、スタジオ代などの経費ももちろん全てバンド側の負担だ。サポートメンバーが初めて演奏する曲も、バンド側としては、もう何百回、何千回と演奏してきた曲であり、はっきり言って音が固まってないのだとすればサポートメンバーの演奏力やセンスに問題があると考えるのが普通の感覚じゃないだろうか。

もちろんバンド側も、一緒に演奏する奏者への歩みよりは必要不可欠ではあるが、より多くの歩みよりが必要なのは、その日初めてその曲を演奏するサポートメンバーの側であり、少なくとも「音が固まってないね」等と言える立場にないはずだろう。

また、同じように「音が固まってないから、また改めてスタジオに入りましょう」と、今後のスケジュールについて提案される事にもイライラさせられた。これも、その部分だけ聞けば、同じステージに立つ一員として前向きに取り組んでいるサポートメンバーに見えるだろうし、ただ代役として演奏するだけでなく、正規メンバー並みにバンド活動に取り組んでいる、やる気あるサポートメンバーのように思えるだろう。

けれど、何度目かに同じ事を言われた時にバンド側として、ピンときたんだ。

要するに、「またスタジオ入りましょう！」と言って次回もまたスタジオに入れば、サポートメンバーとしては、一回分仕事が出来るわけで。ギャラも発生する。乱暴な言い方をすれば、いつまで経っても音が固まらないほうが、サポートメンバーとしては儲かるわけだ。その事に気付いた時、なかなか曲を覚えてこないサポートメンバーがいたりする事など、それまで気掛かりだった様々なサポートメンバーとの活動のやり辛さなど、全てに合点がいった。

都合の良い時は、「同じステージに立つ仲間じゃないですか！」とすり寄ってくる。そして、都合が悪い事には、「あくまでも自分はサポートメンバーなので、運営はバンドさん側で考えてください！」と言う。

そんなんじゃこちらとしては、とてもじゃないけど「仲間」として認められないし、はっきり言って一緒にやってられない！と思う。入れ替わり立ち替わり、様々な人とスタジオに入り、色んなやり方で様々な角度から今後の活動を模索したが、やはりこれまで「バンド」として一丸となってやってきたロゼ・スタイルなだけに、その時その時に、ましてや全くわかりあえないサポートメンバーを擁した不安定な態勢で、活動を存続していくことの難しさを痛烈に実感していた。

様々なサポートメンバーの人達に対して、どうしてもこのバンドでサポートをしたい！とか、この人達の力に成りたい！と思わせることが出来なかった点については、ロゼ・スタイルのバンドとしての魅力の無さや、人望の無さという点で、致命的な至らない部分であったのだろうと謙虚に受け止めるが、とにかくサポートメンバーとの活動にバンドメンバー全員、心底疲れ果てた。

また、少しでも意見がぶつかると、「じゃあ、他のサポートメンバーを探したらどうですか？」と判で押したように、足元を見るような事を日常的にしょっちゅう言われた。バンドとしては、決まっているスケジュールに穴を空けられても困るので、しぶしぶでも相手を立てるような姿勢で臨まざるを得なくなる。

最終的には、スタジオに入る日程や、ライヴのスケジュール調整に至るまで、サポートメンバーに振り回され、何か物事が動き出す度にご機嫌を伺う始末で、これはもうどっちが「サポート」をしているのか解らない、というぐらいの感覚になっていた。

それまでのようにバンドをやる事、それまでのようにステージに上がる事、そんなありきたりなことの一つ一つが、もの凄く遠く難しい事になっていた。

路地裏の劣等感（二）

セイが死んで、何もかもめちゃくちゃになって、けれども、それでも、バンド「ロゼ・スタイル」は止まらなかった。止めなかった。すでに決まっていたスケジュールはもちろんのこと、何となく計画していたこと、メンバーみんなが思い描いていた、ごく普通に続くと思っていたバンドの「続き」を、全て実際に行動に移した。アルバムのリリースに、そしてそれに伴ったツアー、主宰イベントの開催など、そんなもの今までずっとやってきたことだ！と当たり前のような顔で、何食わぬ顔で、各地でライヴをやった。

周りの人達に「相変わらずだな！」なんて言われるぐらいが調度いいと思っていた。それまで、幾度となく、ピンからキリまで、やれ追悼ライヴやら、なんやかんやとくだらない提案や誘いが舞い込んだりしたが、どれもくだらない、馬鹿馬鹿しい、と突っぱねてきたが、そうやって自力で立ち上がり、それまで通りのバンド「ロゼ・スタイル」としての底力を見せつけることができた。

けれど、「メンバーの死」という最低最悪の形で、ある日突然にぽっかりと空いた空白の大きさは日を追うごとに大きくなり、それまで通りに音を出し、ステージに上がり、いつも通りの曲を演奏し、普段と何ら変わらない振るまいで過ごしているつもりでも、やはり何かが違う、という違和感のようなものと、もはや何もかもが違うという絶望的な喪失感に苛まれた。ツアー最終日の岐阜でのライヴを終え、東京に戻ると、待っていたのは何も無い、何も感じない茫然自失の毎日だった。

路地裏の劣等感（三）

ツアーが終わり、空っぽの毎日を過ごし、自分が今を生きているという心地はいつも薄っぺらかった。とにかく、周りの人達が言う「がむしゃらに頑張れ！」とか「なりふり構わずに前に進め」みたいな、何かを「頑張る」という事に重きを置いた話が何よりも気に食わなかった。

何もかもが嫌で、何もかもがどうでもよくて、もちろん夢中になれるような事も無く、当時の自分自身なりのせめてもの防衛本能なのか、自分の直感や判断で、意識的に極力「嫌な事は避ける」という普通の感覚では考えられないようなライフスタイルに落ち着いた。

たまにメンバーと会っても、「気が向かない事は別に無理してやらなくてもいいんじゃないの？」とか、「あえて嫌いなやつと会話するなんてストレスの元。ヤメヤメ。」とか「やってもやらなくても結果に大差無いようなことは、そもそもやる価値無し！」というような情熱の枯れ果てた話を本気でしていた。これは別に、バンドを本格的に立て直そうとか、新たな展開を模索するために云々などというような、それなりにエネルギーの要る行動についての話ではない。もう、ほんとに日常的な些細なことですら、何もかもにやる気が無くて、惰性のままに時間だけが流れた。

電話がかかってきたり、メールが届いたりしても、「相手側には用があったとしても、こっちはあいつに用は無いね。」と思えば一切コールバックをすることもなかったし、たまに何か食事の席に呼ばれるような機会があっても、途中でつまらないなと思えば遠慮なく席を立った。箸の進まないものを、せっかくだから等と無理に食べ続けたり、気分の乗らない会話に付き合ったりしてそれが何になるの？と。ましてや別に周りの人達にどう思われようが、後で何と言われようがこの期に及んでどうでもよかった。お前らに用があっても、こっちはお前らに用なんてない！その一点のみで一貫していた。

ある日突然にセイが死んで、いわばハシゴを外されたような形になり、残ったメンバーは完全に宙ぶらりんの状態で、何食わぬ顔で流れる空虚な時間の渦の中に放り出された形になった。

夜寝る時にさえ、時間が気になって腕時計をして眠るほど忙しかった毎日から一変して、無気力に惰性のままに垂れ流される時間が、そのギャップの大きさを感じさせた。

青空が広がる心地よい気候の日も、一日中部屋でだらだらと過ごし、世間との接点も日に日に無くなり、月日や季節の感覚が薄れていった。ニュースでは、年がら年中、連休中のレジャーの人出が多くてどうだとか、交通機関の混雑がどうだとか、浮かれた話ばかりやっているように思えた。「あれ？ また連休？」「調子に乗るな！」と、いつも思っていた。

けれども、自分なりには意外と冷静でもあって、もう気持ち的には完全に振りきっている状態だったようにも思う。気分的にいつも安定していない、むしろ不安定であるという状態にいつも安定しているという、なんだか不思議な状況が続いた。誰かに話し掛けられても、「ふ〜ん。」とか、「へぇ〜。」としか答えなかった。いつも「あっそ。」と思っていた。

路地裏の沈黙

気分が乗らなければ電話にも出ないし、もうまるで周囲と接点を持とうとしなかった。そういうスタンスも初めの頃ならば、周囲の雑音や外野の戯れ言を聞きたくない！と、それらから耳を背ける防衛本能からくる行動だとも言えるが、もう本気で誰にも何にも用事も無いし、携帯電話とかもう要らないかなと本気で思っていた。

電話に出た時に最初に「もしもし」という、あの耳馴染みのあるセリフも、「ああ、なんかあの、もしもし！って言う台詞、初めに考えた人すごいな！」とか、そんな事を本気で頭の中で思い巡らせていたり、他にもうほんとにどうでもいいような事をぐるぐると考えたりして時間を浪費してばかりだったように思う。

昔話に出てくる「浦島太郎」のお話は、あれは本当のところは何が言いたいんだろう、子供たちに何を伝えたい物語なんだろう？と考えた事もあった。

何となく一般的に前面に出される部分としては、海辺でいじめられている亀を助けたら、お礼に竜宮城に招かれ、ご馳走を振る舞われたりする部分かと思う。良い事（いじめられていた亀を助ける）をしたら、良い事（竜宮城に招かれ、振る舞いを受ける）が返ってくる、という子供向けの解りやすい情操教育的なものなのかなという感じだが、それ以外に浦島太郎の物語には、個人的にはもっと気になる部分があって、竜宮城から帰り、お土産としてもらった箱を開けると、煙が出て太郎はお爺さんになってしまい、お家に帰っても誰も居なくなっていて、時は過ぎ去り時代が変わってしまっていたというシーンだ。

どちらかというと、「浦島太郎」って、大人になってからは実生活の上だと、流行り事についていけていなかったり、話題に乗り遅れてしまっていたりすることを表現する際なんかに、「その話、全然知らなかった。浦島太郎状態だ！」なんていう言い回しで馴染みのある例え話だったりすると思う。浦島太郎の物語の本当のところの正しい解釈や、作者が重きを置きたかった部分については、諸説あるのだろうけど、個人的には、せっかく良い事をしても、竜宮城に招かれ気を良くして羽を伸ばして、調子に乗ってハメを外し過ぎると、結局はしっぺ返しで痛い目に遭うぞという風刺の要素が含まれているのかなと、何となくそう思っていた。

個人的にはバンドをやりたい！ただそのためだけに毎日があって、音楽にのめり込んだ日々を重ね、ロゼ・スタイルというバンドと共に長い長い時間を駆け抜けてきた。そんな中、セイが死んで、茫然自失の日々を経て、気付いた時には何もかもが変わってしまっていた、何もかもが無くなってしまっていた。

いやいや、竜宮城でハメを外して羽を伸ばしていたつもりは無い。しっぺ返し？何の？何に対する？と思う。

こんなんじゃ、浦島太郎の物語でいうところの、冒頭のそもそも「亀を助ける」という部分からしてすでに疑問すら感じてしまう。浦島太郎は結果的に竜宮城から帰ったら、何もかもを失ってしまっていた。けれど、そもそも竜宮城には、亀を助けた事を感謝され、招かれたわけだ。

うん、やっぱりどうしてもこの流れ、筆者のような心の狭い人間には、結局のところ、そんな事なら初めっから「亀なんか助けてあげなければよかったわ！」と、どうしても行き着くところは、そういう解釈になってしまうんだけど。浦島太郎は、物語を読む限り、決して竜宮城での振る舞いを受けるという見返りを求めて亀を助けたような感じでは無いし、そうなると、やはり亀なんかに構ったばっかりに、人生棒に振ってしまったような側面さえある。という事は、この物語自体むしろ、亀なんかに構ったりしていると、浦島太郎みたいに人生棒に振るよ！とでも言うような、「触らぬ神に祟り無し」的な部分を早々と子供たちに教えたい物語なのか？なんていう、少々ひねくれた見方さえしたくなってしまう。

バンドの話に戻そう。バンドをやっていただけだ。自分自身も、メンバーも、セイも。それなのに、この皮肉な流れ。なんじゃ、こりゃ。

それとも、バンドをやっていたから、バンドなんかやっていたから、そんなふうにとらえる人もいるかもしれない。

じゃあ、浦島太郎は、あの日あの時、亀を助けなかったら、平凡でも幸せに暮らして、竜宮城には行けなくとも、楽しい人生を過ごしたという事だろうか？

バンドも然り。

もし、自分達がバンドをやっていなかったら、こんな事にはなっていなかっただろうか？バンドをやっていなかったら、こんな悲しく辛い出来事を経験しなくても済んだのだろうか？

そんなものは、いくらこねくりまわし、考え悩んだとて、堂々巡りの繰り返し。

結局は神のみぞ知る事であって、今を生き、今を生きる事しか出来ない自分達には、到底答えなんて出せない事なのだとも思う。だからこそ、我々バンドマン的な視点で言わせてもらえば、先程の「触らぬ神に祟り無し」的な、亀なんか助けないほうが余計な事に関わらずに済む！みたいな考え方や、生き方は到底出来ないように思う。

それこそ、ロゼ・スタイルのライヴの定番曲でもある、「路地裏狂騒曲」の歌詞の中にも出てくるように、

やったもん勝ち！結果オーライ！出来レースこそフライング！

そんな意気で笑い飛ばしてしまえとでもいう領域であると思う。安心、安全、安泰。その手の言葉なんてくそ食らえだと思ってきたからこそ、長い間バンドをやってこられたとも思う。

ボロボロに打ちのめされ、覇気のない生活を続けていても、なぜかそういったバンドマンとしての核となるような部分は揺らぐことがなかった。何もかも変わってしまった、誰もかもが居なくなってしまった。けれども、目の前で何が起ころうと、誰に何と言われようと、それでもブレないものが、変わらないものが、いつでも自分の中に揺るがずに有る！という事実に、ふとある時に気付かされた。

そう。もしかしたら、浦島太郎も。お土産を開け、煙がもくもくと立ち上ぼり、お爺さんの姿にされ、何もかも失い、竜宮城へ行く前までは普通に有った現世での生活を全て失っても。自分

で選んだ道だ。結果オーライだ！と、浦島太郎ももしかしたらそう思ったのではないかと。

亀を助け、感謝され、竜宮城で振る舞いを受けたが、結局は最後には何もかも失った浦島太郎。

世の中のあらゆること何もかもに、「絶対」なんてものは無いと思う。正直者がバカを見るなんて状況は、世の中に溢れ返りすぎていて、今更説明の余地も無いだろう。正しい事をしても云々、なんて言うがそもそも、それが正しい事なのか、何が正しい事なのかどうかなんて誰が判る？

だから実は、「浦島太郎」って、自分自身に正直に、媚びずにブレずに、自分の信じるように、信じる道をただただ真っ直ぐに駆け抜けた、最高にやりたい放題やって人生を全うした、最低最悪に最高なロックな人物の物語だったのではないかと。

なんか自分なりの勝手な解釈によってそんなところに行き着いたりもした。

自分にとってロックって何だ？自分にとってロックな生き方って何だ？

やはりロックってどこまで行っても理屈じゃ測れないものなのだ。

そんな事をふと考えていた時期に、自分自身の中で「浦島太郎」が最高にロックな人物になった。

路地裏の葛藤

唐突な切り口で恐縮だが、あくまで独断と偏見で、例えば東京なら、千代田区より、それ以外の区でのひったくりの方が多いんじゃないかと思う。なんか、それ以外の区の方ごめんなさいね。あくまでも独断と偏見で。かなりの偏見。

ただ、この話で言うなら個人的想像の範疇ではあるものの、やはり千代田区界隈のほうが、圧倒的に金持ちやら高給取りのエリートサラリーマンやらが多いはずなのに、なんで実際にはそのあたりの部分にそういったギャップが出てくるのかな？って。常々疑問に思っていてさ。いや、ほんと不思議だと思いませんか？どうでしょう？

それを言い出すと、本当の金持ちは今どき現金なんて持ち歩かないから、比較にならない！、なんていう屁理屈をこねる人もいるかも知れないが、ここでは要するに何でみんな似た者同士で衝突するのかなって話。

一旦、ひったくりやら金持ちがどうだとかの話は置いておくとしても、日常的な広い意味で単純にまぁ、自分達同士、庶民同士でやり合ってどうすんのさ、みたいなね。

よく似た類いの例を挙げるとすれば、職場での人間関係とかがどうにもギクシャクしているんだ、なんて話を聞くたびに、これまた同じような感じだなぁという思いを強く抱く。同じような労働者同士で衝突しあってどうすんだよ！って。もうそれ自体が経営者や資本家の思うつぼだし、要するに支配する側にとってそんなに好都合な事はないだろう。

フランスかどこかの有名な言葉で、「より良く統治するには分断せよ！」なんてのを聞いたことがあるが、簡単に言えば民衆同士でいがみ合ったり、不満をぶつけ合ったりして結果的に疲弊してくれていたほうが、支配する側に不平や不満など負の感情が向かないし、そんなエネルギーさえも消耗して、いわば勝手に庶民同士でやり合って、ある意味弱ってくれていたほうが支配しやすくて、支配する側にとってこれほど都合の良い状況はないだろう。

少々話がそれたが、当たり前の事だけど、別にひったくりを肯定する気なんて、さらさら無いし、資本家やら権力やら支配者層云々の話をここで議論するつもりもないんだけれども、そんな感じの話をざっくりと普通にいたって客観的視点で考えて、再びひったくりを引き合いに出してあれだけど、やはりそれはやるならやるで「なんで金を持っているやつを狙わないのかなぁ？」っていう部分での話になってしまうわけで。それこそニュースなんかで、ひったくり被害についてやっているといつもそれを思う。

よくありがちな例では、通勤途中の中年男性なんかが、突然背後から襲われケガさせられたあげく、強奪されたカバンに入っていた現金は、わずか千円だったりとか、そんなケースも頻発していたりするし、なんか「なんでそうなるのかな?」と。強奪された被害者はもちろんのこと、強奪した犯人側にも、おいおい、それ何の得があるの?何がしたかったの?とでもいうような訳の解らない状況がたびたび起きている。

それ以外にも、ひと昔前の、暴走族やら不良グループなんかにも似たようなことを感じる。

筆者は暴走族でも不良グループでも無いので(笑)、いち個人としての勝手な想像とか予想で、という域を出ない見解でしかない。そもそもそういったものって、学校とか社会とか、あるいは家庭や家族に対する反発や意思表示の表現としてエスカレートした形が、行動として現れたものだったり、それらが集団での行為に発展したりしていったものであると思う。対世間への、反発や反抗の自己主張、自己表現や、自己顕示欲の誇示、怒りや憎悪を行動として表したものではなかったのかと。それがなぜか、同じようなその他の集団とかチームとかと、似た同士でよく衝突したりしていているように思う。ぶつかる相手が違うんじゃないか?、そもそもの怒りや憎しみの対象や矛先がなぜ違う方向へと向かってしまうのかって。

本来、大人や社会へ向けるはずだったエネルギーをなぜか自分と同じような境遇の者へ向けてしまうという最大の矛盾。最大の謎。

いやいや、ところで何の話なんだよ!と言われてしまいそうだが、要するに「自分で自分を殺すやつ」のことを色々と考えていて、ある角度では、非常に似た構図の出来事として思い浮かんだんだ。うまく言えないけど、そういう負のエネルギーが内側に向けて暴発するっていう最低最悪のあるある現象ではないかと。

音楽業界的な部分で言えば、CDの売り上げの分配云々とかグッズの収益、ライヴのギャラの折半とか、その辺りの話題って、冷静に考えれば何でメンバーとか身内で揉めちゃうの?って思う。

本来、「え?何でこうなるの?」と、発端になることは、それそのもの自体に問題があるはずでさ、まあ例えば分配の仕組みとか、契約のカラクリがあったりするのかな。

なのにバンド同士とかメンバー同士とか、内に怒りが向いたりしているのって、そういうある意味でのズルイしくみを作った人間とかゆくゆく最終的に金を握る人間の思うツボというかさ。「何かおかしい!」と思うことを内々で擦り付けあっても何の解決にもならないし、怒りを向けるべき矛先がそもそも違うだろってことだからね。余計なエネルギーを使って、そのうえ大して何か得るものがある訳でもない。

そんな訳で、はじめの話に戻るが大して金持って無いだろうって簡単に予測できる相手からひったくりしようとするやつらとか、見えないところで後になってちゃっかり甘い蜜を吸っているようなやつに向けるべき怒りを自らバンドの内々に抱えてしまっていたりするようなジレンマとか諸々含め、エネルギーの使い方やそんな負の感情、それらを無駄に内に向ける感じが、なんだか自分で自分を殺すようなやつらのエネルギーの暴発ぶりとダブって見えてしかたがない。

震える手で引き金を弾く時、銃口を向けるべきは？

ちょっと考えれば簡単に解ることなのに。よりによって、自分に向けてどうするんだよ！ってね。


エネルギーの使い方をひとつ間違うと、なんていうか当たり前のことが当たり前でなくなると思う。先程の話で言えば、ほんとうなら揉めなくていいようなことで、揉めなくてもいい者同士が揉めてしまったり、どう考えたって死ななくていいやつが自ら死んでしまったりする。

でも、それらの事象を見てひとつ思うのは、そういうのって、やはり何度考えてみても、きっと誰か真逆というか正反対の立場のやつら（風向き良好な浮かれたやつらとでも言おうか）、の思うツボだと思うし、自分の性格から言えば、その思うツボになりさがるってことが一番イヤだし、ムカつくし、癪に障る。

思うツボにされてたまるか！と激しく抵抗したい衝動に駆られる。


単純に、思うツボにされてたまるか！と抵抗したいと思うようなことって、日常的にも様々あると思うな。身近な話で言うなら、なんでも自分の手柄にしたがるようなやつとか、それすらも無意識に自己陶酔のかたまりみたいなやつのことだ。

改めて考えてみても、そういうムカつくこととか、イライラさせられることがほんとに多いよな。

人は、人生の中で、「将来」って言葉をいったい何歳ぐらいまでの人に使うだろう。いくつまで、その言葉を使うことができるのだろう。「将来」は、どうしたい？どうなりたい？どうするの？みんな、将来という言葉をいつどんなふうに使うだろう。

けれど、毎日無駄に時間を浪費し、覇気のない毎日を繰り返していたら、いつの間にか「将来的なことを考える」という感覚すら、ピンとこなくなった。将来は、どうのこうの、なんていう感覚じゃなくて、「人生の残り時間」とか、余生とかっていう感じになった。自分自身、情けないというか、惨めというか、自らの精神的な疲弊ぶりが、いかに重症化してしまっているか突き付けられたような気持ちに陥った。新しく何かを始めることや、新たな人との出会いとか、そういう物事すらも、ものすごく億劫でストレスフルなことだった。それらがどうしてなのか、自分でもものすごく長い間全く解らなかった。

言葉にすると、ちんけな感じだが、それって実は日常の中の、ごくごく普通な「自己紹介」が猛烈に嫌なんだ！という気持ちに気が付いた。そんな別に気に留めるようなことでもないようなことが、いま堪らなく嫌だ！と、ある時自分の頭の中で、はじめてハッキリとした言葉として理解できた。バンドのこと、そのバンドをやってきた自分自身のこと、現在の自分の状況、バンドの現状、そしてそれらを踏まえた上での自分自身の今後についてのこと、バンドの今後についてのこと、とにかくそれらすべて、どれをどの角度からどうとっても「バンドのツアー中に、セイが死んだ。」という事実が常についてまわるからだ。

「へぇ！バンドやってるんですね。」なんていう話の後には、かならず「そうですか、メンバーを亡くされたんですね」という話になる。どうしたってそうなる。そこを通らなければ話が先に進まない。

けれど、そんな話の後に、どう話が進むか？良い風向きに進むはずがない。

相手によっては、聞かなければよかった、聞きたくなかった、と思うだろう。

まとまる話もまとまらない、周囲に人が寄り付かない、そんなバンド、そんなバンドのメンバーである自分。手のひらを返すように離れていった人達、そして絶界孤島となったバンド。それまでは、なんとなく気も張っていたようにも思うが、気がついたら、よくめまいがするようになった。腹が立つようなことや、調子に乗ってヘラヘラしているようなやつにイライラするようなことにも疲れてきたように思う。

なんだか自分自身が、かつて街なかで見たような、ただの東京の「疲れきった顔した覇気のない人」になってしまったようで、大きなため息が出た。

「今日ちょっとめまいがするんで。」

徹底的に何もかもから逃げることにした。それを恥ずかしいだとか、負い目に感じるようなこともあまり無かった。人が見てどう思うか？とか、他人に何をどう言われるか？なんて考える必要が無いぐらい、周囲に人が居なくなっていた。

「あれっ」

なんだ。そんなことか。

少しだけ、寂しい気持ちになったけど、それ以上になんだかスッキリした気持ちも強かった。そんなことよりも、自分自身の中で負のエネルギーがあらぬ方向に、迷走、暴走しているのはほかならぬ自分も同じじゃないかよ！と、ある時ふとツッコミたくなった。

そして、そんなクソみたいなヤツらのことを考えているのもイヤになって、なんとか思い直して、なんとなく久々にＣＤプレイヤーの電源を入れた。スピーカーの中で、大好きなミュージシャンが、何度も「やっちまえ！」と叫んでいるように思えた。カランと音を立てて、グラスの中の氷さえも自己主張している。

目一杯ボリュームを上げて、銀盤が擦りきれんばかりに、気が済むまでリピートした。

それこそ、まだセイが生きていて、ライヴをやり各地をツアーで廻っていたころ、たくさんの人達が自分達のＣＤを手にしてくれた。そんな頃の事を思い出したりもした。

今もどこかで、こんなふうに自分達のＣＤを聴いてくれている人がいるだろうか？とか、それまであまり気にも留めなかったような視点で色んなことを考え、頭の中を思い巡らせていた。セイが死んでからの、不本意な時間がただただ無駄に流れていく毎日の中で、次第に自暴自棄になっていく自分に、自分自身ものすごい勢いで疲れきっていった。セイが生きていた頃には、もう絶対に戻れないけれど、そんな事さえもどうでもよく思えるような「これから先」にしたいと、何度自分を奮い立たせたことか。

着実に階段を登りつつあった中で、突然に梯子を外された。そんな宙ぶらりんの状況で何をどう頑張って、何をどう折り合いをつけろというのか。何をどうやって何にエネルギーを注げというのか。

けれど、今この瞬間にも世間を我が物顔で闊歩する、風向き良好で自己満足に浸ってニヤケ顔で生きているヤツらが大勢いる。そしてまた朝が来たら、まるで自分のことが見えていないかのように、まるで自分が今この場所に存在すらしていないかのように、音もなく世の中は何食わぬ顔で、いつものようにいつものような時間がいつものように流れていく。

そして自分には、そんな癪に障るヤツらに負けてたまるか！という意地のようなものがある。そんな気持ちだろうか。

路地裏の葛藤（二）

相変わらず何もかもにやる気が起きなくて、白い壁を眺めては、無駄な時間だけが音も無く過ぎ去っていく日々が続いた。真っ昼間のシーンとした部屋で寝っ転がっていたら、ふと東京に出てきた日の事、初めてこの部屋にやってきた日の事を思い出した。

たまに人に話すと、驚かれるんだけど、自分の場合、上京する時ほんとに冗談抜きで何も持ってこなかった。別に、俺はバンドマンだから！ってイキがっていたわけでもないんだけど、一般的な人達のように進学やら就職とかで、それに合わせて「さあ！」と思い切って上京するっていう感じでも無いし、あくまで必要に応じて自然な流れの中での上京だったので、むしろいかに手軽に身軽にフットワークを軽く、機動力重視でってノリのほうが大事かな、それで充分かなと思っていて。

とにかくギターさえ持って来れば、あとは必要な物は必要になった時に必要な分だけ揃えれば良いかなと。「無謀過ぎるだろ！」と呆れる人も居たが、意外とみんな「シン君らしい！」と笑って受け止めてくれたように思う。

結局、上京したその日の夜は、タオルを敷いて上着を羽織って寝た。

それからも、ずいぶん長い間、ちょっとした家具とかテーブルとか無いままだったし、けれどもそれでこれといった支障も無かったし、無きゃないで何でもなるようになる。いや、正確に言うと「なるようにしかならない！」というニュアンスだったようにも思う。そんなのどうでもいい事だったたからだ。

そんな上京当時から時間を経て、（当たり前だが）それなりに物が増えた。生活に欠かせない必要な物もあれば、ほんとは別に無くてもいいような物もある。いや、なんだかほんとは無くてもいいような物ばかりなような気がしてくる。

何もかも嫌になって、何もかも要らない、何もかもに関わりあいたくないと思った。

そして、そうすれば少し楽になれるような気がした。

セイが死んで何年か経ち、バンドもサポートメンバーを率いてライヴをやってみるなど、色々と試行錯誤しては行き詰まっていた。そんな時、東京を離れ、三浦半島の海に近い小さな町で七ヶ月ほど過ごした。はっきり言って今思えば完全な逃避行だ。

ほんとは、「海でも眺めてゆっくり」きままに過ごそう、なんて悠長なことを考えていた。しかし実際のところはたびたび風邪をひいたり等々、体調を崩すことが多くて、本を読んだり、音楽聴いたり、考え事をしたりとかなんて夢のまた夢だった。そんな事はほとんど出来ないまま、結局東京に居る時よりもさらに寝ているだけの無駄な時間を過ごしてしまって、さすがに自己嫌悪の日々だった。何もかもから逃げるようなノリは、やはり自分の性分に合わないと改めて思った。

そんな衝動的な放浪を誰かに止めて欲しがっただけなのかもしれない、なんてことをふと思ったら、こっ恥ずかしいやら情けないやら。けれど、何でも単純に気が向くまま自分の思うように好き勝手に行動に移したおかげで、何となく諸々と「気が済んだ」ような気がした。

ほどなくして東京に戻り、けれど、やはりそれからも何かしら必死にもがいていたように思う。何を?と言われても、うまく説明が出来ない。うまいことカッコよくまとめるつもりもないが、このありのままのクソみたいな状況の中、いかに自分が自分らしく居るかという点だったように思う。

うん、そうだ。それなら宇宙一、往生際の悪いヤツで居たい。

人混みなんかでは、相変わらずチャラチャラと浮かれた風向き良好なやつらにはイライラした。

「お前達なんかより、史上最大にイヤなヤツになってやるよ！」

「諦め上手な、お人好しになんてなってたまるか！」と。

そんな何の足しにもならないようなことを考えながらも、東京の雑踏の中、少しだけ自分を取り戻せた気がした。

路上に横たわり異臭を放つ世捨て人に、誰も振り向くことなく人波が流れ続ける。使い古された台詞かもしれない。「東京に負けてたまるか！」と、東京に出てきた時のことを久しぶりに思い出した。

路地裏の葛藤（三）

「ロック」ってなんだ?ということに関しては、すでに書いたように、色んな切り口や考え方はあるにせよ、超個人的な見解としては、「ロックとはなにか?」等と理屈っぽくならない事ではないかと思う。

じゃあ、はたまた「バンドマン」って言葉に関してならどうか。

思うに「バンドマン」とは、いたって普通なヤツだ。

もっと言うならバンドとはそんな普通なヤツらの集合体で、だからこそ色んなことが起きるし、うまくいかなったり、常に何かが足りないと感じていたり、だからこそミラクルを期待するし、実際にミラクルを引き寄せるヤツらもいたりする。十人十色。要するに路地裏の劣等感のかたまりじゃないかと思う。

じゃあ、ここで言う普通のヤツって何か。非常に雑な括りで少々強引な気もするが、簡単に言うと、ざっと「庶民」ってことなんじゃないかなと思う。勉強じゃ一番になれないし、かといって運動で活躍の路を見出だせるような抜きん出る運動神経も持ち合わせていないみたいな。なんていうか、特別な景色を見てきてはいないっていうかさ。けっして特別扱いをされるような生き方をしてきていない、だから「普通」な、「庶民」だと、ひとまずここではそう括りたい。

子供の頃、かけっこのゴールテープなんて切ったことがない。なんかの式典でテープカットなんてしたことない。そもそもそんなものに抜擢されたりもしないし、そういう類のことを決めたり動かしたりしているような界隈の人達とは接点も無いし、縁もゆかりもない。どこのどんなヤツがいつどんなふうにそれを決めているのかも知らない。

いやいや、もっと「普通の人」、「庶民」を簡単に表現する例えはないかな。

人を殴ったら、そっこうで逮捕されちゃうけど、逆に人に殴られても、誰からもどこからも救済されずに泣き寝入りせざるを得ない人かな（こう掘り下げてみると「庶民」として生きるのも楽じゃないな（笑）、というかかなり辛いなぁ）。

そんなわけで、どうだろうかなり「庶民」を表す解りやすい例えを挙げられたと思うんだけど。

けど、その側面だけだと超弱っちいヤツじゃないか！と誤解をされそうだが、けっしてそれだけじゃない。

バンドマン＝普通のヤツ、という「庶民」の図式。

持たざる者は強し！なんていうと大袈裟かもしれないが、逆に失う物も大して無いので、ナメてたら最後、とことん行くよ！みたいな底力は持ち合わせているようにも思う。味方に居ても大した足しに成らないように見えて、敵に回した瞬間にそのポテンシャルに度肝抜かれるなよ！みたいな。

バンドって「普通」のやつがやるから面白いし、期待したり夢見たりする。

例えば、学校の文化祭にしたって、普段普通のなんてことないクラスメイトが、ある日バンドでステージ上がって、いつもと違う一面を見せたりするところとかもさ、だからこそ光るというか。

勉強でもスポーツでもない、「あいつ音楽好きなんだ！」とか「○○君、楽器弾けるんだ！」みたいな、そういう光り方や、意外性に集まる注目とか、やっぱほんとこれはバンド特有というか、他の分野、例えば勉強とか仕事でも、あるいは遊びでもあまり他に例えようが無い、特殊な存在感の提示じゃないかと思う。（自分自身も「俺はここにいるぜ！」その気持ちを守り続けるためにステージに上がり続けてきたようにも思う。）

そしてもっと言えば、いくら光ろうが、注目を浴びようが、ステージを降り、文化祭が終り、またいつもの日常が戻れば、またいつものなんてことのない普通のヤツでしかないという、この「普通」度、「庶民」度。

そういう面からも、やはり学校とかクラスとかっていう単位で見てみても、例えばスポーツとかで活躍できるような「特別」なヤツらや、特別な扱いを受けられるような類いの人達のそれとは、全くもってことなる存在であると思う。

例えばスポーツで、甲子園や、花園で活躍したら、意気揚々と学校に帰り英雄として迎えられるようなクラスメイトとは違う。スポットライトが消え、ステージに幕が降り、文化祭が終れば、またいつものステージに上がる前の、なんてことのない「普通」のヤツ。

ひょっとしたら、今これを読んでいる方の中には「そんなわけないじゃない！」、とか「誰のことを指して言っているの？全然そんなんじゃないと思う！」と少々違和感を覚えてしまっている方もいるかもしれない。

けれども、あえて言う。

バンドマンってば「普通のヤツ」だと。

もし、いやいやそうじゃないだろう！なんて思う方がいたら、それはきっとあなたの指している人達は、「ロックスター」や、「バンドヒーロー」と呼ばれる部類に入る人達のことを指して言っているじゃないだろうか？と思う。ここで言っているのは、けっして大豪邸や、高級マンションに住んで、最高峰の設備の整ったスタジオで作業したり、時にはレコーディングで海外にもひとっ飛びしたり、全国各地の巨大なスタジアムを満杯にしてライヴをやったりして世の中をいつも湧かせてくれるスターやヒーロー達のことではない。

ただ音楽が好きで、歌が好きで楽器が好きで、ステージに立ち、今ここにいるよ！と心の叫びを挙げるどこにでもいるバンドマンのことだ。

「あなたにとってロックってなんですか？バンドってなんですか？」なんて、よく聞かれたりする。

人一倍、思い入れだってあるし、話出したらきっと止まらないぐらい持論だってある。けれども、やっぱりそこはなんていうか、もし「バンドって特別なもの」だなんて言っている良い子ちゃんがいたら、なんかダサいとさえ思う。

普通のヤツが、普通にやっていること。

それ以上でもそれ以下でもないし、それ以外に何か求めてもいないし、求められるものでもないだろう。誰かに求められてバンドマンを志したヤツなんてきっといないんじゃないかなって、いつも思う。勉強とか仕事とかと違って、周りの大人とか学校の先生とかに言われて仕方なくこの道に進んだなんて人は今のところ聞いたことがない。

音楽という部分で見てみても、クラシックやらジャズならいざ知らず、幼少期からパンクのいろはを両親から叩き込まれました、みたいなヤツ聞いたことがないし。ヘビメタをやらせるために私財をなげうって英才教育を施されましたなんていう例もまあないだろう。

だからバンドマンって、本人がある時、ある瞬間に自分自身の意思で自分自身の行動によって興した一歩であって。同時に自己主張であったり、意思表示であったり、ある面では自己防衛であったりもするかもしれない。

バンドマンって、普通のヤツがやってんだ。って側面を少しでも解ってもらえたら嬉しい。ライヴにしても、音源にしても、そんな普通のヤツがイキイキと、この上なく水を得た魚になる瞬間、なれる瞬間、いや、なることを許されるひと時と言ったほうが良いかな、そうそれがいかに掛け代えのない瞬間であるかと。

時にそれは、ロックスターへと昇華し、羽ばたくヤツもいれば、一夜にして何もかも失ってしまうヤツもいるだろう。(ロゼ・スタイルなんて後者の典型的な一例だろう。)

運命なんて仰々しい言い方はしたくないが、そういうふうな不思議な目に見えないものに、翻弄され、右往左往する姿もまたバンドマンではないかと、最近少し思うようになった。

普通のヤツ、普通のヤツらのやっているバンドだから。壁にもぶち当たるし、どうにもできないようなことに振り回されメロメロになって醜態をさらすこともあるだろう。気の利いた物語みたいに絶妙なタイミングで正義の味方が現れたり、救世主が都合よくピンチを救ってくれたりするはずもない。しつこいようだが、だって普通のヤツだから。

もし、そんなドラマチックにピンチを乗り越えてメデタシメデタシ!みたいに器用に世間の荒波を乗りこなしていけるセンスを兼ね備えているお利口な人間だったら、始めっからバンドなんてやっていないと思う。

「メンバーが死んで、色々と紆余曲折があって、最近はライヴもやれていません。」と自分の口に出して言うのが、ほんとうに悔しくて情けなくて恥ずかしくて、たまらなかった。だから誰とも会いたくないし、誰とも話したくないし、どこにも出掛けたくないし、何もしたくなかった。

けれども、今は少しだけ違うかもしれない。

なんとなく、そんなことどうでもいいようになった。だって普通のヤツなんで。良い道ばかり選べない。そう、そう、だってバンドマンなんで。

少なくとも、誰かさんみたいに自分で自分を他とは違うちょっと特別な存在だと思っているような種類の人よりはね。マシだと思っているよ。

路地裏の覚醒

セイが死んで、何に対してもやる気が起きず、かといって何をどうすればよいのかも訳が解らないままで、ただ時間だけが過ぎ、秋が過ぎ、冬が終ろうとする頃、ある友人が連絡をくれた。約十年ぶりに復活する、日本が世界に誇る有名なバンドのライヴに、一緒に観に行こうと誘ってくれた。もちろん即決で「行くわ！」と返事をした。

確かに、高校生の頃、夢中になったそのバンドの復活の瞬間を今またこの目で観たい！という、いちロックキッズとしての思いもあったが、当時あらゆる気力や意欲を無くし引き込もっていた自分に対し、その友人なりの絶妙なタイミングでの連絡だったことや、押し付けがましさのない、さりげない気遣いや、そっと背中を押して部屋から引っ張り出してくれるような、目に見えないパワーがあったからだと今思い返してみて改めて思う。

ライヴは2デイズ。友人と当然のように「そりゃ両方行くよね!」と、これもまた即決で決まった。後に、さらに追加公演も発表され、またまた「一日だけ行かないなんて理由どこにも無いよね!」と、都合、計三日間ライヴを観に出掛けることに決めた。

そんな、ロック好きでノリの良い友人と出掛ければ、何かしら自分自身の気分も晴れるのではないかという微かな期待のような気持ちもあった。

ずっと自分が引き込もっていたこともあり、友人とは会うの自体久々だった。

それならということで、事前に久々のライヴ参戦の打ち合わせも兼ねて、これまた久々に飲みに行こうかということになった。気分はもう単なるロックキッズそのものだった。

そんな感じの、ロックにワクワクしてしまう不思議な感覚は、中学、高校、そしてそれからも、何一つ変わっていないように思う。

その日は、気心の知れた友人と久々に飲みに行けるのが楽しみで、こちらとしては以前と変わらない感じで、ごく自然に気楽に出掛けて行ったのだが、「大丈夫かな?シン君、気力を無くしてしまっているんじゃないか?」とか、「表にも出ないでずっと塞ぎこんでいるんじゃないか?」等と、かなり心配をさせてしまっていたようで、夜の街に繰り出してからも随分と気を遣わせてしまった。

さりげなくライヴに誘ってくれて、外に出る理由を与えてくれて、部屋から引っ張り出してくれたことに、ほんとうに感謝の気持ちで一杯だったし、単純に三日間ライヴを観に行けることが楽しみで仕方なかったし、その日その時間、ライヴ会場に出掛けるという「予定」が出来て、世間との接点が生まれることに、単純だが社会復帰の第一歩のような気がして、それ以前の自分自身よりも少しだけ気分も解れたような気がしていた。

そして、ライヴに先だって友人と会場の近くに宿も押さえ、万全の態勢でその三日間を過ごす準備を整えた。

大袈裟に聞こえるかもしれないが、もう何もかも忘れ、そのライヴに没頭し熱狂することだけのために三日間を費やそうと決めていた。

ライヴの開催された三日間、毎日ホテルと会場を往復し、ほんとうに何もかも忘れ、ただただ、いちロックキッズとして夢中になって熱狂し過ごした。

チケットは三日間分全て友人が手配してくれた。想像もしていなかった良席だった。

「めっちゃビックリした！」

「ありがとう！さすが！」

「こりゃたまらんわ！」

その友人にちゃんと伝わったかどうか解らないが、一緒に観に来れてよかった。何もかもうまくいかない、つまらない日常から引っ張り出してもらえてよかった。ありがとう！と。そんなようなことを興奮気味に伝えたと思う。

友人は「シン君が喜んでくれてほんとうによかった」というようなことを言っていた。

なんかもうほんとうに色々と気を遣わせてしまったなと、なんだか申し訳ないような気分だった。

そして、そんな友人のさりげない気遣いが、セイが死んでからというものどうしようもないぐらいに腑抜けきってしまっていた自分自身の気力がなんだか奮い立たされるような刺激となった。

初日は小雨が降る中、開演時間が押しに押していた。客電が落ちると会場を埋め尽くした五万人の歓声と悲鳴が絶叫となり、ついにライヴがスタートした。

音の波に揺られ、轟音の渦に飲み込まれる。総立ちの五万人の中の一人であることが、いちロックキッズとして、なんだかとても心地よかった。

路地裏の覚醒（二）

高校生の頃、初めて東京に遊びに来た。その時もそのバンドのライヴを観るために地元の三重から遠路遥々駆けつけたので、すごくよく覚えている。バイト代をはたいて、クラスメイトと夜行バスを乗り継ぎ朝方の東京に降り立った。陽の出前の蒼白い空が印象的だった。

初めて見る都会の街並みや行き交う人達、目に映るそのすべてのものが新鮮で刺激的で子供ごころに衝撃だった。ライヴが始まる夕方まで、日中は渋谷と原宿を何度も行ったり来たりして、田舎者らしく、存分に東京観光を楽しんだ。

それが自分にとって初めての東京だった。


そして、その時観に来たそのバンドは、その後残念ながら一度は解散してしまったが、約十年の時を経て復活するというのだから、そりゃあ、どうしても観たい！とロックキッズとして血が騒いだ。東京ドームの五万人の聴衆を前にステージからは、驚異的なカリスマ性が放たれてくる。いちロックキッズとして無条件に酔しれ熱狂した。


ボーカリストが、五万人を煽りまくる。

そのアジテーションは、個人的にとても心を打つものだった。後で冷静に噛み砕いて考え、自分なりに消化し解釈してみても、少なくとも、のちに自分自身が裸一貫でバンドを立ち上げ、前に進むプロセスにあたって、ふとした瞬間に思い出して、再認識するだとか、あるいは気持ちを奮い立たせたい時などには、いつもそのボーカリストの煽動的なシャウトが頭に浮かぶ。強烈な印象と影響を受けたものの一つだと思う。

五万人が熱狂し、ジャンプを繰り返す。

ほんとうに東京ドームが揺れていた。

「隣のヤツに負けんなよ！」とボーカリストがアジりまくる。五万人がさらに激しくジャンプを続ける。

ステージ上のバンドが繰り出すパフォーマンスももちろんたまらなく痺れるものだったが、自分自身を含めたアリーナ席から遠くスタンド席の端から端まで、ぎっしりと埋め尽くしたオーディエンスの熱狂ぶりもまたロックキッズの心を激しく煽るものだった。

繰り返すが、そのボーカリストの言う「隣のヤツに負けんなよ！」という台詞。簡単に掘り下げてみたいと思う。

五万人がそれぞれ隣のヤツに負けないように熱狂し、ジャンプし、より大きな歓声をあげる。

そう、それぞれが他の四万九千九百九十九人よりも、より激しく熱狂し、より高くジャンプし、より大きな歓声をあげるのだ！

ファン目線は一旦置いておくとしても、簡単にいうようで、これほんとうにすごい台詞だと思う。

人が五万人いて、その中で他の四万九千九百九十九人よりも、自分が！自分が！、俺が！俺が！、私が！私が！ってなるような事って、他にあるだろうか？と、すごく思う。

勉強や、仕事や、趣味や、遊びなどなど、様々な場面を思い浮かべてほしい。

もちろん、勉強とか仕事で絶対に自分が一番じゃなきゃいけない！とか絶対に一番になりたい！と思って頑張っている人はいると思う。

けれども、少なくとも自分には一番になれるような場所や、一番になることを目指すような機会はこれまでもそうそうなかったように思う。そう、それは先述のように、なんてことのない「普通のヤツ」だという自覚からだ。

そんな、なんてことのない自分自身を何かしら事有る度に奮い立たせてくれる言葉だったように思う。

それは初めて東京に来た時に観たライヴでも、それから十年も経ったライヴでも、やはり同じように自分自身の心を揺さぶり激しく打つものだった。

一番になりたい！なんて大それた事なんてとても言えない。普通のヤツだから。

けれども、そう。ここでは「隣のヤツに負けんなよ！」なわけだ。

そして、そのライヴに例えれば、五万人が「隣のヤツに負けるものか！」と思ってジャンプする。他の四万九千九百九十九人よりも！自分が！自分が！と思ってジャンプするのは、あまりに漠然としていて、無謀でさえあるだろう。けれども、そこは、その「隣のヤツに負けない！」というピンポイントな点に大きなヒントがあるんじゃないか？ってね。


まず単純に「隣のヤツに負けない」ということが、すべての始まりであり、そしてそれが他の四万九千九百九十九人よりも、自分自身がより激しく、より熱狂し、より高くジャンプするということに繋がるわけだ。いや、別にライヴ会場でいかにライヴを満喫するかというような話をしているんじゃないよ？

普通に日常のこと、それこそ勉強でも仕事でも、何でも。


「隣のヤツに負けんなよ！」

例えば、ここぞ！という時。隣のヤツに負けないぞ！と思ってやれているか？ってね。隣のヤツに負けない！って事が、結果的に他の誰にも負けない！って事に繋がる。

その図式に気付いた時、震えたね。いや、むしろそんな簡単なこと、なんで気が付かなかったんだろうって。

きっと、「他の四万九千九百九十九人に負けんなよ！」と言われても、漠然としすぎていてピンとこなくて「いや、そんなの無理だろう」ってなると思う。だからこそやはり、「隣のヤツに負けんなよ！」って深すぎるぐらいに深い、すご過ぎる台詞だと思う。

みんな、隣のヤツに負けないぞ！と思って生きているか？自分なんかがこの台詞を使うのもおこがましい限りだけどさ、自分自身に対しても、周りのみんなに対しても、声を大にして言いたいよ。

いつでも、どこでも、何度でも言いたい！隣のヤツに負けんなよ！

路地裏の覚醒（三）

約十年振りに復活したそのバンドのライヴを三日間すべて観られて、単純にロックキッズとして最高の時間を過ごせたと思う。高校生の頃に観た時とは、またひと味違った味わいもあったし、何より会場を埋め尽くした五万人が、当たり前だがそれぞれ皆同じように同じぶんだけそれぞれの歳を重ねて、それでもなおその三日間の公演に駆けつけた事実とその光景を目の当たりにして、何とも言えない感慨があった。

自分自身も含め、駆けつけた面々のその平均年齢の高さがなんだか、笑ってはいけないのだが(笑)、微笑ましさすら感じた。みんな今でも音楽が好きなんだな!と素直に嬉しい気持ちになったし、友人に誘われその場に居られたことがなんだか不思議で、「縁」とか「巡り合わせ」とか、なんだか柄にもないような単語が頭の中を漂流していた。

一日目のライヴを観た後、会場での興奮した気分のまま、友人と飲みに繰り出した。つい数時間前まで目の前で繰り広げられたライヴの話題はもちろん尽きることがなかったし、情報通な友人の音楽話に夢中になった。互いに酒が入り会話は留まることがなく、深夜、日付が変わる頃になっても音楽話、バンド話に花が咲いた。

「まだ後、二日間も観られる!」

「いやいや、もう今日一日目が終わってしまったから、あと二回しかない!」

単純だが、そんな話がたまらなかった。ほんとうに心はただのロックキッズに戻りきってしまっていた。

二日目のライヴを堪能した後も、また三日目のライヴの後も、どれも一日目と同じように、深夜まで飲み歩き、どっぷりと思う存分音楽とお酒に浸りきった。毎晩飲み歩き、各自ホテルには本当に寝るためだけに帰るような感じだった。

翌朝、ロビーに降りると前夜散々飲み歩いたとは思えないようなケロッとした顔で友人が待っていてくれた。

ライヴの始まる夕方まで、ファストフードやカフェでのんびりしたり、CDショップを巡ったりしては、さらにどっぷりと音楽話に花を咲かせた。そして夕方にまた会場に行き、ライヴに熱狂する。そしてまた飲みに繰り出す。

今思い出しても本当に夢のような三日間だったと思う。毎晩飲みに行き、毎度深夜まで尽きることのない音楽話をした。三日間毎日夜通し飲みまくり、話しまくり、久々にアドレナリンが留まるところを知らなかった。

そして、そんな毎夜の酒席で友人はただの一度も「そろそろ帰ろうか。」とか、「今日のところは、お開きにしようか。」みたいなことを一切言わなかった。

そのことを後になってふと気付いて、涙を堪えきれなかった。震えた。

優しさ?気遣い?そんな簡単な言葉では、どれもこれもチープ過ぎて言い表すことができない。

十年振りに復活したバンドのライヴに三日間も観に来られたロックキッズとしての興奮や感激も、毎日夜通し飲み歩き高揚した気分も、そしてもちろんセイを亡くし茫然自失のつまらない毎日を過ごしていた近況なども諸々含め、そんなありのままの自分自身の状況総てをひっくるめて、三日間何から何まで全部ひっくるめて、黙って面倒みてくれていたんだと思う。

それまで、セイが死んでからというもの、色んな人に接すれば接するほど、余計なことを言われてイライラしたり、要らぬお節介に腹を立てたり、散々不愉快な思いをしてきたのに、友人と毎夜ライヴに熱狂し、飲み歩いたその三日間はまるで別世界に迷いこんだかのように自分自身が自然体で居られたと感じる。

言いたいことを言いたいように言って、行きたいところに気の赴くままに行き、食べたい物を食べたい時に食べたいだけ食べ、そして夜には大好きな音楽にどっぷりと漬かりきった時間を過ごした。そして夜には酒を酌み交わし、気心の知れた友人と楽しいひと時に浸った。そしてあとはそれぞれ部屋に帰れば酔いに任せて泥のように気が済むまで眠るだけの毎日だ。なかなかこんなふうにとりとめのない時間を過ごせるヤツもそうそういないだろう。

そんな自分を黙ってやりたい放題、気が済むようにさせておいてくれた友人。

まるで介護か育児か?というぐらい、よっぽど、どーんと構えてなけりゃ到底まともな感覚では手に負えない傍若無人なロックキッズ（笑）として過ごしていたので、それはもう相当な迷惑をかけたことだろうと思う。

怒涛のような三日間が終わって、それぞれまた、それぞれの日常に戻ったわけだけど、やはり自分自身の中で確実に変わったものがあった。どうだったものが、何にどう変わったのか、言葉ではうまく表現できない。

けれどもなんだか、大きな深呼吸をした後のような、なんとも言えない「ひと区切り」ついたあとの、それまでの自分と同じようでいて、やはり何かが違う、真新しい自分がそこにいるような感触を嗅ぎとった。

要らないもの、うっとうしいもの、邪魔なもの、とにかく余計なものや気に入らないもの、心の中にもやもやと淀んだ忌々しい全ての負の感情を、三日間の間にあの会場の五万人の聴衆の渦の中で、すべて木っ端微塵にして棄て去ってきた！と思った。どうでもいい邪念は五万人の絶叫に掻き消された。

耳にこびりつくうっとうしいヤツらの戯言なんかは、三日間三晩、滔々と流し込んだアルコールがどこかへ流し去ってくれた。

何も無い空っぽの自分。ライヴを観に行った後の心地良い耳鳴りがいつまでも続いていた。

「隣のヤツに負けんなよ！」それはいつしか耳鳴りではなくて、自分自身の中で鳴りむことのない、自分自身の心の声となって鳴り響いていた。

路地裏の覚醒（四）

ツアー中にセイが亡くなり、そのことによって自他共に様々な影響があったことはここまでに少しずつ記してきたが、なんにせよ、自分のバンドのツアー中にメンバーが自殺するなんていう、とんでもないアクシデントの当事者となったわけで、これはもう言葉で言い表すことが出来ないくらい自分自身の中でも様々な感情が渦巻いていたが、ハッキリ言ってそれらの一件で「人生を棒にふった」と感じる瞬間が一番多かったと思う。

色んな事がどうでもよくなったし、結果的に大差の無いような事でいちいち迷ったりする事はほんとにくだらないと思ったし、いちいちまわりにサイズを合わせて遠慮をしたりとかする事が「いったい何のため？」とアホらしく思えて、それからはもう言いたいことを言いたいように言いたい時に言いたいだけ言って、食べたいものを食べたい時に食べたいだけ食べて、寝たい時に寝たいだけ寝て、やりたい事をやりたい時にやりたいだけやって、それでそれが果たして誰が誰に何の文句があるのよ？言いたい事あるなら自分の言葉で言ってみろよ！かと言って、ヤケクソで生きているというようなガツガツした気分でもなくて、世の中との接点が少しずつ無くなっていく中で、部屋でぼんやりと過ごす事が増えても、世間の訳の解らない自己満足を満たすためだけのくだらないレースみたいなのから外れて、むしろせいせいするような気分ですらあった。

けれども、やはりふと何かしらCDを聴いたりDVD観たりして音楽に触れると、自分自身もバンドで忙しく飛び回っていた当時を思い出し、胸を熱くする瞬間だってあった。

良い意味で、少しだけ「音楽」との距離が生じた分だけ、へんに聴かず嫌いみたいな、ある種のこだわりのようなものも薄れていき、人生の中でもっともジャンルや邦楽、洋楽問わず「楽しんで」音楽を聴きまくっていたようにも思う。

少し音楽的な真面目な話をするとすれば、自分達がセイの一件でバタバタして、しばし茫然自失に陥っていた僅かな期間に、世の中の「音楽」達はものすごい速度で変化していた。ほんとにちょっと聴かないうちに驚異的なスピードで様々な音楽が様々な切り口で様々な表現手法で変化や進化をもってして、音楽の新しい価値観として世の中に鳴り響いていた。

それまでのような、自分自身もバンドをやり、ステージに上がり、音楽を発信する立場で云々などという部分から一歩下がったところで、大袈裟に言えば「いち音楽リスナーとして」人生で一番音楽を楽しんだ時期でもあるかもしれない。やっぱり自分はこんな感じの音楽が好きだなぁとか、こういうバンドに惹かれるなぁとか、あるいはドラムの音ひとつ、ギターの音ひとつとっても、自分自身の音楽的な好みとか、改めて冷静に見つめ直し向き合える機会だったように思う。

色んな事が変わってしまった。世の中との関係も変わってしまった。

たぶん、自分自身も変わってしまったと思っている。

だけど、音楽を聴く時の感性や自分なりの受け止め方や解釈の仕方だけは変わっていないと思えた。

そんな夜は、ＣＤプレイヤーのボリュームを目一杯上げて、壁を眺めて毎日ぼぉ～と座っていたその部屋で、こんどは一変ひとり夜通しで踊りまくった。

他人から見たなら、人はそれを「不安定」と言い、笑うかもしれない。けれども、自分自身の中では、いたって真面目に唯一編み出した心の平穏と安定を保つための大切なひと時でもあった。気が済むまで踊り明かし、心地よい眠りにつくひと時。

メンバーの死をきっかけに、自分自身の人生もろとも音楽に殺されかけたけど、なんだか都合よく音楽に生かされている自分。

そんな日は決まって、たまには外に出掛けようかななんて気分になった。

勝手に死んだヤツに話すことなんて何も無いけど。と何度も憎まれ口を飲み込んで、始発の新幹線に乗って、久しぶりにセイの墓参りに行った。

路地裏の残党

二〇〇七年の九月十七日にこの世から突然セイが居なくなり、バンドは三人になった。

そして、それまでに経験したことのない目まぐるしい毎日が繰り返された。悔しくて悲しくて、光の無い、最低最悪の時間の繰り返しだった。同十八日のお通夜、そして十九日の告別式が嵐のように過ぎ去ると、そのすぐ翌日（同二十日）には、残された三人は残されたツアー日程をどう乗り切るか、残されたメンバー三人に今いったい何ができるのか、答えのない話合いを夜遅くまでして、心底疲弊していた。

そして、その翌日（同二十一日、告別式からわずか二日後）には急遽代役ベーシストを引き受けてくれたサポートメンバーとスタジオに入り、どうにかこうにかステージに上がれるようにと突貫工事で残されたショーのプランを練り直し、仕上げた。苦しい悔しい虚しい作業だった。

その翌日（同二十二日）から当初の予定通りにツアーを再開した。中止や振替など一切なしだ。

何食わぬ顔でステージに立ってやる！その意地だけで生かされているように思った。

ライヴの合間には、その週だけで、ラジオの生放送への出演が四本もあった。打ち合わせの席では、数日前にメンバーを亡くしたバンドを目の前にして、いったいどんな顔でどう接したら良いのだろうかという関係者の迷いや戸惑いが露骨に見てとれて、なんだか滑稽でさえあった。

逆にこっちはそれどころじゃないというか、もうそんな次元は遠に過ぎた境地だった。

ツアーを予定通りに無事遂行し、季節は秋になった。

ロゼ・スタイルは、「もういい加減いろいろ疲れたよ。」と、年内は各々、心身の疲れを取り、休養に充てる時間を過ごそうということになった。もちろん、セイの四十九日法要や、諸々とやることは次から次へと追いかけてくるし、残されたメンバー三人が顔を合わせる機会は何度もあったが、その他諸々、考えていかなきゃならない事柄は、「まあ、また落ち着いたら改めて！」といった感じで、とにもかくにも各々三人共に心身の安静が必要不可欠な状況だった。

二〇〇七年の、十一月、十二月、自分自身がいったいどんなふうに過ごしていたのか全く思い出せないし、今改めて振り返ってみても想像がつかない。なんとなく、部屋で横になってばかりだったような気がするけど、何かと出掛けなきゃならない毎日に翻弄されていたようにも思う。

他のメンバーの二人がいったいどんなふうに過ごしていたのかは知るよしもないし、当時は自分自身それらを気遣う余裕もなく、人生の中でもほんとに空白の数ヶ月だったと思う。

そしてまだその時点では、周囲のあらゆることが、ガラガラと音を立てるように崩れ、周囲のあらゆる人達が音もなく自分達のそばから去っていってしまうということを想像できないでいたように思う。今改めて振り返って、「まあ、そりゃあそうだろう。そんなこと考える余裕なかったわ。」とも思うし、反面「くそ、甘かったわ。」とも思う。

最低最悪な気分のまま三人の二〇〇七年は音もなく終わった。

濃い霧が立ち込める、あたり一面の焼け野原に、ポツンと放り出されたような気持ちだった。

路地裏の残党（一）

明けて二〇〇八年、とにかく強烈に印象に残っているのは、年賀状や年賀メールがほとんど来なかったこと。

とりあえず先に言っておくとすると、「いやいや、メンバーを亡くして喪中だからでしょう、周囲もそれなりに気を使ったんでしょうに。」なんていうまどろっこしいフォローやクッションは要らない。もちろん、多くの人達はバンドメンバーを亡くしたという諸々の状況を理解した上で、新年の挨拶を敢えて控えたということも充分に理解できる。

けれども、諸々の騒動を高みの見物と決め込んで徹底してノーリアクションだったヤツらに限って、都合の良い時だけ一方的に用件を伝えてきたり、新年の挨拶を控えるどころか、結婚式の御知らせを送りつけられたりもしたし、電話の場合であれば「そろそろ電話かけても大丈夫な頃だろうかなんて思ってさ！」みたいな、いちいち腹の立つ余計な前置きで話を始める奴らが続出した経緯を踏まえると、今改めて極めて冷静に考えてみても「そいつらもそれ以外の奴らも、どいつもこいつも舐めやがって」という印象に変わりはない。

猛烈な勢いで物凄くたくさんの人達が自分達の目の前から離れていったと思う。

そんな何もかもがそれまでとは違う、憂鬱な二〇〇八年の始まりだった。


しばらく心身を休めようかと言っていたロゼ・スタイルの残党三人も年をまたぎ、少しは気分を変えようってなもので、何度かスタジオに集まりミーティングなども重ねた。

結局のところシンプルに「やれることをやりたいだけ、やりたい時に。自分達なりのやり方でやりたいだけ、やりたい人達と気が済むようにやればいい。」と、ある意味ロゼ・スタイルらしい、自分達らしい、自分達による自分達のための自分達論に行き着いたと思う。

セイがあのまま九月十七日以降も生きていて、共にバンドをしていたら、今頃何をしていたかな？なんて考えたら、その都度答えは簡単に導き出すことができた。そして、それと同時に、その窮地に立たされた極限の自分達だからこそできる事は何か？

さぞお上品に育った読者の皆々様には、少々乱暴に聞こえるかも知れないけど、はっきり言って自分で勝手に死ぬようなやつとでもやって来られていたような事（それまでやってこれていたバンド活動諸々）が、今も今を必死で生きている自分達がその程度のことをできなくなるなんていう状況は絶対におかしい、むしろそれ以上のことをやってやる！という意地のようなものさえあった。極端な物言いかもしれないが、あいつが居なくなってからのほうが色々とうまくいったわ、と言えるぐらいの「これから先」にしたいと思っていたし、そうでも言ってないととてもじゃないがやってられないという心境だった。

なんだか本当に毎日が過ぎていくスピードが早いと感じていた。なんだか自分達の生きるスピードがのろくなったようにも感じていた。

春が来るころには本格的なレコーディングに突入した。それまでのライヴでも欠かせなかったセイの（作曲した）曲もいくつか収録することになった。それぞれのパートが音を重ねていき、曲が見え、形になればなるほど（鳴れば鳴るほど）に諸々のジャッジが難しくなっていった。

それは、セイの不在、人一人がぽっかりと抜けた穴の大きさを強烈に突きつけていた。これほどまでに悔しさと絶望と疑問の渦巻きをぶつけたレコーディングは過去にも経験したことがない。怒りと反発と皮肉がこれでもかというぐらいに詰まったそのアルバムに、ロゼ・スタイルの残党三人は「路地裏の劣等感」とタイトルをつけた。

長年ポスターやフライヤーなどでも多用してきていたキャッチコピー、「バックストリートから愛を込めて・メインストリートへ夢を乗せて！」にもなんとなく通ずるようなものも感じられ、すぐに気に入った。

そして、もしセイが居たら何て言うかな?と、ふと思って。また大きなため息をついた。ついつい、また下を向いいて。何も見えなくなった。

「劣等感」。溜まりに溜まったありったけの負のエネルギーで、残党三人はメインストリートに向けて、思い切り引き金を弾くことにした。

路地裏の残党（三）

ＣＤ「路地裏の劣等感」が発売され、街なかのＣＤショップのインディーズコーナーで自分達の作品を目にするたびに、なんだかんだと混沌とした状況の中ではあってもやはりそういった瞬間は素直に嬉しいものだった。少しでもたくさんの人達の手に届きますようにと願わずにはいられなかった。

自分達なりにプロモーションにも力をいれ、考えられることは片っ端からやった。こうしてさらっと言葉にしてしまえば簡単に聞こえるかもしれないが、本当に色々と自分達なりに奔走した。ロゼ・スタイルは長年の活動を続ける中で、最小限の経費投入でなるべく大きな効果や成果を得るための攻勢戦略を少しずつ地道に培ってきた。

その辺の話に興味、関心の有る方々は、ぜひこんど「講演版・路地裏の劣等感」なんぞやるので、ぜひその際にはそちらへ足を運んでいただければと思う。

雑誌などのインタビューを受ける際も、事前にメンバー三人で細かく打ち合わせをして、少しでも記事になるように、少しでも読者に印象を与えられるように、なんとか、なんとしても、なにがなんでも、爪痕を残せるようにと、必死でやった。当時のフライヤーのキャッチコピーの中に出てくる「ゾウの足にもアリのひと噛み！」というのをメンバー自ら地でいった形になり、バンドメンバーそれぞれのキャラクターを前面に押し出すことにも繋がり、良い形でCD発売にこぎつけたように思う。

そんなわけで、本格的な活動再開に向け、周囲とも諸々と色んな物事を調整し、二〇〇九年にはロゼ・スタイルとして、ツアーも再開した。ＣＤ「路地裏の劣等感」のレコーディングでもセイの代わりにベースを弾いてくれていたサポートメンバーと共に、ニューアルバム「路地裏の劣等感」を引っ提げ、全国六ヶ所、九公演を敢行した。

ツアー初日の岐阜は、すごくよく覚えている。

前日に前乗りするメンバーがいたり、各々スケジュールの都合等あったり何かと繁雑で、自分自身はというと当日に現地合流という予定になっていたが、当日朝にチケットの買ってあった新幹線に乗り遅れる大失態。

後の便に飛び乗り、なんとか集合時間には間に合ったが、なんだかんだ今回のツアーは一筋縄ではいかないなと思わされる、なんとも後味の悪いスタートになってしまった。二月の寒空の下、大汗をかいて大荷物を抱えて集合場所に走ったことを今でも強烈に覚えている。

個人的にはそんなハプニングもありながらも、もちろん、バンドとしてツアー自体は充実していたし、各地でのステージでも思いの丈をぶちまけ、その日その時のありのまま等身大のロゼ・スタイルの劣等感を叩きつけることができた。

セイが死んでから、もうそれまでのようにはバンドはやれないんじゃないかと何度も壁にぶつかった。ずっと、まだセイがいてツアーをやっていた二〇〇七年の九月十七日よりも前に戻りたいと思っていた。

けれども今また自分達はツアーで各地をまわり、ステージという居場所をこの手に取り戻した。各地で、自分達が思っていた以上に歓迎的に受け入れてくれたし、たくさんの人達がＣＤ「路地裏の劣等感」を手にしてくれた。

やってやった、最高じゃないかと思った。

ただもう、セイはもう居ないんだとか、やっぱりほんとうにセイは二〇〇七年の九月十七日で居なくなったんだ、今はもう何もかも今までとは違うんだ、いつもと同じように馴染みの曲を掻き鳴らし、いつものようにステージに上がっているつもりだったけど、やっぱり何もかもが違うんだ。

その決定的な違いを日々突き付けられ、そしてそれらの根深さに打ちのめされる旅になった。

ハッキリ言ってそれは猛烈に「疲れる」。


セイが死んだことを思い出しては、セイが死んだ日の事や、それから怒涛のように過ぎた最悪過ぎる毎日の事、そしてセイが死んでしまった事を実感し、認めざるを得ない、この今回のツアーの毎日の事。どれもこれもそれは「疲れる」というキーワードを強烈に感じることの連続で、移動中やプライベートな時間もものすごく疲弊していた。

各地で会場に着き、ケースからギターを取り出すことが億劫になった。なんかもうこのギター見たくない、触りたくない。ほんとうにそう思った。

そして、今改めて冷静に振り返っても、明らかに考えられないような行動に出た。ツアーの真っ最中だったが、長年のライヴやレコーディングで苦楽を共にしてきた相棒的メインギターであり、自分自身のトレードマークでもあったはずの白のフライングVを手放すことにした。少しでも「肩の荷が降りた」気分になりたかった。

残りのツアーはサブギターをリペアし、性能をなんとか底上げして各地のステージに上がった。その後も、まだセイが居たころ、一緒にバンドをやっていたころを思い起こさせるような機材は次々に手放していった。とにかく見たくないとか、関わりたくないという感覚だったと思う。

また不思議なことに、ライヴをやる上で必要不可欠な機材に限って、各地で故障やアクシデントが頻発し、リハーサルや、時には本番ステージで冷や汗をかく機会にたびたび見舞われた。日を追うごとに機材を手放して楽器が減っていくツアーは前代未聞、ツアーバンド多しといえども誰も彼もが経験できるような事ではないはずだ。いやいや、経験したくもないし、経験しないに越したことはないのだが。ただそこはやはり結果オーライってなもので、長年のツアーで積んだ経験も良い意味で作用し、シンプルな最低限の機材で、単純にその日その時のステージを全身全霊で楽しむ事だけを考え、各地をまわれたことは、結果的によかったことの一つだ。ただ、

「ピンチをチャンスに」とか子供騙しみたいなキレイごとを言うつもりはサラサラ無いよ。当たり前だけど、本当なら万全のコンディションで各地を回りたかった。

なんとなく頭に浮かんだのは、高校生の頃「余計なものなんて何も要らない、とにかくギターさえあれば最強！」と思っていた。その時の気持ちに近いと思う。

そして、ステージを降りる度に、また一本残りのライヴスケジュールが減ってしまったことが寂しい気持ちでさえあった。

会場を後にするとき、「またぜひ来てください。」と言われる。

「もちろんです！またぜひいつでも呼んでください。」と応える。「ぜひまた。」なんて簡単に言うけどさ、そんなもん本当に今の自分達にあるのかね？なんて思ったりもした。ずっと、その「また」を繰り返し繰り返し、少しずつ積み重ねてこれまで何年もやってきた。陳腐な台詞で言えば、周囲への信用とか周囲との信頼関係だとか、そういったものを微力ながら少しずつ積み上げてきたように思う。

帰路の高速道路の単調な景色を見ながら「また」があったらいいな。「また」があるように、いや今こそその「また」のために。そのためだけに毎日を生きようと思った。他のことなんてどうでもいい。他の奴らなんて何とでも言ってろ。朝陽が登る頃、次の街に着く。街から街へ。

「ギターさえあれば最強！」そう思っていたあの頃、ギラギラと憧れていたバンドライフ。ここで手放してたまるかと思った。

路地裏の残党（四）

ＣＤ「路地裏の劣等感」を引っ提げた、各地でのライヴが終わるとやはりまた心身共になんだか脱け殻のようになった。

やがて暑い夏が来て、いわゆる三回忌法要があった。また着なれない黒のスーツに黒のネクタイを絞めて、ロゼ・スタイルの残党三人でセイの故郷・岐阜県の田園風景と緑の山々に囲まれたのどかで小さな町を訪ねた。

セイが亡くなってから何度か目のこの町にまた再び訪れて、一気に現実生活に引き戻されたような気持ちになった。レコーディングをやっている間は長期的なスパンで、しかも不規則なスケジュール。朝までスタジオに居て、少し寝に帰ったら、すぐまた午後イチには続きの作業に取り掛かるような、そんな毎日。そして、ツアーが始まれば各地でのライヴ、深夜の移動や、変則的な生活パターン。余計なことを考える時間も体力も無いほど目まぐるしい毎日だった。

けれど、ツアーもひと通り済んで、目の前にぽっかりと時間の空白が漂うと、やはり、セイが死んでどうのとか、セイが死んでからの毎日がどうだとか、セイが死んでいなかったらどうなのにとか、そういうことばかり考える「時間」が襲ってきた。

「～たら」、「～れば」、「もし～」など、いわゆる「たられば」をぐずぐず考えているなんてロックじゃない！とか具体的に批判をするような人達もいたが、いちいち反論したりする気にもなれなかったし、第一もうそういう何の足しにもならないような外野の雑音にいちいち反応する気力すらなかった。

ましてや、じゃあ「たられば」なんて言うのやめておこうなんて思い直すつもりもなく、とにかくもう何がどうでも、誰が何でも一切合切に無関係を決め込み、何もかもに無関心、当然何にも無感動、そんなことさえ無感覚、そもそも何もかもが無意味で無力。とにもかくにも心ここにあらず「無」の状態だった。

だいたい、どいつもこいつも、死者を美化し過ぎだし、ともすればヒーロー扱いにも似たくだらん神格化みたいな奇麗事への強引で都合の良い持って行き方にムカムカしていた。例えば、人が亡くなった時、「あいつは本当にクソ野郎だった！」とか、そんなふうな振り返りかたをする人はいないだろう。

は？何なのその風潮？って思う。

極端な例ではあるが、戦時中とかに、若くして戦死した人達に対してその死を悼み「戦地での立派な最期でしたよ。」と無念の死をも正当化する、その時代背景やある種の慣例的ですらある、昔の日本的な死の肯定視や神格化、美化等とはこれまた違う現代における現代人の特徴的側面の中に垣間見えるここ数十年の間に急速に根付いた、無責任、事勿れ主義が生んだインスタントな風潮だと捉えている。

「自殺」というキーワードに限っていえば、例えば近年社会問題として顕在化している「自殺者増加の問題」に対しても、やはりどうしても周囲の人達や世間の声は、かわいそうとか、気の毒だったとか、あるいは良い子だったのにとか、能力のある人だったのにとか、まだまだ色んな可能性を秘めた未来があったはずなのにとか、そんなようなことばかり言っているように思う。

もちろん、それらは間違いではないし、そういった側面ももちろん多分にある。

ただ、やはり今を生きる自分達こそが、それらの肯定的で前向きな要素があるにも関わらず、あえて「自殺」を選んだ不届き者に対して、やはりそこは「（それなのに、それが解っていながら）あえて自殺を選んだお前は、なんてバカなんだ、なんてクソなんだ」と自殺を選択したことそのものを否定する、そんな意思表示は必要なんじゃないかと思う。

自殺をあえて選択した本人からすれば、本人がそれほどまでに悩み苦んだ辛い思いを、お前なんかに解るか！と言うかもしれない。じゃあまだ生きているその時にその悩みや苦しみから助けてくれたのかよ、何かしてくれたのか？手を差し伸べてくれたのか？なんて言われるかもしれない。

それでもあえて言いたい。昨今の世間の風潮は、自死者に対して甘すぎると思う。（そのくせ自死遺族に対しては厳しすぎると思う。）

死者はあえて自殺を選択するほどまでに生きづらい世の中だったと言うかもしれない。誰も助けてはくれなかったじゃないかと言うかもしれない。

いやいや、それなら真逆の立場で話をしたいと思う。

お前が死んだことで、あなたが突然にこの世を去ったことで、いったいどれだけの人が動揺し、言い様のない困惑に苛まれ、哀しみ、苦しみ、絶望感にうちひしがれたことか。

世間から好奇の目を向けられ生活に支障をきたしたり、心身への過度な影響に長年苦しんでいたりする人達がたくさんいる。

自殺者が年間約三万人にも昇る等と、その数だけに注目されがちだが、じゃあその三万人に対して、それに関わる人の数、その三万人の死によって、多大な影響を受ける人達がいったいどれだけいることか。

自死者の数の何倍も何十倍も、その死の影響を猛烈に受け、その後の生活や人生を有無も言わさず決定的に左右されてしまう人達がほんとうに大勢いることを知ってもらいたい。

死んで、「あの人は良い人だった。」なんて言うのは、そろそろやめにしないか。

今、「今が辛い」、「今が最悪」な人が、もし死んだら、誰も彼もから「良い人だった、惜しい人を亡くした。」だなんていう肯定的で美化に満ちた捉え方をしてもらえると知ってしまっていたら、ぎりっぎりのところで表面張力のすれすれの差で命を保ち、生きながらえているのだとして、はたして彼らは死を思い留まってくれるのだろうかと。死んで「良い人だった」とか、ああでもないこうでもないと肯定し、美化し、茶を濁すのはもうやめよう。

乱暴な物言いだと言われても構わない。

たくさんの愛すべき人達を残し、めくるめくおびただしいまでに可能性に充ち満ちた未来の時間を残し、自ら命を絶つようなヤツは、アホだ、クソだ、マヌケだと言いたいし、言うべきだし、言ってやるよ。何度でも声を大にして言ってやるよ。

それこそもし今この瞬間にも、この世の憂いと死への誘惑を天秤にかけている人がいたら、言いたい。

あなたがもし本当に自ら命を絶ったとして、その後「良い子だったのに」とか「辛いのに頑張っていたんだね」とかオレは絶対言わないよ！

むしろ、勝手に命を絶って愛すべき人達の前から去って、周囲の人達を残し路頭に迷わせた超A級の戦犯だと罵りたい。

これだけは言っておく。自らの命を自ら絶つことによって、死を持ってして、あなたのその人生そのものや意思や価値観の肯定を得ようと思わないでほしい。

微力で、いや無力で無能の浅知恵だなんて笑われるかもしれないが、いたってクソ真面目に言いたい。死んでから「良い人だった」なんて言われる世の中なんてクソ食らえだ。

少なくとも、世の中というか社会的な風潮、論調として「自殺なんてしたら、アホだのクソ野郎だっただの散々言われちゃうよ！だから何もかもから、あらゆることから、逃げようが全て投げ出そうが、サボろうがインチキだろうが、ウソでもヘチマでも、とにかく生きなきゃ。生きてなきゃ。なんにも意味なんてない、ここに今、そしてこれからもお前が居なきゃ、意味がない！」ってな具合に持っていかないと、自殺者増加の問題に歯止めがかかることは無いように思う。

自死者はヒーローじゃない。きれいごとなんかじゃ到底済まない話だよ。

「たくさんの人達を残して自分勝手に逝ったクソったれだ！」って刷り込まないと。自死者に良いやつなんて居なかったって。

世界中で最後の一人になってもそれだけは言い続けたい。

路地裏の残党（五）

普段の日常の中でも、誰かが自殺したなんて話を聞くと、必ずといっていいほど「死ぬぐらいの覚悟があるのなら、もっと他に選択肢があったはずだ！」とか、「どんな辛いことだろうと、死ぬ気でやれば道が拓けたはずだ！」なんていう、無責任で自己満足で自己陶酔系のくだらんアホらしいわとしか思えない意見をこれみよがしに、さも得意気に言うヤツらがいて、その手の発言を耳にする度にイライラする。

一見、先ほどの自分勝手に逝ったヤツなんてクソだという論点からすれば矛盾しているようにも聞こえるかもしれない。

しかし、ここで言いたいのは、その無責任でノンキな物言いをするヤツらの想像力の無さや、(今自分自身は今この瞬間を生きているという) 多数派であるという事実にあぐらをかき、ある種の傲慢さすら漂わせるスタンスにムカつくのだということなんだ。

これだけ何もかもが複雑に絡み合い、娯楽も文化も経済も驚異的なスピードで流れ去ってゆく日々の暮らしが繰り返される中で、もはや「自殺するようなヤツ＝弱い」、「世渡り上手＝強い」なんていう図式は全く通用しない。そんなくだらん話はとっくに破綻した考え方だ。むしろ、「明日は我が身」かもしれないって思うぐらいの危機感のようなものは無いのかよ？ってあきれる。

どんだけ鈍いの？

どんだけ至れり尽くせりでちやほやされて育ってきたの？って。


普段、心を打たれるような音楽に触れたり、感性を揺さぶられるライヴを目の当たりにしたり、映画や舞台の名作に打ちのめされたりする度に思うことがある。

「こんな（素晴らしい）ものを作れる人達、それに関わる人達がいるってほんとスゴいなぁ。」とか、あるいは、その会場を埋め尽くす、その作品に共感し、それをヨシとする感性の人達やそんな柔軟で素直な感受性を持ち、同じような感想を共有できるような人達が何千人、何万人もいるシチュエーションにとても震える。

なのに、なんでいつでもどこでも相変わらず世間はどうしょうもないことの連続なんだとも思う。

そのくせ人間なんて極めてくだらないちっぽけなもので、食い溜めも寝溜めも出来ない、とことん非効率で燃費の悪い生き物でさ、なにしろ自分の背中の痒いところにさえ手が届かないくらい、自分一人じゃ何も出来ない情けない生き物だ。
なんだかんだ偉そうなことを言ってみたりとか、偉そうに振る舞ってみたりしたって、結局どいつもこいつも、当然筆者だって、とどのつまりその程度のもんだってこと。

朝のラッシュアワーを目にするたび、いつも思うことがある。ほんの少し前まで、ほんの数時間前まで、誰も彼もがバカ面かましてイビキぶっこいてお寝んねしていたはずの人達だろうよ、と。それがなぜか、何の因果か何の皮肉か誰も彼もがひしめきあい、ムキになったり意地になったり、いがみ合ってみたり、ギスギス、ギクシャク、ムカムカしながら町から街へと大移動する、もう何十年も前から続く唖然とする光景。呆気に取られる現実。

みんな個々、それぞれの人となりを見ることができたなら、きっとみんないいヤツだったり、優しくイカしたヤツだったりするんだろうなぁってのは思うよ。誰もが人混みに生かされ、社会に殺されている。
最近では、マウンティングだのなんだの格付けに躍起になったりして自尊心を無理やり保ってみたりしたってさ、結局そんなの結局自分や回りの醜い部分から目を反らしているだけで、そんなもんただの現実逃避で直視できない醜態を認識することの先送りだとさえ思う。なにしろ、ウサギだってカメに負けるし、水も留まっていたらいつか腐る。

何もかもに絶対なんてものはないし、今目の前にある物が絶対的ではない。目の前の人、目の前の暮らし、目の前の価値観だけが世界の全てではないし、そんなものにとらわれてしまうこと自体がくだらなく思えるし、ほんとうにどうでもいいことなはずだ。

例えば、花火大会に招待されて、これ見よがしに特等席で扇子広げて調子に乗っているやつも、ご自慢のクルーザーで得意気に波風立てる成金も、雑踏でささやかながら夏の日の風情を感じ夜空を見上げる人達も。あるいは日々の暮らしに追われ、その短い夏の夜に煌めき黒空を染める彩りをも見上げることすら出来ない人達も。

名も無き人達も、偉人の末裔も、どうでもいいよ。

自分の背中のかゆいところにさえ手が届かない、その程度の生き物、その程度の能力、性能。その程度の人生。思うように、やりたいように、気が済むように生きなくてどうするの？だから、「自殺なんてするぐらいなら死ぬ気でやれ！」なんていう的外れなことを、さも真っ当なそぶりでぬけぬけというようなやつには、徹底して反論したい。

だからこそ、訳の解らない正義感を振りかざしてとぼけたことをのたまうやつのある種の庶民感覚のなさに腹が立つし、どういう了見でそんなこと言えるんだよと言いたい。

死ぬ気でやれとか適当に言うけどさ、「死ぬ気でやってみたらやっぱ何かがダメで、だから死んだ。」んだとしたら？

アンタいったい何て答えるかな？

ここではそこを徹底的に追及したい。それでも正当化なんて出来る屁理屈が有るのかな。

残党三人でどうにかこうにかセイが居ないツアーを必死でやって、セイが居ないツアーは終わった。

けれどもいつまで経っても何かに待ちくたびれているような気分のままだった。そして、世の中の何もかもからはみ出してしまったような、孤立感や、拭えぬ焦燥感のようなものを強烈に感じながら毎日を過ごすことになった。

なんだか、一度外れたらなかなか列に戻れない大縄跳びの輪を見上げているような気持ちになった。回る回る。縄跳びも時間も地球も。はいはい勝手にどうぞ。お先にどうぞ。

そんなふうに思えるようになるにはものすごく長い時間がかかった。いや、かっこつけて、「かかった」なんて過去形にしてはいけない。今も。今この瞬間も。

何もかも解決なんてしていないし、何もかも抜け出してなんかいないし。何もかも乗り越えられてなんかいないし、何もかも変わってなんかいない。

いつまで経っても、自分の背中のかゆいところには手が届かない。いつまで経っても、もう二度とセイは帰ってはこないし、セイと四人でツアーを回れることも二度とない。変わらないこと。ありのままの現実。なすがまま、なされるがままの今この瞬間。それでも他人に「死ぬ気で生きろ」なんて言えるかい？

路地裏の皮肉

何もかもに嫌気が差していた頃、タイミング悪くたまたま何かで読んだ記事に本当にムカムカした。

その記事を簡単に言うと、「昨今、経済の問題や様々な生きづらさの問題など、色々と複雑な世の中になり、時には壁にぶつかることもあるだろうけれど、しかし地球上には満足に食事もできない子ども達がいるんだ！」などと例を出して、「あなた方が日常で抱えている悩みなんてものは、この世界が抱える大きな苦しみに比べれば、本当にちっぽけなものかも知れないよ。」とかなんとか、とぼけたきれいごとで始まり、「そういったことを日々忘れないようにしたほうがよい。」、そして偉そうに「そうすれば、世界がもう少しよくなる！」等という感じの、誤解を恐れずに言えばアホ丸出しのステレオタイプな近年まれにみる不愉快な起承転結で、ますます胸くそが悪くなったことがあった。

なにしろ、「食事も」できない、なんていう表現をしている時点で、上から目線というか、内心小バカにしている差別的な哀れみの現れだと感じるし、それならそれでじゃあ自分は自分で勝手に「そういったことを忘れないように」して、「そうすれば世界がもう少しよくなる」というような生き方をすればいいんじゃないの？って思う。

なんかよく、親の七光りかなんかで、ちょっと成功したボンクラなんかが「企業活動の結果として、最終的に世の中の人達みんなが笑顔になってもらえたら、それが何よりの完結。」みたいなことをぬけぬけとほざいていたりするが、よくもまあそんなことをツラツラと真顔でのたまえたもんだとあきれる。

ついでに言わせてもらえば（その商売自体を否定するつもりは無いということを先にことわっ

ておくが）解りやすい典型的な例を挙げるならば、「高額医療」っていうものが世の中に現実として存在している時点で、そんな企業活動が世の中の人達にどうたらこうたらとかいう胡散臭い話は最も矛盾した位置にある解釈だし、そんなことをもっともらしい素振りと真顔でぬけぬけとほざいているようなクソ野郎は、犬の糞でも踏んで、水溜りにはまって、世の中には気持ちのやり場すらない物凄く「嫌な事」があるってことを思い知ってこいよと思う。

ちなみこの本では、「路地裏の劣等感」なんていっているぐらいだから、劣等感について突き詰めていくことはもちろんなんだけど、そこではやはり、その対極で、人の「優越感」についても少し掘り下げたい。

いやはや、それにしてもその「優越感」に浸りきっているヤツらの顔を見るほどムカつくこともなかなかないからな。

路地裏の皮肉（二）

人間は生まれながらにして、他人と「優劣」をつける、比較するって概念が本能的に組み込まれているのだそうだ。

そういうことであるならば、万事何かにつけて劣等感を感じたり、優越感を漂わせているヤツに嫌悪感を抱いたりすることなんかもすごく自然な感情なのだということも理解できる。

特に、格付けとかマウンティングだとか、何にでも優劣や順位をつけたがる昨今の世の中の状況に対して、ふと思ったことがある。


例えば、（技術的に）第一位！とされている美容師さんがいるとする。世の中のどの美容師さんよりも巧いとする。

さて、じゃあその世の中で一位の美容師さんは、自分自身が髪を切りたい時、切ってくれるのは誰か。自分自身は一位なわけだから、切ってくれる他の美容師さんは、常に二位以下の美容師さんであるわけだ。（一位の腕前があるような美容師さんなんだったら、自分で自分のヘアカットもやっちゃうだろうなんて屁理屈は割愛な！）

そして仮に、「美容師さんの技術力」と「髪形の完成度やオシャレであるということの定義や程度」がイコールであると仮定すると、あらあら大変だ。

いつも一位の美容師さんに切ってもらうことができる、二位以下の人達の髪形は、一位の美容師さんがカットした最高水準のヘアスタイルであるという事実に対して、一位の美容師さんは（自分自身が一位の美容師である以上）二位以下の腕前の人達にしか切ってもらうことができないわけで。

必然的に、一位の美容師さんのほうが、常に（一位の腕前の美容師さんにカットしてもらえる）二位以下の人達の髪形よりも、ダサい髪形であるという、まことに皮肉な事実が起こりうることが考えられる。

いやいやこりゃ大変！だと思う。だって考えてもみてよ。これが「びよういん」の話じゃなくて、「びょういん」のドクターの話だというように置き換えてみたらよく解る。

例えば手術でさ、腕前が二位以下のドクター達にしか手術してもらえない腕前一番のドクターよりも、常に腕前一番のドクターに手術してもらえる二位以下の人達のほうが、健康を保てて長生き出来ちゃう可能性が高いんじゃないか？ということの皮肉。

少し極端な例ではあるが、本当に世の中、この手の矛盾と、皮肉に溢れている。

路地裏の皮肉（三）

サメの背びれ。

いつも、これが世の中で「皮肉」だなあって思うことの最大に典型的な例ではないかと思う。

いやもうホントに。心の底からそう思う。


解りやすい例を出すとすればドラマや映画なんかでも、誰しもが一度は観たことがあるであろう、よくあるシーンで、海水浴客で賑わう浅瀬の海面にサメの背びれがうごめいていて、「きゃー！サメが出たぞ！」みたいなシーンね。

けれど、あれ逆の発想で獲物を狙うサメ側の立場で考えたら、「この背びれさえなかったら誰にも気付かれずに獲物にありつけたのに！」ってところだと思う。

なんでそういう感じの獲物の狙い方をする習性のあるサメに、皮肉にも水面からはみ出しちゃうような背びれがあるのよ！って。

「神様、よりによってなんでサメに背びれ付けちゃったのよ！」って。

なんかうまくいかないなってことって誰しもが感じることがあると思う。

なんで？なんでこうなるの？なんでよりによってって。

そういう時には、いつも思い出す。サメの背びれ。なんで俺うまくいかないんだろう？なんでこんな時にこんな事が起きるんだろう？なんでこんなについてないんだろう？なんで？なんで？なんで？なんでサメに背びれあるんだろう？なんだかみんなもうまくいかないんだね。

そんなふうに思えたら、だいたいの物事はどうでもいいものだと考えるに限る。

もし今この瞬間も、どうにもならない悩み事を抱えている人がいたら。なんだかんだ言ったって「背びれが無いだけマシかもよ！」って。言ってあげたいな。

あれも、これも、自分も、あいつも、どいつもこいつも、結局大差ないんじゃないかなって。

飯を食ってなんとなくホッとした気分になったり、好きな人が出来てなんだかフワフワした気持ちで過ごしていたり、そのくせ、なんだかんだいったって夜寝て次の日の朝起きたら全く気分や考えが変わっていたりすることだってある。

良くも悪くも単純で明快。それ以上でもそれ以下でもない。

結局のところ、明日は明日の風が吹く。それでしかない。

みんなそれぞれ気が済むやり方で、それを地で行くしかない。なに食わぬ顔で、もっともらしいことを口走って。

そしたらまた、夜が来る。そしたらまた、朝が来る。

路地裏の皮肉（四）

「完ぺきな人間なんていやしない。」

この言葉を皆さんはどう感じ、どう解釈するだろうか。くだらない、今さらそんなありきたりで使いふるされた台詞がどうしたよ？なんて鼻で笑った人もいるかもしれない。

けれども、それでも「完ぺきな人間なんていやしない。」と言い切りたい。

そして、どうせならこの機会にぜひとも、「完ぺきな人間なんていやしない。」ということを今ここで証明してみせましょう。

それでは始めます。

まず、第一に俺は完ぺきな人間なんてのがもしもいたら、間違いなく嫌いだ。大嫌いだ。

世界中の人がなんと言ったって、少なくとも世界の片隅でたった一人俺が「みんなに完ぺきだと言われている、お前のようなやつは嫌いだ。」と言う。

そう。解ったかな？少なくとも「俺」さんに嫌われているそいつはその時点で「完ぺき」ではない。ときにはアンチも現れるってことだ。それならやはり、どこにでもいるような普通のバランスで成り立っている、ありふれた、ありきたりな「並」の人間なのではないのかと。

そもそも、どこの誰が「完ぺきな人間」さんに、「あなたは完ぺきな人間ですよ」と評価したり認定したりしているのか。では、完ぺきな人間に完ぺきな人間ですよと、評価したり認定したりしている人間は、完ぺきな人なのか？それとも完ぺきな人間ではないのか。完ぺきな人間なのだとして、じゃあはたまたその完ぺきな人間にあなたは完ぺきな人間ですよと言ったのは誰なのか。

それかもしくは、完ぺきな人間ではない人に、完ぺきな人間ですよと判断され、判定を下された「完ぺきな人間」なのだとしたら、それは果たして本当に完ぺきな人間なんだろうか。完ぺきじゃない人が判断した判定は完ぺきではないはずなのだから、やはりその人は完ぺきな人間ではないはずだろう。

何かのコンクールとかコンテストとかの「審査員」とかを思い浮かべると解りやすいかもしれない。

大勢の人達に評価や判定や判断を振りかざす「審査員」。果たしてその人達は偉いのか？それともすごいのか？

そう、完ぺきなのか？ってね。審査員を絶対的存在だとするに至る、そこにある根拠は？


例えば、優秀な人を選出するための審査員。

じゃあ、その審査員を審査し、審査員として選出したのは誰なのか？そもそも優秀な人を選出するための審査員なのだから、本人もさぞ優秀な人間でないといけないはずだ。じゃあ、その優秀な審査員を審査員として選出し抜擢した、優秀な審査員よりもさらに優秀な人間は誰なのか？

そう、審査員を審査員として抜擢するために、審査し選出した一番優秀なのは誰？

そう、もうこうなりゃエンドレスのお出ましだよね。

あるスパイラルに気付くよね。

地球上の人間の数は決して無限なわけではない。所詮、限られた数でしかいないのだから。

他人を審査する優秀な審査員（A）を審査員にさせるために審査をする、（A）よりもさらに優秀な、審査員候補を審査し審査員として抜擢するための審査員（B）がいて、当然その（B）を審査員として抜擢するための、さらにさらに優秀な審査員（C）がいるはずだ。

そしてさらにその向こうにはもちろんその（C）を抜擢したやつがいて、と考えだしたら、こりゃもう世の中何が何だか解らないし、そんなんだったらどれもこれも、どいつもこいつも、一周回って誰が優秀で何が優秀で、何がどうなのか、なんでもかんでもなにがなんだか。もう何も関係ないいんじゃないか？

もう何もかもどうでもいいいんじゃないかと思えてくるレベル。


身近な日常生活の中とかでもそういったジレンマに遭遇している人達がいるんじゃないかなと思う。例えば、自分が叱っている部下の親は、自分の上司であったりとか、ヘタすりゃ実はその人は株主で云々とか、思いがけず気まずい思いをしたりした経験がある方もいるのではないかなと思う。狭い世界であればあるほど、そういうまどろっこしいことが起きてくるはずだ。優劣とか、損得とか、そういうしがらみが付いて回れば回るほど、なんて面倒くさい世の中だよと思う。

おまけにこの手の話には当然のように八百長やら権力構造の原理やら、親の七光りや、金品飛び交いまくりのおだやかじゃない複雑な大人の事情が絡み合ってくること必至なのだからなおさらだ。

少し逸れるが、就職活動なんかの、面接官が「応募した志望動機は？」なんて偉そうに言っている場面を想像すると、ほんとにムカムカしてくる。

筆者の場合は、十代の頃からバンドに明け暮れていたこともあって、さいわいそういうクソオヤジと対峙する機会はなかったんだけど、ちょっと想像をするだけでも「そんなこと言うけど、じゃあお前は何をどう思ってこの会社に入ったんだよ！何十年も前に、先にここの会社に入ったお前が一番よく解っているんじゃないのかよ。むしろそれを先に聞きたいわ！」と言って喧嘩になってしまいそうだ。

涙目で必死にローン追いかけて、昼飯代ケチってガキの学費を捻出して、満員電車で加齢臭振り撒いているアンタなんかに偉そうに言われたくはない。

それこそ、一昔前の人間なんてそれが当たり前のような顔して何も疑問にも思わず親の金で学校出て、なに食わぬ顔で「試験なんて名前だけ書けたら受かるから！」なんてうそぶいて就職していったクチじゃないのかよと。その上、高度成長を支えただの、バブル経済を牽引しただの浮かれた戯言をいつまでも壊れた蓄音器みたいにほざきながら、現在のような誰も彼もが自存できない、抜け出せない不況の世の中や、経済的にも文化的にも破綻しきった負の遺産を残しまくったあげく、いまだに今度は介護をしろだのなんだの、面倒なことを若いやつらにばかり押し付け、後進のことを考えようともしない。

「若いやつが戦争行けよ！」なんて言っていた時代から何も成長できていないじゃないか。

それを偉そうに就活生なんかに「うちのような業種は大変なんだよ！あなたに務まりそうかな？」なんて言おうもんなら、「(その業種が例えば旅行関係としたら) 全く旅行に携わってない部署にいるお前にそんなこと言われたくない！ガキ (学生) や、無職 (求職者) を相手に偉そうにしては、面接官なんて呼ばれて調子に乗っているような人に旅行業の何が解るのか。ものすごく疑問だ。旅行業に携わる一員ぶって、もっともらしいことを言いながら実際には毎日学生とか、無職の人達にプリント配って、ふんぞり返って偉ぶっているだけではないか！それのどこが旅行業に携わっている大変な仕事なんだ。それならお前なんかよりも実際に旅行に携わって日々大変な仕事をこなしているであろう実行部隊の人達に会って話を聞いてみたい。」と言いたい。


だいたい、普通に考えて、面接官様とやらも、会社の規模が大きければ大きいほど、実質的な経営陣とか創業者とか、ヘタすりゃ社長にも会ったことのない単なるイチ労働者でしかない。資本家や上層部からしてみれば、もはや労働者とも呼ぶに及ばない、彼等の認識的には「労働力」といった言葉程度でしかないはずだ。

それを、労働者として新たに仲間に加わりたいという人間に対して、同じ労働者が閉鎖的極まりない態度で単なる意地悪にしかみえない儀式的な面接とかをやっている仕組みや制度は本当に滑稽だ。

だいたい、面接「官」ってなによ？　しかもガキや無職を相手にそうです私が面接「官」ですってか。それじゃあただの「変なおじさん」じゃないか。偉そうに「官」なんて自分達で言って威圧感出す意味が全く解らない。

「おじさんも、ずっとここで働いているんだよ。どうかな？　こんどから頑張って一緒にやれそうかな？」

そんな感じでいいんじゃないの？

家帰ったら、寝床臭いシミったれの嫁と、ションベン臭い出来損ないのクソガキ引き連れて、あっぷあっぷの口座の残高眺めて、進むことも引き返すことも出来ずに、にっちもさっちも行かない毎日を繰り返している誰かさんのことだよ。そんな生活背景なんて、黙って澄ました顔していたって嫌でも滲み出るもんだよ。

本当の意味で、世の中の経済を左右できるとか、会社を回して金を動かしているような枠にいる人間なんて本当に一握りのごく少数の人達だと思う。もちろん自分の腕ひとつで成り上がった強者もいるだろうし、親の七光りと資本力でのみ生きながらえ、のうのうと居座っているドラ息子もいるだろう。

だが、現実はほとんどの人がごく一般的な労働者。

そもそもその一握りの資本家の人達になんて実際には会ったこともなければ、おそらくほとんどの人が一生涯そんな機会もないだろうし、何せ生活している「場所」が違うのだから、日常で遭遇すらすることもないような人達ばかりなはずだ。

それに、面接している側も労働者だろって視点だけで言えば、そんな茶番を繰返しているから、本当の意味での資本家や国や世界から舐められて、経済的にも文化的にも都合のいいように振り回されて実際の美味しいところだけ吸いとられちゃうんだよ。

「この国は資本主義の自由競争が基本だからさぁ」なんて言っては、訳知り顔で若者を見下すような口振りのヤツらにお尋ねしたいものだ。だってそのわりには長年不況だのなんだの、アンタ自身も相当商売がヘタクソで、とてもうまくいっているようには見えないけど、なんでなの？って。踊らされている、泳がされているって、こうした一面にも現れているような気がするな。

搾取しているつもりのヤツ自体が、実際にはまたその上から搾取されているって実態を自らが認識することすらできていないってほんとはヤバすぎる状況なのだ。偉そうにしているわりにアホなの？って思う。

そんなんじゃあ、ガキがカツアゲして、その金はまた上納って形でカツアゲされてく論理と、そしてその仕組みに疑問すら抱けない、システムに丸め込まれたヤツらと変わらない。

そんなわけで、完ぺきな人間って、だあれだ？なんて、そんなことをこういう流れで考えてくるとやはり、完ぺきな人間も、絶対的人間というのも筆者の価値観の中には存在しない、というところに行き着く。

もし、自分で自分のことを「完ぺきな人間だぜ！」なんて思っている人がいたら、もう一度だけ言っておく。俺は完ぺきな人間なんて大嫌いだし、そんな価値観は絶対に認めていない。そう。だから、少なくとも俺に壮絶に嫌われているアンタは完ぺきではない。誰も彼もから慕われていないアンタは、全然完ぺきな人間なんかじゃない。

一周回って、何もかもが大した問題じゃない。どれもこれも誰かが都合よく決めた価値観や論理なんだから。どれもこれも大した問題なんかじゃない。それに振り回されちゃうなんてくだらない。ばかばかしい。関係ない。そう思っておけばいいと思うし、そう思っていたいし、回りの大切な人達には、そう思っておきなよ！って優しくしてあげたい。

なにせ、バンドのメンバーが突然に死んで、たった一日であらゆることが覆された、という経験をした筆者だ。それらも踏まえ、声を大にして言いたい。絶対なんてものはない。次の瞬間、自分自身がどうなっているのかなんて解らない。

よく「明日のために！」なんて言っている人がいるけど、「明日」が来るのが前提の生き方なんだね！って言いたい。

有名な偉人の言葉を引用させてもらうと、まさに「あなたの生き方は、どれぐらい生きるつもりの生き方なんですか」ってやつだよね。

完ぺきな人間なんていない。絶対なんてものはない。

どうでしょう？証明できたかな。

路地裏の皮肉（五）

何度も話が飛びながらも、なんとか自分なりに思いのたけをぶつけ、書き進めてきた。

お上品な読者の皆さんなどは、きっと筆者のような言葉使いや物言いに戸惑いや違和感のようなものを感じられるような部分があったかもしれないと思う。

しかし、それはそれでやはり筆者は筆者なりにとことん自分なりのスタイルで書き続けてみたいと思う。

誰がどう言おうと、ほぼそういう自分なりのスタイルに対するその手の干渉なんかは「アンタに言われた事、そっくりそのまま返すわ！」ってな感じで片付くことなんじゃないかなと思っている。なんでもかんでも、結局のところそんなところに落ち着く。世の中、その程度のことばかりじゃないだろうか。そもそも人間同士のやり取りなんて、十中八九これだと思う。

「お前のそういうところが嫌いなんだよ！」と言われれば、「お前のそういうところが嫌いなんだよ！だなんて言ってくるアンタのことがこっちも大嫌いだよ！」って答えるし、それこそ逆に「大好きだよ！」って言われたら、「俺のことを大好きだなんて言ってくれるあなたのこと、俺も大好きだよ！」と言うだろう。なんでもかんでもこの方程式で片付くと思えば、何もかも大した問題なんかじゃないはずだ。

解りやすい部分で言えば、昨今なぜかやたらと世間でも話題に上がる「マナー」という言葉を都合よく当てはめて、なんでもかんでもひと括りにがんじがらめにしてしまう風潮にはとてもうんざりしている。

ニュースの特集なんかで、マナー講師のおばさんが、おそらくその日初めて会ったであろう人達（受講者）に威張り散らしている姿は愚の骨頂だと思う。

とにかくもう「お前達に徹底的にマナーを叩き込むからな！」みたいなそういうマナー講師の一方的で高圧的な態度が一番のマナー違反だろうがよ！って思えてならない。

そんなにも自分の振舞いや言葉使いや礼儀作法に自信があって、接客とか応援のスキルをも満たしているというのなら、まずお前が毎日店に立て！と思う。毎日、一日中立ちっぱなしで仕事をしているような人達を前にして、よくもまあ恥ずかしげもなく、そんな事がよく言えるなと思う。

マナーみたいな、戦争が始まったら真っ先にどうでもよくなって消えて無くなるようなものの蘊蓄を語る前に、「さあ、世の中にはどんな職業があるでしょう？」みたいな、小学校レベルからやり直してこいと言いたい。

そしてこれが困ったことにどれも、何を根拠に言っているのか解らないようなことばかりで、なんかの洗脳団体のようなものに見えてしまう。気をつけをして、体の前で手を揃える時、右手を下にして、その上に左手を添えるようにするのがマナーなのだそうだ。（解りやすく言えば受付のお姉さんが立っている時のポーズみたいなスタイルかな。）

しかも、その理由がもう本当にバカバカしくて「トホホ」としか言えない。

右手は武士が刀を抜く手なのだと。だから、接客や応接の時には、「あなたには刀を抜きません。仲良くしたいのです。」というような友好的な意思表示を込めて、「右手を左手で軽く押さえたスタイルで対峙するとよい」などと言うのだ。

いやもう、バカバカしいやら、あきれるやら。くだらないわ本当に。（余談だが、筆者がその場にいたら、間違いなく、左利きの武士はいなかったんですか？と質問していると思う。みんな右手に刀を持って戦っているのなら、意表を突いて左から斬りかかるほうが勝てそうだとも思うしね。）

そして、そんな武士がいたような時代の、それも刀を抜く時の振るまいがどうとか、そんな大昔の時代のことを突拍子もなく引き合いに出して屁理屈並べるのなら、それこそ当時の価値観で言わしてもらうけどさ、じゃあまず女であるお前が、日々仕事に励んでおられる殿方の面々に偉そうに講釈垂れること自体が百万年早いわ！斬り捨て御免でござる！と言いたい。

他にもよく似た礼節の押し付けみたいなものは、多々あると感じる。

入院していた方がめでたく退院された時に贈る物は、一説には石鹸が良いとされているようだ。単純に、石鹸は使っているうちに無くなってしまう性質のものであるから、同じように病気も消えて無くなりますように！なんていう思いが込められているとかなんとか。

けれどもそれ、考えようによっては、消えて無くなってしまうって部分は、消えて亡くなってしまうというようにも連想できてしまうし、他の例を見てみると現に入院患者に鉢に入った植物を贈ってしまうと、そこに根付く、（ずっとそこから退院できない）という解釈になってしまうから、もし花を贈るなら根が付かないという意味で造花や花束などを贈ることが善しとされていたりする風潮があるではないか。

だからなんていうか、先に言っちゃったもん勝ちみたいな感じがさ。ほんとくだらないよ。

「私がマナー講師です！」「この振るまいが正解！」「この言葉が正解！」お手付きも休み休みにしろよと。

どれも大差のないようなことをさも大層なことみたいに全く別の人格や価値観や経験値をお持ちの他人様にこれみよがしに喚き散らしているマナー講師の姿こそが最大のマナー違反だ。なんていうかさ、そもそも右手が下でも左手が下でもどうでもいいよ。すごく尊敬のできる、経験値の高い社会的地位もある人で、右手を上に添えて立ってる人なんて山ほどいるよ。

右手を上に持ってきているからと言って、友好的感情では無いな、この人は俺に攻撃的な姿勢で対峙してきているな！なんて思わないしさ。人対人のやり取りとか、コミュニケーションなんて、そんなくだらない武士が刀を抜く側の手がどうとかいう屁理屈なんかじゃない。

仕事なら仕事で、もっとこう「笑顔を忘れずに、忙しい時こそお客様の気持ちに立って応対しましょうね！」みたいな感じの事でいいんじゃないの？って思う。それでも気に入らないというのなら、やはり「じゃあ、お前のそのお気に入りのお前が心酔するそのくだらないスタイルで、まずお前が店に立ってこいよ！」ってことになる。

店に立って、日々最前線で奮闘する方々の頑張りがあってこそ、社会が、もっと言えば経済が動いているんじゃないのか。

一番初めに話を戻そう。

そんなわけなので、筆者の言葉使いに「マナー」がどうこう等と言う人がいたら、そっくりそのまま「俺にマナー違反だ！と批判的になっていること自体がまず第一のマナー違反！」だと言っておきたい。

うん、それにしても「そっくりそのままお返しします。」これ魔法の言葉かもしれません。いつでもどこでも誰でも使えます。

「え？ちょっと待った！何を言ってんだ！意義あり。」ってか？まあ、そんな方もいるでしょう。

あはは。だからまさにそれもそっくりそのままお返しします！意義あり！に、意義あり！

路地裏から愛を込めて

「自殺をするなんてもったいない。」という言葉をよく耳にする。

なんとなく耳馴染みが良さげで、もっともらしい言葉にも聞こえるが、個人的にはそこに人としての「愛」は感じられないと思う。そんなもんはお調子者の気まぐれで白々しい戯言に過ぎないと思う。

とにかく、もったいない！なんていう言葉を都合よく使っている感じがものすごくムズムズとしてスッキリしなくて本当に気持ち悪い。

そして、そういうことを言う人に限って「なんだかんだ言ったって、人はいつか死ぬんだから！」などと、妙に悟ったようなことを口にしたりしていて、そこには無責任な軽薄さが滲み出ている。

そのくせ、映画とかテレビドラマとかで主人公が、今日この一日を、そして明日も明後日も未来も、ずっと生きたい！生きていたい！と思いながらも、それでも願いも虚しく命が絶たれ死んでしまうみたいな、そんなような類いの物語にみんなみんな揃いも揃って涙するんだから。作品がヒットしたり、高視聴率を記録し話題になったりもするぐらいにさ。

感情移入し心震わせる、誰もがそういう感受性や想像力を持っている。そして、それ自体は人間らしさの溢れる素敵でかけがえのない人間ならではの感性だと思う。けれど、映画やドラマを見終わったらもうそんな気持ちもそれで終わりなの?全部リセットされちゃうの?ってなんだか寂しく残念に思う。普段の生活の中で、自分自身がその物語の主人公のように自分自身の生死をシビアに問われるような状況に遭遇したり、あるいは身近で大切な人が、主人公のような生死を争う境遇に置かれたりするようなことも無いとは言い切れないだろう。

そんな時、あなたなら何を思う?

何を感じ、何を考える?

きっと「人はいつか死ぬんだから!」とはとても言えないと思う。

毎日の暮らしの中で、続いていく流れの中で、みんな必死で生きている。

そんな日々の時間の経過に忙殺される中で、人は知らず知らずのうちに疲れを感じていたり、心をすり減らしていたり、本来の自分らしさを見失ってしまっていたり、自分らしく居続けることに葛藤を抱いたりすることだろう。そんな閉塞感の中で生きる時間が続けば続くほど、少しずつ人間らしさや、それこそさっき言った「愛」を知らず知らずのうちに無くしていってしまうんじゃないかなと、未熟者ながら世相を想像してみたりする。

とにかく年がら年中、世間は騒がしくしている。もっと言えば、騒がしくしよう！といつも誰かが画策しているだろう。良くも悪くもそれによって世の中は回るし、経済だって動く。単純にそういうもんなんだと充分認識している。別にビジネス有りきの経済論理で縛った解釈をせずとも、人はいつだってアンテナを張り巡らせて何かを探しているし、楽しそうなこと、刺激的なことに敏感で、いつも新しい何かを探している、そんな習性を持った生き物なのだろうとも思う。

街に活気が溢れ生き生きしていることと、人々が皆、騒々しくて忙しない時間に追われ生きることとは紙一重であるようにも思える。

誰かにとって、ものすごく寂しい一日は、他の誰かにとって人生で最高にハッピーな一日なのかもしれない。

誰かの誕生日は、他の誰かの命日かもしれない。誰かの休日は、その人が楽しい一日を過ごすために他の誰かが仕事に追われる一日なのかもしれない。

誰かが勝利を手にした日、他の誰かにとっては敗北の日だろう。

そして、極端な例を挙げれば、自殺願望のある者にとっては、自分の思いが叶い、苦しみから逃れられる日と、自分自身が死んで、そんなものすら「無」になる瞬間が同時だったりするのだから皮肉過ぎるし、似たような例は挙げればキリがないだろう。

そう考えると、年がら年中、世間は回り続けているし、死ぬ者、産まれる者、存在する物、無くなる物、何もかもが境界線なんてない表裏一体だ。

「新年だから、年明けだから忙しい！」から始まって、ざっとノンストップ。とどまることを知りゃしない。お正月が済めば、やれ成人式だからとか、連休だからとか騒ぎ立てて。節分だ、バレンタインデーだと続き、ひな祭りだ。ホワイトデーだ。そうこうしているうちに年度末とか言い出してバタバタか。そうすりゃ新年度のドキドキがやってくる。ゴールデンウィーク頃にはもう長袖なんて着ていられないぐらいにもうバタバタ暑くて、あっぷあっぷで疲れの溜まる毎日だろうか。そうこう言っているうちに、早めにボーナスをもらったような人達が街に繰り出し、暑い日射しが照りつける頃には街はますます活気付くだろう。そして、それに煽られるように、子ども達が夏休みに入る頃になれば、レジャーに花火にお祭りにと、とどまることを知らず、ビーチから見える水平線に歓喜し、ビール片手に入道雲を見上げていれば、世の中はまるで楽しいことしかないような気持ちになれるだろう。

楽しいことで埋め尽くされた世の中で、やがて人々は色付く木々に高揚し、海から山へとその目を向け、食欲のままに腹を満たせば、自分自身が人間であることを改めて実感するのだろう。

吹き抜ける秋風になんとなく人恋しくなって、自分だけの世界ににどっぷり浸って好きな人に気が済むまで想いを募らせたりしながら、澄んだ空に浮かぶ月を眺め、長い夜を楽しむだろう。セピア色に映る街並みにちょっぴり感傷的な気分で季節の変化を全身で堪能していたら、そうこうしているうちに、やがて「年末だから忙しい！」、なんてついさっき聞いたような定番の台詞を言いながら、なんだかんだと言っても毎度の行事やお決まりのイベントを我先にと満喫して、そうやってみんな瞬く間に一年を駆け抜ける。

そして、そういえばお墓参りに全然行けてないや、いつ行く？ いつ行ける？ なんてふと我に帰り、慌てふためき焦り顔を晒しながら、めっきり日没の早くなった十二月の街を奔走するだろう。そしたらまた、年明けの喧騒に忙殺され、疲れが溜まった頃にはインフルエンザが大流行？ いやいや、あのさ、去年もその前も、その前のその前も、あったでしょ、年末年始。

別に、遊びや行事そのものを否定したり、情報やステイタスに振り回されていたりすることとかを闇雲に否定的に捉えるつもりもない。ただ、みんな知らず知らずのうちに疲弊し、それこそ「愛」をなくしていってしまうような、そんな破滅的な生き方に見えないでもない。

なんで、まるで初めて体験するようなドタバタぶりなのかと、もしくはもう二度と年末年始が来ないかのごとく、ともすれば意地になってないかい？ って思えるぐらいに年末年始らしさを欲している感じが毎年物凄く疑問なのだ。

学園モノのドラマに出てくる先生みたいに、「忙しい」という字は、「心を亡くす」と書いて「忙」という字に成りますなんてしょうもないことを言うつもりもないんだが、とにもかくにも、なんだか見ているこっちまでくたびれてしまいそうな目まぐるしさを覚える今日この頃の世の喧噪ぶりを、なんだかなあなんて思うのでね。

もう少しゆっくり、それぞれマイペースで毎日をまず自分自身が楽しめるように生きてみない？って思う。

路地裏から愛を込めて（一一）

人生、誰もがたった一つの「オリジナル」なのであり、誰にも何にも左右されず、自由に気の赴くままに、自分自身が信じる道を思い切り生きるのが自然で、当たり前で、いやいやそれ以前に「そうでなければ！」とも思う。ただ、「マイペースで生きる」、なんて口で言うのは簡単だが、やはりそこにはどうしても邪魔が入る。そうは問屋が卸しません！とばかりにいつの時代もクソ野郎がお出ましする。自分が社会を、会社を、世間を動かしている！みたいに思っている勘違い野郎が、普通に人並みに、まあまあでもいいから自分らしく生きていければ良いやと思っている人達を振り回し、惑わし、掻き乱しに来る。

先程の年末年始の喧騒なんかも良い例なのだが、ひと昔前と比較をしたら、年末年始にいつも通りに街のお店も開いていたりすることが当たり前のような光景になった。もちろん、どこもかしこも閉店していたら、生活面で不便を感じることもあるだろうし、いつも通りに開いていることで助かったり安心できたりすることもある。

もちろん、それ以前に商売している側の人達の視点で考えれば、回りのお店が閉まっている時に自分のお店を開いて初売りかませば、一人勝ちできるような気になるのも解らなくもないから、ここぞとばかりに張り切りたいお店の人達側の心情も理解はできる。

けれど、それらも近年どうもマンネリ気味というか、年末年始も割りと街並みも普段通りってイメージが強いし、素人目から見ても一時期のような爆発的な年末商戦、初売り商戦といった勢いは感じられなくなった。お正月に街に繰り出して買い物を楽しむ人達の数や、それらによって変動する経済状況を、あるニュースでは「頭打ちの状態」になっているという言葉で表現していた。

もちろん、商売をしている人達や経済を動かしている（と錯覚しているような）人達の様々な商業論や専門家の本格的な理屈もあることだろうとは思う。

だけど、普通の庶民の目線から言わせてもらえば、街のお店が開けば開くほど、特に街の大きな商業施設が営業すればするほど、地域の人達を労働力として大量に駆り出してきてしまっている。なぜその当たり前過ぎるぐらいに当たり前な、目の前の事実を重く受け止めるということが出来ないのか。

本来なら、お家で昼間っから酒でも飲んで、子供たちにお年玉を配ってのんびりしているお父さん方を正月からいつも通りに（いや、いつも以上に）労働者としてこき使っているわけだ。仕事があるから！とお正月も朝早くから出掛けていくお父さんの後ろ姿や、お父さんの居ない食卓を想像してみてほしい。もちろん、お正月も返上して家族のために働くその姿はカッコいい。

けれど普通に考えて、「お正月もいつも通りに営業するから出勤な！」と決めた側の当の本人達は、きっとお家で子供達や孫達に囲まれて、おせち料理を食べ、お酒を楽しみ、街に繰り出したり、初詣を楽しんだりして、一般的なお正月をこれでもかというぐらいに満喫しているであろうことが手に取るように解る。だから、そこが腹立つし、ムカムカするのだ。（けれど、そんなのももう頭打ちの状態だと言われているみたいだからいい気味だけどな。）

そして、本来なら「お父さん、お正月ぐらいのんびりしてくださいね。」なんて言いながら、おせち料理やお酒を振る舞う、ふつうの家庭のお母さん達までをも街にパートさんとして駆り出してきてしまっていては、どの家庭も「今日はみんな揃ったから街にお買い物にでも出掛けましょうね。」なんて話にはならない。なるはずがないだろうが。

「お正月も営業しよう！」と、さも名案みたいに息巻いて、「きっと儲かるぞ！」と鼻息荒く手柄を気取っているヤツらはきっとお金持ちで、良い暮らしをして、他人の人生を搾取しまくることによって、さぞ楽しい人生を送っていることだろうと思う。まあ、それはそれ。気が済むようにしてれば良い。何も知らずに死んでいけばいい。

けれど、売り上げが伸びた時には戦略を考えた経営者の手柄、売り上げが思わしくない時は従業員の努力不足のせい、みたいな図式がもはや当たり前のように世の中に定着し蔓延っている。そんなことでは思うように回り（の人間）が動いてくれなくて当たり前。物事が良い方向に作用しなくて当たり前だ。もっと言えば、ざまあみろだ。まずは飼い犬に気をつけな！と言いたい。

だからこそやはり、そういう人達は庶民の目線で物事を見る能力や、人の気持ちや思いを感じとる力が明らかに欠落していると思う。頭が良いということと、勉強が出来てテストで良い点が取れて社会的成功をおさめるというのは違う。そして実はそう思っているという人はたくさんいると思う。頭が良いからテストで良い点が取れるのではない。実際、頭は悪いけれど、テストに正解を書くことだけは得意だというような類いの人はいる。そういう人達が試験に正解をたくさん書いて、丸をたくさんもらって、たまたまどこかの会社や、あるいはその経営を取り仕切る仕事に就いて、自分達は偉いんだとか、優越感をひけらかして世の中を動かしていると錯覚していたりする。

他にも、昨今アパートの経営者が、「部屋が埋まらない。空き物件の借り手が見つからない」等と嘆いているらしいが。どう考えたって誰も住みたくないような条件の悪い物件だったり、どう考えたって不釣り合いな高い家賃を平気で掲げていたり、部屋中に破損や故障が溢れているのに、現状渡しですよとかさ。よく真顔でそんなこと言えるよねって思うようなことばかりゴロゴロしている。そういうのも、やはり土地持ち、家持ちで、アパート借りて住むなんていう経験をしたことも想像したことも無いヤツの思考なんだなと思うわけ。借りる側のことを想像するというチャンネルが完全に欠損しているんじゃないかななんて、思ったりする。

路地裏から愛を込めて（二）

想像してみてほしい。

リゾート地とか、もしくはちょいとお高めのカフェなんかで、どこかの優雅な家族連れの子供達が一杯千円以上もするようなミックスジュースを飲んでいる。そして、それを提供しているのは、時給千円にも満たないアルバイトの店員さん達。なんかこういう平行線なまま交わる点が全然見えない中で音も無く、ただ流れ去っていく時間の光景になんとも言えない負の気分を覚える。そう、もちろん普通のヤツっていう側の視点から。

例えば「夏休み」と聞いて、避暑地にひとっ飛び、リゾート地でバカンス！と思い浮かべる人と、同じく「夏休み」と聞いて、リゾート地で住み込みのバイトでもやってひと稼ぎしてくるか！と思い浮かべる人との、その歴然とした差や、開きやその溝の深さたるや、筆舌に尽くしがたい。

もちろん、十人十色みんなみんな生まれた家庭環境も違うし、経済状況だって違うし、だからこそみんな好きなように気が済むように生きれば良いし、そうじゃなきゃおかしいし、まかり間違ってそれを邪魔したり左右させたりするようなヤツがいたら許せないと思う。

よくお客さまの視点で良いサービスを！みたいなことを謳っているお店があるが、夏休みにリゾート地で遊んだり出来ずに、むしろアルバイトに来ている人達が、夏休みにリゾート地に遊びに来ている人達が求めているようなサービスを本当に提供できると思う？

何度も引き合いに出してしまうようだが、お正月からいつも通りに仕事に追われて、街に遊びに繰り出すような過ごし方をしたことが無い人達が、毎年お正月には街に遊びに繰り出し、買い物や食事を目一杯満喫するのが当たり前だと思っている類いの人達が求めているもの（色んな意味でのサービスだな。）を、それらを果たして本当に提供することができると思っているのか。お正月に遊んだことの無い人に、お正月に遊ぶのが当然だと思って遊びに興じる人の気持ちは解るかな。どうだろう。逆も然り。

お正月に遊びに繰り出している人達は、お正月に仕事に追われている人達の気持ちは解らないだろう。その前に考えようともしないだろう。

そして、お正月に遊びに興じる人達にサービスを提供し仕事に追われる人達はまた、本当の意味で遊びに興じる人達の求めることを本質的にはきっと理解できていないだろう。だから本当の意味で心のかよった良いサービスなんてできるはずがないし、そんなもん初めっからそもそもやる気なんてさらさらないよ！とさえ思っている人だっているかもしれない。

年末年始まで駆り出された人達が、忙しい中、嫌々作ったソバやおせち料理を、呑気に街に繰り出したヤツらが、バカ面ぶら下げて、その気になって美味しい美味しいと食べている光景を想像すると、もうどちらを見たって誰も幸せじゃないし、誰一人まともじゃない。


それに比べ、バンドマンは、初めは皆、ただのロックキッズだった。ステージで光を放ち、煽動し、衝撃を与えてくれたそれぞれのロックスターに心酔し、いつしか自分もバンドをやりたいと思う。どんなバンドマンも、きっと好きなバンドや歌手を観て、ライヴハウスやホールで拳を振り上げ、声を張り上げて枯らしていた時期がきっとあるはずだ。そして、そんなモラトリアムの日々の中、いつしか自分もあの人のようにステージに立ちたい！と夢見るのだろう。

けれど、リゾート地で、一杯千円以上もするようなミックスジュースを飲んでいるガキは、いつか自分も時給千円にも満たないアルバイトをやって、どこかの呑気なガキに千円以上もするようなミックスジュースを提供する仕事をしたい！なんてことを思うわけがない。考えにも及ばない。

愛を無くし、夢を奪われ、それを考える気力さえも搾取されていく。

そんな世の中で、世間の人達が無責任に言う、「亡くなった人の分まで」なんて、いい加減なことを真に受けて生きることは出来ない。

年末年始に遊びに興じる人達が、そんな自分達のために年末年始にまで仕事に追われる人達がいるという実態に全く気付けないのと同じように、多くの人達を残し、一方的に勝手に自殺して逝った人のことを理解することは本当に難しいことだと思う。というよりも、そんなもん解りっこないいんじゃないだろうかとさえ思う。

自ら命を絶って逝った人の気持ちがどうだったかなんてことをああでもないこうでもないと思案するぐらいなら、今、今を生きる、生きている人達のことやその人達の気持ちや思いに少しでも耳を傾け、寄り添い、そう生きてほしい。

大雪の日の朝、それでもいつも通りにポストに届く新聞。これをわざわざ気に留める人のほうが少ないかもしれない。けれど、誰かの努力や頑張りや苦労があって、その上でさりげなく普段通りにポストに入っているそれを見て何も感じず、見過ごすような人達ばかりの世の中ならハッキリ言ってダサい。

もしくは、雨だろうが雪だろうが新聞を届けるのが配達人の仕事だろう！なんて割り切った考えがカッコいいと思っているような成金や成金かぶれの心を無くしたへボイズム野郎には、もし自分や自分の家族が大雪の朝に赤の他人が読むか読まないかも解らない新聞を配達することになったとしても同じことが言えるかい？と言いたい。

最近似たような点で、宅配便の世界で問題視されているみたいだが、通販の送料が無料とか、当日にしかも指定時間に配達とか、サービス内容の熾烈な競争が激化しているそうで、もちろんビジネスとして競争が有り、より良いサービスを提供できる会社や物が評価され商業的にも成功を納めるという点はある程度理解できる。しかし、無茶なことをして無理が続けば、しわ寄せは当然現場で働く人達のところへ行く。

送料なんて払いたくないし、今日中に私が家に居る時間に届けて！宅配便の会社のことなんて知ったことか、配達人のことなんて関係ない。そう言われればそれまでだ。

けれど世の中、宅配便の会社を営む人もたくさんいるし、配達を生業にして生計を立てている人も身の回りにだってゴマンといるはずなんだ。毎朝当然のようにポストに届く新聞や、注文したばかりの商品がその日の夕方に届く時、少しだけあなたのためにあなたの商品に関わった「人間」のことを思い浮かべてみてほしい。

今朝は雨が降っていたから、濡れないようにわざわざ新聞をビニールに入れて届けてくれたんだなとか、時間ギリギリに注文したから、きっと急いでピックアップして配達してくれたんだろうとか、若い兄ちゃんがバイクで配達してくれたんだろうかとか、食材とかならバイトのおばちゃんが軽トラで回ってくれているのかな?とか、そんな程度で充分だと思う。

そして、当たり前だけど、考えてみたって、きっと誰がどんなふうにどんな気持ちで、どんな気分で自分の物を届けてくれたのかなんて全然見当もつかないし、解るはずもない。今、同じ時代に、同じ瞬間に生きる者同士でさえも、これほどまでに人の心を想像してみることは未知で無限で果てし無い。


呑みに行った帰りに終電を逃し、どこかで朝まで時間を潰したり、酔いざましも兼ねて延々と徒歩で帰宅するとか、そんなようなことを経験したことのある人なら、一度は感じたことがあったり、実際に口に出したことがあるかもしれないが、「夜中も普通に電車動かせよ、終電早過ぎるんだよ!」って気持ち。そして、それはふと気付けば筆者自身もご多分に漏れず、一度は感じたことがあること。人ごとではない。

そして、それは、じゃあ運転士の人達は二十四時間働けとでも言うのか?とか、そんな話になってくる。やはりそれは自分自身や自分の周囲の人が運転士じゃない人達だからこそ言える意見であり、運転士の人達の人生やそれらに関わる周囲の人達のことやその人達の暮らしをまったく想像できていない発言であることに気付かされるし、それがいかに無責任でいい加減で、独りよがりな恐ろしい発想であるかということに簡単に辿り着く。（それに対して、お金もらってやっている仕事だろう！寝たいとかつべこべ言わず夜中も運転して世の中に貢献しろ！みたいな人を人とも思わないようなことを声高に言う人は、グローバル資本主義の時代なんだからとかいう蘊蓄と、アンタらの偏った「市場原理主義」かぶれ主義との違いをよく考えてほしい。そんなに市場原理主義がどうだとか言うのなら、お前に一生金払うから、俺の奴隷に成れと言ったらお前やるのかよ！）

そして、それらを考えたら、やはり自ら命を絶って逝ってしまったヤツの気持ちがいったいどうだったのかなんてことを考えることが、いかに無茶で無謀で途方もないことなのかがよく解るはずだ。

まずは今生きている人に「夜中も電車走らせてほしい。」なんて口走る前に、「そりゃ運転士さん達も寝なきゃいけないしな！」と思える人でありたい。

路地裏から愛を込めて（四）

よく耳にすることの一つに「自殺なんてするヤツは弱い。」というような言い方や解釈の仕方があるように思う。まあ、それなら単純に「では、生きている人はみんな強いんですか？」とか色々と反論や疑問を呈したいと感じる。

なんともすっきりしない感情が渦巻く。強いとか、弱いとかによく似た二択を迫る評価には、成功か失敗かとか、賢いのか馬鹿なのかとか、両極端な評価によって、間違った振り分けをしたがる人達が多い傾向があることにふと気付いた時があった。

ある時、ニュースで何十年も駅前の象徴として君臨し、先駆的な展開を押し進めながら繁栄を極め一時代を築いた商業施設の閉店が決まり、最終営業日の閉店時間には多くの利用者や関係者が店を取り囲むように集まり、エントランスのシャッターが閉まるのを名ごり惜しそうに眺めているというシーンが放送されていた。驚いたのはそのあとだ。

社長だか店長だかが、シャッターの前で集まった人達を前に、閉店の挨拶をするんだけど、まあその偉そうなこと。

素人考えで悪いけどさ、何はともあれ、もう商売としてダメだから閉めることになったんだよね？という部分でね。

よく似たケースで言えば、政治家などが不祥事で辞任する際にも、いちいち花束渡されて挨拶していたりする場面を観ているとさ、「どうして不祥事で辞めるヤツに花束を？」と感じる時の感情に近い。


話をもどそう。

そしてその閉店の話題は、ニュースのナレーションでも、経済状況の変化や若い世代をお客として取り込めなかったのが、客離れや衰退の大きな一因なのだと言っていた。

それならやはり、そのような商業的失敗を犯した施設の代表なわけであるのだから、それはハッキリ言って責任重大なA級戦犯であり、徹底的にその敗因や責任を追求されるべき立場であって、偉そうに赤い絨毯を敷いてもらって英雄気取りで「この場所でウン十年間お世話になりました！」とか、「開店当時にご来店になった時には、まだお子様だったような方々も、それこそ今では立派になられ、そして今またそのご子息のお手を引いてご来店頂いて世代を越えて利用していただきました。」なんて呑気なことをさも自分の手柄みたいな顔をして、若いお姉ちゃんに花束渡されて鼻の下を伸ばしている場合ではないはずなんだ。

時代が時代なら切腹の場面だぞ！と言いたい。（ちなみに、そういった切腹をはじめとする自決という概念や文化と、そしてそれらとはまた違った形で現代に蔓延する志し半ばでの自殺という生き方（死に方か？）についてもまた改めて書きたいと思っている。）

そう、そして初めの話に戻すと、だからそれは成功なの？失敗なの？という話。立派なの？偉いの？それともビル一つぶっ潰してしまって、多くの従業員の人生やパートやアルバイトとして働く近隣の人達の生活を左右してしまったクソ野郎なの？

もしくは長年、街並みの華やかさや発展にひと役かってきた賢い経営者なの？それかもしくは黙っていてもバブル経済やら何やらで隆盛を極め商業的成功を収められた時代から、いつまで経っても頭のスイッチを切り替えることが出来ず、時代の移り変わりや若者のニーズを汲み取ることも出来なかった素人同然の腰掛け経営者なのではないのか。

柔軟性も無く、縮小や撤退のタイミングを逃し、客観的な思考も出来ないままに、閉鎖に追い込まれたアホな経営者だったのではないのか？

もちろん、筆者自身答えは見つからない。

経済の専門家でもなければ、起業や経営にも縁がない。けれども何度も言うように筆者自身「普通のヤツ」であり、だからこそ知りたいし、誰なら解る？誰なら知っているの？世界の仕組みを握るヤツは誰なの？誰が何をどう感じて、誰が何をどう感じていないの？分からず屋の知りたがりは今日もこうして無い知恵を振り絞って考えてみたりする。

けれど、その駅前の「象徴さん」に、一つだけ言えることは、普通の人が普通の人間だから普通に利用する、普通に利用できる場所だったはずなんだ。普通の人間が普通に利用できない、もしくは普通に利用しようと思えない場所は生意気なことを言うようで恐縮だが失敗なのだと思う。

そしてやはりその経営者も経営者として失格じゃないかなと思う。

結果的に衰退し、再建もままならず閉鎖に追い込まれた点はもちろんながら、最後の挨拶を述べる場面でも、まるで自分自身が駅前の象徴なのだとでもいわんばかりの得意気なスピーチをしゃあしゃあと宣って、まるで英雄気取りで、時代がどうだとか、若者がどうだとか、責任転嫁に終始しながら全館閉鎖の報告を集まった多くの聴衆に語りかけているのだから、「普通か普通じゃないか」で言ったら普通の人間ではないだろうと感じる。

というか、筆者の感覚から言ったらはっきり言って異常だし、そんな異常なヤツがやっている店に普通の人達の足が向かなくなっていったのは至極当たり前の自然の摂理だと言える。

閉鎖のセレモニーに集まった多くの聴衆が、そのスピーチを聞いてどう感じたのかは解らない。けれど、そういった場面で、立派な社長さんが良いお話をしておられる！素敵なセレモニーだなあ！なんて表面的なモノにしか目を向けられない人に限って、自殺をした普通の人間には「自殺なんてするヤツは弱い！負け組だ！」とか言うんじゃないのかな？

ビル一つをぶっ潰した戦犯が立派な訳無いし、経営者としてリーダーとして、それこそ「失敗」

だし、「負け」てるし、「弱い」んじゃないのかよ。そんな、弱きを挫き、強気を扶けるみたいな図式がまかり通る世相は本当にクソだ。

かといって、すでに書いてきた通り、自殺した人間に対しての「未来ある希望の星だったのに」等というような、へんに理想化したりする表現や解釈なんかも、どうにも気持ちが悪いものだ。しかもそれを、昔の人が言ったように、「憎まれっ子世にはばかる」のだとするのならば、死んでしまった人達は皆が良い人、素敵な人なのだとしたら、現世に残った今を生きる人々は誰もがクソ野郎なのか？

それじゃあ、あまりにやるせない。

今この瞬間を生きて、生き抜き、輝きを放ち、命を燃やし続ける人達こそが素敵なんだ、それが全てだ！ということでなくては、どこに価値なんてあるものか。

人生で、失敗や挫折をしないには、どうしたらよいかと考えた時、それは果たして「何もしない」ということが答えなのか？

挑戦をしない、冒険をしない。行動を起こさない。

そう、それならもちろん何も起こらない。けれどもそれはある意味では好奇心への挫折であったり、それこそ人生そのものの失敗であったりするのではないかとも思える。挑戦への敗北、情熱や衝動からの落伍、冒険からの逃亡だ。そんな枯れ果てた安住の地の先にいったい何があるというのか。

もうなんだかんだで随分と古い話にはなるが、高校二年生の時、担任の二階堂先生に言われた言葉が今も物凄く強烈に残っている。

当時、まさに反抗期真っ盛りだった。おまけにロックやパンクにもどっぷりと浸かり始めた頃で、今この歳になって改めて振り返ってみても、やはりそれはそれはもう周囲の大人達に対する、やり場の無い怒りや疑問、反発、理不尽なまでの負の感情をぶつけていたと思う。

二階堂先生は、「誰でもな、そんな事ぐらい思う。せやけどな、世の中、オオカミは生きろ、ブタは死ねや！俺が言えるのはそれだけや。よう覚えとけよ。」と、筆者の胸ぐらを思い切り掴みながら、イヌか！と思わず突っ込みたくなるぐらいまで顔を近付けて語気を強めた。

それから、なぜかずっとそれをいつも心の片隅に置いて走ってきたように思う。

バンドで、ここぞ！という時や、物事が大きく左右されるような選択を迫られた時、なぜか「オオカミは生きろ、ブタは死ね！」というあの時の言葉を思い出していた。

だからこそ現代の、死んじゃったヤツは良い人だった、そのくせ世にはばかるのはクソ野郎ばかりなのか？というような、従前の図式にムカムカするのだ。生きて生きてやりたい放題やっているヤツら最高！勝手に自分から逝くヤツらサイテー！ってことじゃなきゃ、どうかしている。

筆者が高校二年生の当時に二階堂先生に言われた言葉を、今自分なりに自分なりの経験やそれらに対する思いを踏まえた上で、自分の、自分ならではの言葉で、世の中に溢れる多くの自死者達に筆者から何か一言言えるのだとしたら、こう言いたい。

「オオカミみたいに生きろよ。勝手に死ぬな。ブタかお前は?」この一言。これに尽きると思う。

路地裏から愛を込めて（五）

ある時、有名な元子役のことをテレビで取り上げていた。

若くして人気タレントの仲間入りを果たし、活躍をして桁違いの収入を得た時期があったが、仕事が激減してしまった時期には肉体労働のアルバイトを経験し、一日中働いてようやく一万円ほどを手にするという厳しい現実を目の当たりした、というような内容だった。

こういうのって、いったい誰が誰の価値観で、誰に誰の視点でどんな理解や共感を得ようとしているのかと、物凄く疑問に思う。本題の元子役の半生がどうしただのということよりも、そもそもどういうつもりで、そして最終的にどんな方向で、話にどうオチをつけたいのか、全く理解できない。

それぞれ捉え方が違うだろう?という点で言えば、そこで筆者が感じることは、その元子役がアルバイトをして正常な金銭感覚を取り戻すきっかけになっただのなんだのという通り一辺倒な綺麗事なんかはどうでもよくて、むしろ丸一日、朝から晩まで肉体労働をして一万円程にしかならないという、そのどうにもならないクソみたいな世の中の現状や仕組みの異常さのほうが気になって仕方がない。

他にも、ひと昔前にある有名人の生後五ヶ月程の赤ん坊が、当時雇っていた女中に殺害されるという事件があったようだ。もちろん殺人という究極の罪を犯した女中は許されるべきではないが、ここで少しだけ着目したいのは、その女中が当時十七歳だったという点だ。未成年だからどうのとか、未来ある若者だからどうしたとか、そんな話なんかじゃない。事件について語られる時、いつだってその生後間もない我が子を殺された有名人の胸中や、生後わずか五ヶ月で殺されてしまったその赤ん坊の短い生涯について、やれ可哀想だ、やれ気の毒だ、不幸だ災難だとそれらの角度からばかり、そういう視点からのみの閉鎖的、単眼的に焦点を当てる傾向を強く感じるが、では逆に未来ある多感で可能性に満ちた十七歳の少女を女中として、コキ使うことについてや、そういった生活、そういった生き方をせざるを得なかったその十七歳の少女については誰も何も思わないのか、何も感じないのか?、その立場、その視点、その少女の側から見える世の中の景色を語ろうとする者がいないのはなぜだ?と猛烈に違和感を掻き立てられる。

もちろん、「仕事」という点だけで考えれば、それこそまた資本主義だからどうのとか、経済的な視点やそこに歴然と立ちはだかる格差の存在など蘊蓄を語りたい輩もいるだろう。

けれど、一つだけ吠えておきたいのは、誰もが自由に立脚し、経済的にも文化的にも豊かで健全で居られるというような脈絡の市場原理主義で云々という話と、現代に蔓延る一部の人間のみによる、一部の人間のためだけに都合よく手を代え品を代え、のうのうとまかり通っている歪んだ市場原理主義とをごっちゃ煮にして屁理屈をのたまうのだけは止めてもらいたい。


よくある、今後世の中の経済的な格差がますます拡がり、より固定化したら、治安の悪化が懸念されるといった専門家達の声に対して、カネ持ちはセキュリティーの万全な住いに集い、警備員でもボディーガードでも雇って安心安全な暮らしを享受し続けるに決まっているだろうが！なんて在り来りな反論が上がったりするが、果たして本当にそう思うかね？

先程の女中の件をもう忘れたわけじゃないだろうね。そう、門番に雇われ危険な仕事に当てがわれる警備員も、防犯性の高い屋敷を造るのも、セキュリティシステムを設置しに屋敷に出向く作業員も、結局は労働者で庶民であり普通のヤツなのだ。

先程の女中の少女を凶行に走らせた理由が何だったかは解らない。

けれど、あまりに人としての想像力や、ある意味での配慮が欠落した考え方や物言いが垂れ流されてしまっていると感じることが多い。

女中を雇うような裕福な家庭に生まれ蝶よ花よと大切に愛情を注がれていたであろう生後五ヶ月の赤ん坊、そして女中として毎日を過ごしていた十七歳の少女。例えばその赤ん坊が十七年後、どこかで女中をして身を粉にして下働きをする人生を送ることになるとは思えない。一方で、なんの因果か、女中として毎日働き、十七歳で殺人まで犯した女中の少女。

そんな現実を前にして、人は皆、平等だとか、命の重さは同じだとか、人生に意味があるとかないとか、そんなもののどれもこれもがただの綺麗事で、どれもこれもそれを都合良く解釈できる、都合の良い生き方をしているヤツらの側の言葉でしかない、そしてそんなヤツらのためだけにあるバカバカしい言葉だな、というふうにしか解釈ができない。むしろ、誰もが不公平であるという事実だけが誰に対しても公平に存在している。

殺人事件を引き合いに出したのは極端ではあるが、そこまでいかなくても「誰が誰の視点で誰のためにそれを主張しているんだ?」と、ふと疑問に思うようなものは結構ある。

一般人に密着したドキュメンタリーなんかで、脱サラした中年男性が、ラーメン店をオープンさせるまでの道程を面白おかしく構成した番組なんか最悪過ぎてムカムカして吐き気がしてくる。

オープンに向けて、ねじり鉢巻に大玉の汗を滲ませながら、必死で準備や修行に奮闘する男性に、本部からきたスーツを纏った社員が、怒鳴り散らしていたりする。綺麗に改装工事をしている靴下履きの内装業の職人さん方を尻目に、視察と称して乗り込んできた、訳の解らないなんとなくそれっぽい肩書きをつけてもらってその気になっている若造が御自慢の革靴のままでズカズカ歩き回って命令口調で、起業ごっこをしていたりする光景に吐気がする。まあ、これに関しても気が済むまで、くたばるまで好きなようにしてなよ、と思うけど、そもそも開店前にそんなクソみたいなドキュメンタリー見せられて、誰がそんなボンクラが母体でやっている店に行ってみようかという気になるものか。

百歩譲って、脱サラし奮起して店を立ち上げた主人公（中年男性）には興味が湧くし、激励の意味合いも込めて、暖簾をくぐってみたいなとは思うが、まずその手の話は、十中八九の場合、誰がそんなブラック企業よろしく人を人とも思わないような扱いで怒鳴り散らし、威張り散らし、資金力と権力のみで、夢を抱き新たな道を切り開こうという可能性に満ち溢れた人一人の良心や忠誠心をも利用し、修行とか経験がどうの、プロ意識がどうしただの、それっぽい言葉を並べては、やる気を囲い、やりがいを横取りし、始めから使い捨てのつもりのくせに、自分にしか出来ないことを！なんて口当たりの良い台詞で搾取の限りを尽くす光景がまじまじと滲み出ている会社がやっている店に断固として行くもんか！と決意を固める。

そんな、悪代官の時代から何も変わっていないような体質をぬけぬけと世間にさらしておいて、さも店舗展開拡大中！の新進気鋭の外食産業のリーダー！等と言って都合良い時だけ経営者がしゃしゃり出てきて経済論や産業論についてなんかをもっともらしい顔で講釈垂れる光景がまじまじと想像できる。

店に行きたいという気にならない以前に、そもそもそれは誰が得するＶＴＲなの？と。怒鳴り散らされている店主やその家族はそんな映像観て何を思えばよいのか。威張り散らしている本部の営業マンの家族が、お父さんカッコいい！なんて思うだろうか。（思っていたら笑っちゃうけどね。ほんとにめでたいね。）

そして、またその威張り散らしている本部の営業マンなんかも結局のところ、月給取りのただのイチ労働者であるというこの訳の解らない構図。前にも書いた事とダブる点ではあるが、同じような類いの者同士で叩き合ってどうすんの？っていう点でね。

少しの想像力。それだけで色んな事がスムーズにストレスなく動くはずなのになと思う。

セイが死んでからというもの、人と顔を合わすたびに「セイは何で死んじゃったの？」「自殺の原因は解らないの？」「何か心当たりは無いの？」などと、同じような質問を様々な人達からイヤというほど受けた。

何て答えたらアンタらは満足なの？って部分で、いつも非常に不愉快な気分だった。そもそも、このやり取り必要？っていつも思っていた。誰のための会話？誰が得するの？この会話をする前と、後で誰の何がどう変わるの？と。

立場とか、視点とか、そして少しの想像力。物凄く難しいし、奥が深いし、ひょっとしたら答えなんて無いのかもしれない。けれどやっぱり、誰が誰のために誰の視点で何のために何を言っているの？誰に何を感じてほしいの？って。誰が誰のために誰の視点で誰に何を言って、誰に何を感じてほしいのかって。そんなの解らないなんてことは無いはずなんだからさ。

路地裏のアドレセンス

例えば、放課後の教室で。夕暮れの時が近づいても話は尽きない。午後の授業もとっくに終わっているのに、時折ふいに鳴るチャイム。「放課後に鳴っているチャイムって何のためなの？」なんて思いながら。

本当に下らない話の繰り返し。誰が誰のことを好きだとか、誰々はもう学校辞めるんだとか。けれど、どうしても核心に触れる話が出来ない。

出来るわけがない。二人っきりの時間。二人っきりの特別な時間。二人っきりの二人だけの秘密の時間。そして、帰り道。

電車を待つプラットホームでも、その他愛も無い、あてのない会話は続く。このまま電車が来なければいいのになんて、都合の良いことを本気で考えている。

電車を降りて、こんどは自転車を押しながら二人歩く。何も変わらず、何も変えることもせず、変える気もない。そして何も変わらない方がいいのかもしれないとも思ったりしている。その見えない一線を越えることがどうしても出来ない。そのたった一言がどうしても言えない。

次の日にはまた、これまでと何も変わらない、いつもと同じ、いつも通りのただのクラスメイトに戻るんだ。戻ってしまうんだという予感とその確率の高さにタメ息が出そうだ。


なあんて、このベタな恋愛小説は何なんだ！と思われたかもしれない。

ここでは、「人間なら誰もが通る」ことという点で、切なく淡い恋心を筆者なりに極めて分かりやすい部分を抜き出してデフォルメしてみたつもりだ。もちろん柄にも無くここで恋愛論を語るつもりは毛頭ない。やはりここでも言いたいことは、あくまでも「生と死」についてだ。

よく自殺した人について、「何で、どうしたら、そんな死のうなんて気になるんだろう？」とか、「よく本気で自殺しようと思えるよね？」みたいな話を耳にする。果たして、そういった大多数の人達の声の数々は、本当にそうなのだろうか、本気で言ってんの？と、筆者はここで大きな疑問を抱く。

「死にたい」と思う気持ちって、そんなに特別なものだろうかと。身勝手に多くの人達を残して自殺してしまうような人だけが抱いている特異な感情なのだろうか。どうしてもそれは、違う！と言いたい。


「死」という言葉が頭をかすめる瞬間。そんなものは日常の中に溢れかえっているじゃないかと思う。別に大きな事故に遭うとか、突然に生命の危機にさらされるような出来事に遭遇してしまうとか、そんな特別なことを指しているわけではない。

誰かの事を好きになったり、誰かの事ばかり考えてしまって、それでも何をどう変えることも出来ず、変えることの出来ない自分にヤキモキしたり。思い切って、その思いを伝えてみたとしても、うまくいかない恋だってあるだろう。

そんな時、いつだって誰だって死にたくなるだろう。消えて無くなりたくなるだろう。誰だって同じ途を通るだろう。自分だけはそんなふうには思わない！なんてヤツはいないはずだ。誰かに思いを募らせたり、恋に破れ打ちのめされたり、きっとその度に誰もが人知れず、自分自身と向き合い、きっと答えなんてない自問自答を繰り返し、眠れぬ夜に膝を抱え、世界でたった一人のその思いを寄せる人物のことだけを思い、長い夜を過ごすだろう。

あはは、恋患いね。なんて言ってそれらを笑うようなヤツはくたばれ。

死にたいとか、消えてしまいたいとか、表現や思いのニュアンスの違いはあっても、その苦しみや葛藤から逃れたい、抜け出したいと思う気持ちは、きっと理屈でも屁理屈でも語り尽くすことは出来ないだろう。誰かを思う気持ちのその重さに押し潰されそうになり、まるで自分が自分じゃ無くなってしまうような、そんな状況から抜け出したい、逃げ出したいと思う事、そしてそれはイコールその恋を成就させたいという気持ちそのものでもある。

例えば、片想いが辛いという気持ちは、イコール、両想いで幸せになりたいという気持ちの表れだ。そう何事も実は「表裏一体」なんじゃないかなと。それならば、何か辛い事があって死にたいとか、解決出来ないような問題に直面して、消えてしまいたいと思う人の気持ちは、幸せになりたいとか、楽しく生きたいと思う気持ちときっと背中合わせであるはずなんだ。

悩みが有って辛くて死にたいんだ！と言う言葉は、悩みを解決できたら幸せに生きていたいんだ！ということの表れだ。

人の気持ちに寄り添うとか、耳を傾けるとか、言葉で言うのは簡単だけど、実に難しいことだと思う。けれど、「死にたい！」と嘆く人の気持ちが、実はいかに「生きたい！」ということを主張しているのかということに気付ければ、少しだけ状況は変わるのではないかと、そこに少しばかりの光を見出だしたいし感じたい。

好きな人に思いを寄せたり、恋に破れて「死にたい」、苦しくて「消えてしまいたい」と思っても、もちろんそれを実際に行動に移すような人はほとんどいないし、本当のところはそこまで思い詰めるほどの恋じゃないじゃんと目が覚めたり、そうこうしているうちにまたステキな出逢いが訪れたり、きっとそれぞれ自分自身の中で、良くも悪くも都合良い解釈を繰り返しながら折り合いをつけて、人生は続いていく。

でもさ、あの放課後の教室での焦燥や思わず正座して受話器越しに聞いた声とか。一人、真っ暗な部屋で一晩中打ちのめされたあの日あの時こととか。きっと誰もが感じたことだろうと思う。

だからこそ、今日もどこかで誰かが、ふと猛烈に沸き上がる「死にたい！」、「死んでやる！」って気持ちを抱えて独り苛まれているはずだ。そんなに特別な気持ちじゃない、いつでもどこにでも沸き上がって転がっている、むしろ人間らしい人間ならではのありきたりな、そんな感情なんだってことに気付いてほしい。

「死にたい！」って、言って嘆く誰かが異端な人なんかじゃないってことに早く気付いてあげてほしい。

それでも、「私は、死にたい！と思ったことなんてない。」、「死にたい！と思う人の気持ちが解らない。」なんて言えるかい？

それは、「私、人を好きになったりしないわ。誰かに恋する感覚って解らないわ。」なんて涼しい顔をして白々しいことを言っているのと同じだ。どっちかって言ったら、むしろ恥ずかしいこと言ってんだぞってこと、そろそろ気付けよな！と言いたい。

路地裏のアドレセンス（二）

浅はかな解釈で、薄っぺらい戯言を並べて、自殺していった人間のことをなんだかんだと嘲笑しては、軽薄なことを言うヤツが多いと感じる。その中の一つに、「人間も動物なんかと一緒で、生命体としての能力が高いものや強いものが生き残る。弱いものは植物だって枯れて朽ち果てていくし、動物だって淘汰されていく。自殺なんかするようなヤツは弱い。」なんていうものがある。

確かに理屈としては解らなくもないけど、そもそもここでいう強いとか弱いって、誰の何を根拠に、何を誰を基準にして解釈すればいいのかさっぱり解らない。

例えば、水が恐くて苦手な子供は人として弱いのか？生命体としての能力が低いのか？いやいや、決してそうは思わないね。むしろ、水は恐い！と認識出来ていて、入ってしまっては危険だ！

と無意識のうちに判断できるぐらいに、危険察知能力に長けていて、生存本能の高い、生命力の強い生命体なのではないかという解釈だってできるし、むしろそのほうが自然なんじゃないかなと思うくらいである。馬鹿は高いところが好きだとかいうのと同じで、むしろむやみに水に飛び込むようなヤツはアホだ！といったところじゃないだろうか。

だいたい、自殺なんかするようなヤツは弱い！なんていう人は、その自殺した人の何を知っているのか！と言いたい。だって「自殺」とひと言で言っても、自殺だとひと括りには出来ないようなものもたくさんあるんじゃないかと思う。

戦争に赴いていて戦地から帰還した兵士が、後に精神を病んで自殺したようなケースは、むしろそれは「戦死」だと考えるべきだろう。そして、このようなケースであれば、自殺＝弱い人間という解釈も当然否定されるべきだ。

なぜなら、争いの最前線に赴き、それでも戦地からの生還を果たし、愛する人達の待つ日常の生活の中に舞い戻ってきた人間は、人としての生命力も兵士としての能力も何もかもが生命体として高い水準のもので、生きるということ、生きて帰るということに、冴え渡り優れた人間だったのだと。そう考えるのが至極当たり前の感覚だと思うのだが。

人間として、強いとか、弱いとかいうとなんだが難しいことのように感じられるかもしれないが、もっと日常的な部分でのイケてるヤツか、イケてないヤツなのかみたいなところで、もっと身近なケースで一つの例を挙げてみようか。

十八歳になって車の免許を取得したら、誰だって車を買ってドライヴを楽しんだり、好きな人と一緒にお出掛けしたりしたいと考えるだろう。電車やバスで出掛けるのとはまたひと味違った楽しみ方があるし、何より時間や行き先にも制約が無いし、自由に自分の時間を存分に満喫できるから誰だって免許を取得したら、次はマイカーが欲しい！と思うだろう。単純に、十八歳になってすぐに免許を取ったと仮定すると、普通に考えて高校を卒業して就職したら、自分の稼いだお金で車を買うか、もしくは、大学等に進学をしたとしたら、学業の空き時間にアルバイト等に励んで、そのお金で車を買うか、あるいはまず免許を取って、そのあとに自分で自分の車を買うという流れや方法にそんなにも選択肢があるようには思えない。

それなのに、実際にはなぜかみんな誰でも彼でも免許を取った途端に車を乗り回している（そして、それは田舎であればあるほど、その「車」の必要性にも迫られて、さらにその傾向が強いと思う。）

もちろんそのこと自体は、親族に経済的な援助を受けるとか色々なケースがあるだろうけど、免許を取って車を買うという部分だけを見ると、やはり少し前まで高校生だった人や、高校を卒業したあとも、また学生という身分を享受する人達が我先にと車を乗り回している状況は、本来ならば極めて不自然で、（金銭的な部分だけで言えば）あり得ないことであるはずなんだ。

特に男性であれば、流行りの車を乗り回して得意気なヤツは、周囲の人達にも、さぞイケてるように映るだろう。

「よかったら送って行ってあげるよ！」「クルマ有るから、荷物積んでいってあげるよ！」「お家まで迎えに行ってあげるよ！」なんて言われたら、女性はやはり頼もしく、嬉しく感じるものなのだろう。

一方で、車が無く、毎日徒歩や自転車で駅まで往復し、手荷物を抱えて、終電を気にしては駅まで走る男子の姿は、やはりどこかダサいとかカッコ悪いとか、イケてない印象を与え、またそういう見方でしか捉えられない女性が多くいるだろうことを強く感じる。

親に泣きついて買ってもらった車で、ぬけぬけと「車で送ってあげるよ！」なんて得意気に言う前者に対して、なぜか、どこかイケてる！と感じる人が多くいたり、好印象で高評価な傾向があったりするのはなぜか。

一方で、自分自身の力で、自分自身の身の丈に合った生き方をしている後者にどこかイケてないと感じたりダサい印象を抱く人が多かったりする風潮はなぜなんだろうか。

個人的な身の上話で恐縮だが、筆者の場合、高校を卒業したあとも、バンドをやりながらなんだかんだと、上京するまでの随分と長い間、いわゆる実家暮らしだった。

当然のように、「親のスネをかじっている」なんていう言い方をする人達がたくさんいたが、そういう人達に限って、真逆のケースで親に学費を出してもらって、生活費を仕送りしてもらっているような人のケースを持ち出しては、そんなボンクラどものことを、世間の人達はなぜか「○○君は偉いのよ。親元を離れて独立して、自活しながら夢に向かって頑張っているのよ。」なんていう口当たり良い台詞回しで、地道な実家暮らしの人達と比較したりする。いやいや、親に金出してもらっているようなヤツが独立もクソも無いだろうって思うんだけど。

偉いなんていうのなら、せめて地元で親元を離れず通学出来るところに進学して親に経済的な負担も極力かけず、その上で自分自身の進みたい分野に邁進するという姿勢があってこそだと思う。

親に買ってもらった車を乗り回して青春を謳歌しているヤツがカッコいいの?電車やバスで出かける男はカッコ悪いの?親に出してもらった金でも、一人暮らししているヤツは偉くて頑張っていて親孝行なの?実家で暮らしている人はダサくてイケてなくて、親不孝なヤツなの?

人間として強いとか弱いとか、生き方や、住む場所や、たかだか買い物の仕方をイケてるとかイケてないだとか、ましてや他人のことを勝手に値踏みしているヤツらっていったいなんなの。ニュースで、何千万円、何億円等ととんでもない金額の公金が不正に使われたり、不明になってしまったことを報じていても、まるで何も感じないような人達に限って、たった百円の自動販売機のコーヒーが出てこなかっただけで親の仇かとでもいうような騒ぎを見せたりするしさ。イケてる、イケてない、強い、弱い、解釈は色々あるとは思うけれど。よく、「自殺するような勇気があるなら、なんでも死ぬ気でやれ！」なんて言う人がいるが、じゃあ仮に自殺して死んだヤツに「死ぬ気でやって、それでもダメだったから、死んだんですけど！」と返答されたら？アンタなら何て答える？ほら。答えられないでしょう？

路地裏のアドレセンス（三）

自殺した人に対してや、それによって遺された人達に向けて、軽率でデリカシーの無い発言をするような人達には、ものすごく怒りや憤りが有るし、この先きっと許すことも出来そうに無いし、恨みが晴れることも無いだろう。

セイのことに関してだけでも、これまでも散々、根掘り葉掘り洗いざらい色んな角度から、明らかに興味本位な視点で色んなことを聞かれて、あげく「へえ、ああそうだったんだ。ふーん。まあ仕方ないね。」なんて軽い感じで片付けられた事なんて、吐いて捨てるほどある。

ただ、人生一回きりなのだから、それなら楽しく愉快にその時その時ごとにハッピーな気分で過ごせる場所にいたいと思うし、自分が自分らしく居て許される人達に囲まれて生きていたいと思う。

しかし、そんな今の自分自身の「自分らしく」自分らしいとはどんなスタンスなのか。どんな生き方なのか。どんなスタイルで歳を重ねていくことなだろうか。

ひと言に要約するとすれば、もう「自分らしく、自分じゃなくなってしまいたい。」といったところかな。くだらない変身願望とかそんなんじゃなくてさ。今の自分じゃ居たくない。

セイの死後、あらゆる時間の経過に翻弄され、疲弊し、人を恨み、引きこもって不満を募らせ続けている。当たり前だが、そんな自分じゃ居たくないと思う。今の自分じゃなくなりたい！と思うのも、これまた極めて自分らしいなと思ったりもするし、だからこそ「自分らしく、今の自分じゃなくなりたい！そしてそんなことを考えている自分が極めて自分らしいんじゃないかなと思う。」というのが現在の心境としては正直なところかなと感じる。

このクソ野郎が！なんて思う瞬間や、様々なケースは少しずつここでも書き記してきたが、しかしここでは逆にふと心を許せる瞬間だったり、優しい気持ちに成れたり、あるいは人の優しさに触れ、自分自身の凝り固まった気持ちがほぐれていくのを感じる瞬間であるとか、そういった部分についても考えてみたい。

自分自身を例にとっても、なんだかんだ言ったってとにかく単純明快なもんだ。

誰もがイライラするようなことのほうが多い時代かもしれない。いつだって何にだって疑問を感じ、反発心を抱いたりする。日常はそんな瞬間に溢れている。

ロックスターが、家に帰れば我が子に金の限りを尽くして、ゴルフにサッカーにと英才教育を施し、年老いていく田舎の両親を東京に呼び寄せて豪邸をプレゼントしただの何だのと、そんなことを間違っても自分からわざわざ公言するなんて、かっこ悪過ぎるわ！そんな失笑モノの台詞をそれでもなおその平和ボケし、まるで恋わずらいのようにふわふわぼけぼけした、覚束ない足取りで世の中を土足で闊歩するそんな人々の振るまいにヘドが出そうなのである。

現代を、スターのいない時代！なんて言い方をする人がいる。けれどそんなスターならいらない。

むしろ世界中の人たちが求めていながら、欠けているのは、目の前にある優しさやホッとできる瞬間なんじゃないかと思う。オレンジ色に染まった夕空を見上げた時、この景色を誰かに見せてあげたいと思ったりする。あるいは誰かと一緒見たいと思ったりする。

その誰かとは、やはり今を、今この同じ時代を、同じこの瞬間を生きている人であると思うし、そうであってほしい。少なくとも、自ら命を絶つような愚かなヤツのことを指してはいないだろう。

優しさを使うなら今を生きる人に使いたい。今を生きる人に。共に今を生きる人に。それはある日突然に自殺者に遺され、それでも今を生きて行かねばならない人達のことでもある。

路地裏のアドレセンス（四）

人間の優しさとか、優しい気持ちってどういうことなのか。少しだけ掘り下げてみたい。日常の中にある、肩肘張らず、ふわっとした、なんてことのない気分だったり、そんな気分の時に自然体で発する言葉だったり、振舞いだったり、あるいは物事に対する見方だったり、そんな単純なことの中に見え隠れしているような気がする。

日本には四季があって、人々は皆、その時折々の風情に一喜一憂したりする。

サクラのつぼみに春の訪れを確信し、新鮮な気分を感じ、新たな生活への弾みをつける。うだるような陽炎の立つ夏の日にも、夜になり提灯の中にゆらゆらと揺れる蝋燭の灯に、底知れぬ風情を感じ、亡き者への思いを募らせたりする。色付く木々の声なき主張に嫌でも季節の変化を感じる。そして大地に向かって止めどなく舞い落ちる雪の白さにこの星の神秘を思い知らされる。

やがて全ての雑念が洗い流されていくような有無を言わさぬ雪融けと春一番の訪れに、強靭な生命の息吹をまじまじと突きつけられる。

だからこそ人間なんてほんとはもうとんでもなくちっぽけで単純明快な生きものなんじゃないかな？なんて思う。

故人の墓参りに行った時に、雨にでも降られようなものなら、「あいつ（故人）の手荒い歓迎かな、それとも何か言いたいのかな、何が言いたいんだ？来てほしくなかったのかな？」なんて考えてしまうことすらある。発想にしても何にしても、本来ほんとに単純で解りやすいストレートな動物なんだなと思う。


ある時、部屋で一人、海外のバンドの野外ライヴのビデオを観ていた。ライヴの映像が進む中、ドラムセットの後ろに掲げられた、バンド名が書きなぐられた大きなバックドロップが風に煽られ大きく揺れていた。先ほどの、四季の風情なんかと同じく、そういった極めてネイチャーな現象にただただ単純に心奪われた。

何千キロ、何万キロも離れた、遥か異国に吹く風。心に留めるようなことでもないかもしれない。

けれど、仮にその程度の単純で当たり前な、朝には陽が昇るとか、風が吹いたりだとか、時には雨が降ったり、西陽とその長い影に一日の終わりを感じたり、そんなことの繰り返しの中で毎日の暮らしが続いていくということを素直に心に感じられなくなってしまったのだとしたら、それこそそれはもう心の黄色信号、感情や思考の非常事態なんじゃないかなとも思えた。

長い間、真っ白な部屋の壁を眺めて、ぼやぼやしているだけの毎日を過ごしたが、そんな自分以外のメンバーもやはりセイの死後、それぞれがそれぞれの葛藤や悩みを抱え、試行錯誤を繰り返し、生き方を模索していたと思う。

ある時期、ボーカルのサオリは、例えば一年のうちでかなりの割合を海外で過ごすようになった。日本が猛烈な湿気と共に夏を迎えれば、強烈な陽射しを避け、カラッと涼しい風が吹き抜ける街へ。吐く息が白くなる頃には、日本の凍てつく北風に手を振り、南国へとフライトしていた。サオリは、時々海外から便りをくれた。当時、ほとんど世間との接点を失っていた筆者はなんとなくそれを楽しみにしていた。決して大袈裟なんかではなく、毎日座り込んだ部屋の外の世界、世の中の様子、世界に吹く風、あらゆるものを感じられる唯一の手段であり、唯一無二の世の中との接点であったと思う。

先ほどの、ライヴビデオから流れる映像から、異国に吹く風の風情を感じたのと同じように、文面から溢れる異国の街に吹き抜ける乾いた風の気配や、ざわめく木々の様子、木もれ陽から煉瓦道に延びる長い影を想像しては、トラベラーになったつもりで都合のいい空想をふくらませ、真っ白な部屋で膝を抱えたままの世界旅行を満喫した。

以前はバンドのツアーともなれば、毎日四六時中、行動を供にし、同じ釜の飯を食ったメンバーと、こうして遠く離れた海外と東京の小さな部屋とを手紙で繋ぐやり取りをするような状況は、やはりそれまでのようなコンスタントなバンド活動が出来ない現況を突き付けるものであり、風の一つも吹かない部屋の真ん中で膝を抱える自分自身の状況が本当に歯痒く情けなかった。

昔、何かで読んだ、歌手の故・尾崎豊さんが晩年に、バッグバンドのメンバーと疎遠になっていくことを悩んでいた、という記事をふと思い出した。

ロゼ・スタイルの状況もまた、たまに何かでメンバーと顔を合わせるような機会があっても、「じゃあまた、元気でね!」なんて感じで、その度にこれじゃあまるで最期の会話じゃないかと、なんともいえない気分になった。

優しいとか、優しさ、優しい気持ちとかっていったいどういうものなのか。心が、気持ちが、寛解するとか、どういう状況のことを言っているのか、考えても考えても答えは見つけられそうになかった。

海外からの便りを読み終えると、ふと外の空気を吸いたいと思った。外の風に当たりたいと思った。

サオリからの便りの隙間から零れる、知らない国の風でもなく、海外のライヴビデオに映る、ステージのバックドロップをはためかせる乾いた風でもなく、いまその瞬間のありのままの東京の排気ガスまみれの風でいい。

手紙を引き出しにしまって、外に出た。その日は、街から街へと気が済むまで歩いた。好きなバンドのCDと、新しいTシャツを買い、帰宅した頃にはくたくたになった。でもほぐれたとも、ホッとしたとも言えない、そんな気分だった。

買ったばかりのCDを爆音で聴いて寝そべっていたら、けっこう色んなことがどうでもいいと思えた。目を閉じて、ビデオに出てきたバックドロップが風になびく光景をもう一度頭に思い浮かべた。

路地裏のアドレセンス（五）

月並みな言いまわしで、あまりに当たり前すぎることではあるが、人生は一度きりだ。

もしも生れ変わったとしたならだなんていう、どこかの新興宗教か、訳のわからないインチキ守銭奴の自己啓発なんちゃらとかの人達まがいなメデタイ話を真顔で考えあぐねるような時間は、少なくとも筆者の中にはない。

生れ変わったりなんてしなくてけっこう。このまま終わりでけっこう。

かといって、決して投げやりなつもりで生きているわけでもないし、諦めて惰性的にって感じでもない。

むしろ、そこらへんの大多数の人達よりも、その一瞬一瞬を自分自身が信じるように信じる道を思いっきり突き進んできたと思うし、今のところそんな感じのスタンスに変わりはないし、変わる気配すらない。

見栄でも虚勢でもないが、むしろ、歳を重ね、自分らしさのようなものが変に定着してきたのも手伝って、依然そんなスタイルが勢いを増しているような気がするから不思議だ。

周囲に「ひと言多い！」、「やり過ぎ！」、「度が過ぎる！」なんて言われたってさ、自分では、まだまだ言い足りない、まだまだウズウズしている、まだまだワクワクしているし、まだまだもっともっとドキドキしたいし、出来ることならさらなるキュンキュンするような新たな人との出会いにどんどん遭遇したいと思って止まない。

むしろ、人生一度きり、後戻りもやり直しも利かない、上書きもリセットも出来ないからこそ、思いっきりやりたい放題、言いたい放題でいたい。やり直しが利かないからこそ、思いっきりいきたい、突き抜けていきたいと思える。

身近なところで考えてみてほしい。付いてしまった汚れって決して無くならない。無くなることはない。

テーブルに付いた汚れはどうなると思う？テーブルに付いた汚れはどこに行くんだと思う？布巾で拭き取ってそれでひとまずテーブルはきれいになるけれど、はたして本当にそれで終わり？テーブルを拭いた布巾。布巾に付いた、テーブルの汚れはどこに行くの？水で洗い流すよね。洗い流した汚れはどこに行くのかね？始めにはテーブルの上にあった汚れが、今ではシンクにべっとりとくっついている。

きれいにした？きれいになった。きれいにしたつもり。テーブルはきれいにしたつもり。テーブルの上にあった汚れが、シンクに移動しただけ。まだまだ汚れは無くならない。シンクに移動し、水分を含み、べっとりとより汚さを増した、元々はテーブル上にあった汚れ。

さあ、そしたら今度はシンクを水で思いっきり洗い流す番だ。いやいや、こんな調子ではもう収集がつかないので、どんどん掻い摘んで進めよう。

そう、そしてその汚水はシンクから流れ落ち、下水管を通って、やがては海に帰り、空に帰り、大地に降り注ぎ、回り回って、巡りめぐって、やがていつの日にか、あのテーブルに帰ってくるわけだ。だって、やがてその水がまた蛇口から出て、その水で洗った布巾を使ってテーブルを拭くのだろうから。


べつに悲観したり卑屈になったりするわけでもないが。何もかもが連鎖し、何もかもが取り返しなんてつかない。何もかも特別なんてない。何もかも、都合よくチャラになんてならないってこと。

それぞれの人生まるごと、良いことも悪いことも、ありのまま一生死ぬまでついて回る。逃れることも出来ないし、逃れようとするその苦悩や行動や考え方その物が結局のところ、どうせまた自分自身に返ってくるものであるし、それそのものが自分自身であり、まぎれもない今であり、人生であり、たった一つの命なのだと思う。だからこそ、十人十色、百人いたら百通りの、千人いたら千通りの。生き方や死に方がある。

だからそう、自分以外になんて成ることができない。自分じゃなくなってしまいたいと思っている、その思考そのものが自分自身以外の何者でもないし、それに気付いていても、あるいは気付いていなくても、そんなものはなんの足しにもならないし、何も変わらなくても、何にも誰にもいつになっても折り合いが着かなくても、ただ静かに音もなく時間だけが過ぎていく。過ぎ去っていく。歳を取っていく。

かつて、きっと誰もが皆「未来」だなんて言葉で、なんだか魅力的で、なんだか良いものみたいに捉えていた、いや、そう思わされてきた、まぎれもない「今この瞬間」を垂れ流し続けて、そんなふうに時間の浪費を重ね、絶え間なくそんな事を続けながら、毎日のそれぞれの時間が、一日が、毎日が、重ねられていく。

あなたがテーブルを拭くためのキレイに洗濯したその布巾は、かつてあなた自身がシンクに流した汚れそのものなのだ。そして、それは川となり海となり雲となり、結局は今またあなたの元に舞い戻ってきた。まっサラなんてない。完全なんてない。完璧なんてない。ありのままの自分で、いかに自分らしく、自分らしく居られる場所で、やりたい放題やっていけるか。失敗も挫折もぶら下げて。

他人はいつだって、いい加減で勝手で無茶苦茶なことを言う。

一時期、高校野球の選手が、試合中にガッツポーズをすることに対して、高校球児らしくないから禁止だとか、カッコつけていないでフェアプレイの精神でもっと試合だけに集中しろとか様々な賛否が話題になっていた。

筆者からすれば、第一、高校球児らしさってなんだよ！大人が勝手にイメージする高校球児らしさって、ただ自分達の都合の良いように解釈したり、それらを一方的に押し付けたりしているだけだろうと感じる。

試合中に気持ちが昂ってガッツポーズをするようなヤツは高校生らしくないの？試合に勝っても別になんてことない感じで黙ってぼーっととしているようなヤツが高校生らしい溌剌としたスポーツマンってことなの？

試合にしても、ベンチや会場や移動中にしたって何にしたって、大人にとって都合良い子供達が高校生らしくてステキ！って評価になるのは、大人の勝手な自己満足だ。


高校生らしくなんていうのなら、ただでさえ多感で複雑な年頃の、それもスポーツに生活の大半を注力しているような子たちなら、その言動の一つ一つ、その端々にエネルギッシュで感情をあらわにした振るまいがあっても何も不思議ではないし、むしろそのほうが自然体で、筆者から言わせればそういう不安定なところや、大人が眉をひそめるような言動そのものが、高校生らしい、ある意味で微笑ましい光景ですらある。

会場で相手チームとすれ違って、にらみ合いが起きるとか、ベンチには大量の釘が打ち付けてある木製バットが転がっているとか（笑）、ヤジの飛ばしあいで笑いが起きるとか、わけわからないけど途中で帰っちゃうヤツがいたっておかしくない。そんな何もかもが、それこそお利口さんな大人には理解不能な部分こそが高校生らしいんじゃないのか？と思う。

好守交代の時にも、全力疾走で試合時間の短縮や無駄のない大会運営で云々とか、そんなものは全部、金や利権に絡んだ大人達の論理だろう。ふてくされたりして、だらだら歩いてベンチに戻ってくるような子がいたほうが、そんな光景のほうが、むしろ高校生らしいと言えるのではないか。

すでに少し触れた、自殺と、ある種の自決文化について考えていくと、世の中にはやはりそういった他人のサイズに合わせて生きなきゃならない世の中の歪みのようなものが存在することに気付かされる。

自分らしくとか、自分の信じるままにとか、そんな風に好きに生きることやそんな生き方そのものを否定する人達がいる。邪魔する空気がある。生きづらい負の連鎖を招く要因はいったいどこにあるのか。生きづらくさせるのは一体どこの誰なんだ。首を締めるのはどこの誰なんだ。

少なくとも、高校生が野球の試合中に思わずガッツポーズをして自己主張をする光景について、けしからん！と目くじらを立てているような訳のわからない人達は、あきらかに人の人格を殺している。

個性を殺し、他人の時間を殺し、やがて世の中を殺すだろう。

世の中が、閉塞し、混迷を極め、経済が窮し、混乱しつつある現在の状況に対していうのなら、そのとんちんかんな価値観について賛否を問われ、許されるべきじゃないのは、試合中に思わずガッツポーズをしてしまう高校球児じゃない。

知らぬ顔で他人の首を締め続ける大人達のほうだろう。

路地裏のアドレセンス（六）

よく、セイが亡くなった後のバンドの状況を聞かれた時などに、高校球児に例えていつもこんな話をする。

大会への出場を目前に控えながら、部員の起こした不祥事によって、出場自体が困難な状況になり、今まで共に頑張ってきた他の選手までもが悔しい思いをするというような、よくあるケースを引用して、自分達の置かれた状況を説明したりする。

そして、その悔しい思いをした多数の部員達の無念さや、置かれた状況や、その後の人生まるごとを棒に振ってしまうような実態や、自暴自棄になり、道を逸れていってしまうことに対する懸念や、実情について、あまりにも世間（もちろん身近な人達も含め）が無頓着で無配慮で無情だということを、声を大にして言いたい。

ある日突然に、大会への出場を取り上げられた球児の無念さはとてつもないものだと思う。毎日、朝早くから夜遅くまで泥だらけになりながら、無我夢中で練習に励んだのは、大会に出場し、活躍したい一心だったに違いない。そして、球児は思うだろう。あるいは声に出して他人に打ち明けるだろう。

「不祥事を起こすようなヤツがいなかったら、予定通り大会に出場出来ていたんだ。そしたら勝ち進んで甲子園に行きたかった。そして甲子園で日本中の人達に勇姿を見せて、将来はプロに入って活躍をしたかった。部員の不祥事さえなかったら、大会に出場して、甲子園に行けたかもしれない！いやきっと行けた、なぜなら毎日練習して努力を重ね頑張ってきたからだ。そしてきっと甲子園で活躍して、スカウトの目に留まり、プロ野球の選手になることができたかもしれない。いやきっと行けた！行けたに違いない。プロ野球の選手になって自分は日本中の人達から注目される野球選手になっていたはずだ。いやいやはずだなんて要らない、絶対になったんだ！そのために毎日頑張ってきたのに！」と、語気を強めてその悔しさや、やり場のない無念さをまくし立てるだろう。

そしたら、周りの人達はいったい何て答えるだろう。無責任でいい加減で心無いことを平気な顔してヘラヘラと好き勝手なことをのたまう光景が、いくら振り払っても、嫌でも思い浮かぶ。

「起きちゃった事件はしょうがないんだからさ、たかだか野球の試合に出られないぐらいなんてことないじゃない。そもそも野球だ！なんて言ったって所詮は学校の部活の一つなんだし、自分はそりゃ野球でやっていこう！なんて思っていたかもしれないけどさ、別に自分達が思っているほど周りは期待していないから安心しな。たとえ、もしも勝ち進んで甲子園に出られたとしても、世の中には巧い選手なんてたくさんいるんだから、プロ選手に成れたかどうかなんて解らないじゃない。っていうか甲子園に出場できていても、きっとプロには成れなかったと思うよ。っていうか、毎日毎日もう充分野球やったでしょう。今まで好きなだけ野球やってこられたことにむしろ感謝しないとね。周りのみんなが勉強とか色々頑張っていた間、野球ばっかりやっていたんだから、これからは野球以外のこともちゃんとしっかりやっていかないと周りのみんなに置いてきぼりになっちゃうよ。いつまでも野球！野球！って言っていたらだめだよ！みんなだってそれぞれ色々ある中で、ちゃんと折り合いを着けながら頑張ってやっているんだからさ！」みたいなことを平気で言っちゃうだろう。

そんな人達が続出するだろう。

そんなヒドイこと自分だったら言わないわ！なんて思っているような人ほど、深い意味もなく、なんとなくツルっと口から出てしまうんじゃないかなと思う。

そして、やはり筆者のバンドのケースも同じような感じで、毎日毎日ものすごく嫌な思いを散々した。

球児のケースに重ねて、今まで世間から投げ掛けられた言葉や、それらに対する遺された者としての言い分や、そのやり取りを書き連ねてみたい、いやいや、書くなんてそんな生半可なものじゃないな。この際このクソと叩きつけてみたい！と思う。


「セイが死んだ時、ロゼ・スタイルはツアー中だったんです。参加したオムニバスのCDが発売された直後でバンド内の士気も高く、各地にライヴをして回り、バンドとしての結束も強まり、年間単位で先行きのライヴのスケジュールや音源製作の計画なども固まりつつ、暑い夏を駆け抜けた。セイが死んでいなかったら、あのままセイを含めた、あの時のメンバーで、あの時の登り調子のバンドの状況のままツアーを続けることが出来ていたら、あのツアーをあのメンバーで完走出来ていたら、その次のアルバムやツアーはどんなに良いモノが出来ていただろう。そんな高揚したバンドの状況を凝縮し製作した音源はどれだけ自分達らしく納得のいくアルバムになっていたことか。そして、そんな等身大の自信に満ち溢れた音源を聴き、ステージでのパフォーマンスを目にしてくれたお客さん達にはいったいどれぐらいの衝撃を与えることが出来ただろう。どのくらい共感を得ることが出来ただろう。もっと大きな会場でライヴをやれるようなバンドへと成長できたんじゃないか、もっともっと多くの人達に求められるバンドに進化していくことが出来ていたかもしれない。セイが死んでいなかったら、バンドとしても、その中の一員としても、もっともっとやりたいことがあったし、試したいことがあった。セイがいて、あのままあのメンバーのまま、あの時の勢いのままで、あの時のクオリティーのままで、やり続けることが出来ていたら、少なくとも、今現在の自分や、遺されたメンバーの生活や生き方や生きる姿勢は、実際の今現在のそれとは大きく異なったものになっていたと思う。」

ところが、そんな風に正直な気持ちを精一杯話したところで、相手側からまともな相槌が返ってきたことはほぼない。

その多くは、「いやいや、その亡くなったメンバーさんが今ふつうに生きていて、みんなとバンドやっていたとしてもさ、その時から何年か経って、バンドだってどうなったか、どうなっていたかなんて解らないし、ひょっとしたらもうやってなかったかもしれないしねぇ。そんなことよりも、そもそもそのメンバーさんは自ら死ぬほどの何か悩みとか困り事とかを抱えていたの？いつも一緒にいたメンバーなんだから何か悩んでいただとか、原因になったことや、きっかけになったこととか思い当たることとか無いの？バンドやってるヤツってさ、生活もまともに送ってんだかどうだか解んないような人とかもよくいるみたいだしさ。

まあ、それでなくても最近、自殺しちゃう人とかも多いじゃん、なんか色々本人にしか解らないようなことがあるんじゃないのかねぇ。それでもまた遺されたメンバーさんがバンド活動やりたいって思うんだったらさ、他にメンバー募集でも何でもしてさ、またやればいいじゃんバンド。色々大変な事もあるだろうけど、なにがなんでもやりたいって思ってやれば出来るはずだと思うよ。それでさライヴでも何でもまた前みたいにやってさ、落ち着いたら死んだ子の墓参りにでも行って、今もみんなで一緒にバンドやってるよ！って報告しに行ったりすればいいじゃん。けどバンドなんかやってると色々あるんだねぇ、知らないけど。」なんて言われて終了だ。


何が、「なにがなんでもやりたいって思ってやれば出来るはず！」だ。どの口が言ってんだ。アンタとやり取りした時間返せ。

「無駄な時間を過ごした。」そんな風に思う事も、「果たして、もうこういうやり取り何度目だよ」とうんざりするほどだった。そんな風にたくさんの人間関係が音も無く破綻し、まるで、ふっ、と息を吹きかけただけで人知れず消えてしまう小さな蝋燭の灯のように、たくさんのあったはずの未来、夢見る権利、突き進む自由、そんなもののすべてがフイになってしまっていた。

まったく違うカテゴリーの話題なはずなのに、やはりどうしてもスポーツ紙なんかで、「部員不祥事発覚！対外試合禁止処分！」とか「部の活動を自粛！出場辞退！」なんて記事を目にするたびに、あの日「セイが死んだ」と電話を受けたあの時あの瞬間の、すべてが変わってしまった数十秒の記憶が猛烈に音を立てて思い起こされ、容赦なく襲いかかってくる。

ロゼ・スタイルは、ある日突然に大会への出場権利を失った野球部とその部員たちとまるで同じようだ。

よく、生死に関わるような大きな事件や事故があった時などに、遺された人達に対する配慮や気遣いとして、「心のケアが必要です。」なんて言い方を耳にする機会がある。

心のケア？はてさて？誰が何をどう、してくれるというのか。

少なくとも、ロゼ・スタイルの遺されたメンバー三人は、どこの誰からもケアが必要だとか言われるようなこともなかったし、もちろん何かケアをしてもらった覚えもない。

せいぜい、バンドなんかやってると色んなことが起こるねぇ、なんて言われて、みなさんお得意の自己責任論を振りかざされて終了なのだ。

自己責任論。災害に遭った人にも、アンタがそこに住んだんだから仕方ないよね。犯罪被害に遭った人にも、アンタがそこに居たんだから仕方ないよね。便利な風潮ですね。

でもさ、そんな論理がまかり通るのなら、色んな生き方があって、色んな運命があって、色んな人生が交錯している世の中で、どんな辛い思いをしていても、どんなに酷い目に遭ってもさ、元を辿り辿られ、最終的に「アンタが勝手に産まれてきたんだから、仕方ないよね。」ってことになってしまう。

「自殺者増加」の昨今、そういう論調、そういう視点での価値観の押し付けは、もっとも危険な物言いだと感じる。

もし、何かで自分が「ああ、辛いなぁ。」と言ったとして、それに対する世間のリアクションが、「そんなこと言ったって、お前が勝手に生きているんだろ?」なんていうものだったりしたら、そりゃ単純に、「じゃあ、死んでやるよ。」、「それならもう死ぬわ。」っていう流れになって不思議じゃない。

傷付いた人をケアするだのなんだのと、これ見よがしなことを言うんじゃなくて、まずは自分の目の前の人と、ふつうにフラットな視点で向き合うことから始めないと。事態は何も変わらない。

路地裏の夕暮れ

生と死と、そして自殺者増加の問題など、そのあたりについては少しずつ書き進めてきたが、自殺の「防止」に対して等、論争の絶えない点については、この際その手の専門家やら研究者や学者といった類いの方々にどこかで気が済むまで論じてもらおう。やはり筆者的には自殺者に遺された者として、まずはその当事者の立場から、むしろ素人目線で捉えた、ありのままの行状を叩きつけていきたい。

自殺者に遺された人達に共通している点は、（よほど自殺者本人が予告したりしていたケースを除いては）ある日突然に何の心の準備も無いままに、何の知識も情報も無いままに、自死遺族になってしまうということだ。

ありふれた日常の中で、突然にだ。

いつもと同じように朝を迎え、いつもと同じように出かけて行った夫が帰ってこない。

あるいは、いつもと同じように、いつもと同じ一日を終え帰宅したら、自宅で息絶えていた妻を発見するだとか。

我が子をいつもと同じように学校へと送り出したはずだったのに、二度と笑顔で帰宅をすることは無かったとか。

色んな毎日のありふれた生活の中でやってくる、突然で一方的な、そして暴力的なまでに有無を言わさぬ絶対的な別れ。


セイのケースもそうだった。いつもと同じように、いつもと同じ通い慣れたスタジオで、メンバーみんなでセイが来るのを待っていた。始めはみんな、その日はたまたまセイがただ遅刻しているんじゃないかなんて思っていた。そのうち、何かアクシデントでもあったのかなとか思いながらも、あいつ早く来いよ！なんて思っていた。

けれど、二度とセイに会うことは無かった。

専門的な知識なんて何も無いし、心の準備も何も無い。けれど、ある日突然に一方的に、強制的に、残りの自分の人生まるごと、遺された者として生きることを突きつけられた。

だからこそ、自殺防止に関する蘊蓄や、時に机上の空論とも思えるような知識の応酬は今更どうでもいい。

専門家でも何でもない、ただある日突然に遺された側の人間として生きることになった者の、当事者だから見えること、当事者だから言えること、言いたいこと、そんなものを発信していたいと思う。それらは決して専門的な知識やら研究やデータの傾向だとか、そんなものにはそう簡単には置き換わらない。専門的なんかじゃない、当事者だからこそ言えること。当事者としてのありのままの、この目で見てきたこと、周囲から浴びせられる無責任な声の数々、失意の毎日の中、感じたこと、いや、何かを感じることすら出来なくなっていくような虚無感や無力感、そんなもののすべてを吐き出していきたい。

数字やグラフや資料の中には表現できない不動の真実がそこにはある。

路地裏の夕暮れ（二）

声高に「自殺を防止する！」とか言っている人達は、いったい誰に何をどう施して、どう死を未然に防ぎ、誰を何のために、何から守るつもりなのか。そもそも、まずはそのあたりがものすごく不明瞭であるし、仮にどっかからひっぱり出してきた話をなんとなくそれらしい言葉にして並べ立てていたのだとしても、それはやはりものすごく薄っぺらいものに感じてしまう。

それらしい肩書きを付けてもらって、エッヘン！なんて言っているヤツが「家庭での家族同志の対話が必要不可欠ですよ」とか、「出来るだけストレスになるようなことを回避して気分転換をはかりながら生活しましょう」みたいなことを能天気に言っているような対策論なんかも、みんながら「そうですよね、はい！そうします」ってなるというのなら、とっくに悩みやストレスのない生きやすい世の中になっているはずだろう。

そしてそんなことで片付く問題なら、社会問題になるほど自殺者増加の傾向が深刻になることはなかったのではないか。

第一、そういう「まあ、色々あるだろうけど、楽しくやりましょうよ！」みたいな、自分はまるでどこか他の場所から高みの見物でもしているお調子者かのように、いい加減なことをヌケヌケと言っているようなヤツらの存在自体が世の中のストレスを増幅させる最大の元凶なんじゃないのかとさえ思う。


極論を言えば、何で死ぬの？何で死にたくなっちゃうの？楽しく生きればいいじゃない！なんていう論調が存在すること自体が最大級のストレスともなりえるのではないか。

死にたいぐらいの悩みやストレスを抱えている人にとってみれば、その対極である「そんな悩みやストレスなんて感じない、そんなの全然解らない、毎日が楽しくてたまらないぜ！」みたいな、そういう感じの人達の存在やそういう人達から滲み出るノリやオーラが、より一層、悩みやストレスを増幅させ、希死念慮（自殺願望）さえ生むのではないか。

例えば、あなたの気分がイマイチすぐれない時、それでも仕方なく仕事に向かっている時に、これから遊びに出掛ける集団がワイワイ！ガヤガヤ！お酒を飲んで酔っぱらって、やいのやいの！と騒いでいるところに遭遇したとしたら、やはりなんとなくうるさいなあ、うっとうしいなあ、こっちはそれどころじゃないんだよ！調子悪いのをおしてまで仕事に行くんだよ！ってな感じで、きっと不快に思うでしょう。

けれども、そうやって遊びに繰り出す集団も、その一人一人を見れば、普段は大変な思いをして働いたり、それぞれの生活がある人達なのだろう、今日はやっとそうやってみんなで気晴らしに出掛ける、束の間の休日なのだろうなと、頭では解ってはいても、なんだかそいつらは毎日遊び呆けている人達のように思えてしまったりすることもあるでしょう。人の気持ちなんて、本来とても自分本意で単純で、その場その場、その時その時、自分の立場や状況で変わっていくものだ。

毎日が楽しくてたまらない人達にとっては、もう今すぐにでも死んでしまいたいという人の気持ちは、これっぽっちも理解できないだろうし、死んで目の前の悩みやストレスから逃れたいということしか考えられなくなってしまっている人にとっては、毎日が楽しくて仕方がないなんて言う人の気持ちは全くもって理解できないだろう。

それが当たり前だし、そんなもんだ。人間なんてその程度の生き物なのだ。

だから、資料がどうした、データの数字ではどうだ、そんなものだけを引き合いに出して、自死のことを語り、それだけで総てを理解したつもりになっているのだとしたら、それはものすごく白々しくて、ものすごく危険なことであると感じるし、そしてさらにそれらを真に受けて訳知り顔をするような人達の存在は傲慢ですらあると思う。

ニュースなどで、自殺者増加の問題について取り上げて、それについて検証するような類いのものがある。

そうすると必ずといっていいぐらいに、「専門家に聞きに行ってきました！」とか、「これらの問題に詳しい研究者の見解は云々でした」などと言った具合で、いつもなぜかそこに当事者やそれらをとりまく実情や、それに欠かせない周囲の身近な人達の存在やその暮らしぶりなどが、全く素通りされ、まるで無いものかのような扱いであることにものすごく違和感を覚える。

それはそれで、専門家先生様だとか、研究者様が論じ上げられるような見解なのですから、さぞ理路整然とした素晴らしい一説を発表されていることでしょう。けれども、彼らは決して自らが自殺を経験したわけでもないし、話を聞いている限りでは、身近な人を自殺で亡くしたりした経験も無さそうだし、むしろ普段からみんなに先生！先生！なんて呼ばれて、気分上々な毎日を悠々自適に暮らしている側の人達のように感じる。

もっと独断と偏見バリバリに言えば、他人の死にもっとも興味なんてないような人達なんじゃないのかな?なんて思ってしまう。

実態を調査しましたとか、データの傾向や数字的な動向があぁだのこうだのと言う前に、まずは当事者の声を聞け、耳を傾けろ、その一言一句の重みを感じてくれと言いたい。

もちろん、自殺者本人には死人に口無しで何も尋ねることはできないし、今を生きながらも、悲しみにくれ絶望に咽ぶ遺族達は、心を閉ざし、目を伏せ、口をつぐむかもしれない。

だからこそ、今こそここで声を上げたい、思いを届けたいと思っていて、それはまさに今回の執筆の動機にも繋がっている。


それこそ、今後の講演会などでも、自分自身のありったけの力を決集して、ありのままの実態を、そう、取り乱し、喚いて、泣いて、ずっと引きずり続けて、ものすごく長い時間を棒に振って生きながらえてきた、その醜態をありのままさらしていきたいと思っている。セイの一件以来、もう今更何も失うものはない。そんなふうに思う機会がとても多くなった。だらだら無気力に暮らすことしか出来なかった。

そんな時、この消えることの無い、強烈な傷痕を包み隠さずに見せるということ自体が、ある日突然に遺された側になった人間の、残された人生の時間の使い道なのではないかと思うようになった。

他人は、傷はいつか癒えるなんていう、いい加減な慰めを口にするかもしれない。けれど、当事者にとって、その傷がついた経緯やその事実はいくら歳月を経たところで消えることも、都合よく変化することもない。

そして、そうやっていつまでも同じところを足踏みしてばかりの、もどかしい自分自身の哀れな姿をもう一人の自分自身がそっと見ている気がしたりする。部屋の白い壁を何時間も眺めていて、頭がくらくらしてくるのは決まってそんな時だ。

路地裏の夕暮れ（三）

先ほど、自殺防止という言葉に絡めて、そもそも世間の人達は誰を何のためにどう守るつもりなのか、ということに疑問を呈した。そもそも守るってどういうことなのだろうかと。

セイが死んだ後、回りの人達に「何か相談とかされなかったの？」とよく聞かれた。その手の質問には、飽き飽きしていたけど、自分なりに毎回出来る限りの言葉を使って答えていた。

「もちろん、セイに何か悩みがあったのならば、どんなことでも相談してほしかったと思っているよ。」

そしてある時、「何か悩みを抱えて死にたいと思っているのだとしたら、それならそれで、そうと言ってほしかった。」

「別に止めたりしないのに！」と言ったら、当たり前かもしれないが相手はびっくりしていた。

「いやいやそんな、止めないって、どういう意味？」と言ってすごく驚いていた。

別に冗談でも何でもなく、本当にそのままの意味でそう言っただけだ。

そんなにも生きているのが嫌だとか、そんなに苦しむほど、生きることを否定するほど悩んでいることがあるのだとか、とにかく本人にとってそういう、のっぴきならない事情があるのだとしたら、「それでも頑張って生きろ！」なんて言うほうが、むしろ無責任で不自然でいい加減で、相手に対して、なんて誠意が無いやり取りだよと思う。

少なくとも、これだけ自殺者が後を絶たない現在の社会状況を目の前にして、「生きていれば良いことだってあるから！」とか「今が辛くても楽しい時だってあっただろう！」とか、そんな呑気なことを、今まさに「死にたい」と言っている人を目の前にした状況だったとしたら、とてもじゃないがそんな奇麗事を並べて、その場を取り繕うようなマネはできないと思う。

極端なことを言うようだが、目の前の人に「死にたいぐらいに何もかもが嫌だ！」と言われたら、軽々しく死んじゃだめだ！なんてことは言わず、むしろ「ああ、うん俺それめっちゃ解るわ！」なんてことを言うんじゃないかなと思う。いや、思うじゃやだめだな。意を結して言わなきゃ！とさえ思う。

そして、そんな目の前の自殺志願者にあと一つ言うとするならば、「すごく解る、すごく解るけど、俺はお前みたいにそんなアホみたいなことはしないけどね！」と、せめてもの自己主張をしたい。守るとか、防止するとかってことからは、かけ離れたことのように思えるかもしれないが、死にたいほど思いつめている相手の思いを始めっから否定し、へし折るような対話では、それはおもいっきり逆効果であるとも思うからだ。

何しろそんなふうに、死にたいという気持ちを他人に打ち明けるほどに死に対して開き直り、のし掛かるどうにもならない自死願望を抱えている人にとって、「やはりまた、誰もかも自分の思いを解ってはくれない」と、かすかな生への期待すら奪ってしまうようなことを、誰ができるものかと。

もし、今これを読むあなたが「何なんだよ、その持論！全然解らない。」と思ったら、ぜひ思い出してほしいことがある。

幼い頃、そうだな子供ながらに少し自己主張なんか出来るようになってきたそんな頃かな。

ワガママを言ったり、癇癪を起こして、泣いたり喚いたりして大人を困らせたことがあるだろう。

そうこうしていたら、聞き分けのない子だね！なんて言われて、お父さんやお母さんにさらに叱られたりしたものだろう。けれども、そんな時どんなに泣き叫ぼうが、暴れようが、何を言おうが、悪態の限りを尽くそうが、そっと背中を撫でながら「おお、そうやな、そうやな。もうええ、もうええ。解った、解った。ええ子や、ええ子や！」と言って、そっと抱きしめてくれた存在がきっといたはずなんだ。

それは例えば、おばあさんであったり、おじいさんであったり、あるいは兄弟であったり、色々と人それぞれに、それぞれの人生の中で、かけがえのない、それぞれのその人にとっての、その人だけの「正義の味方」の存在がきっとあったはずだと思うんだ。

「おお、そうやな、そうやな。解った解った。」

これ、本当に魔法の言葉だと思う。もう、ほんとそれだけで他には何もいらないと思えるだろう。

幼い頃の泣き疲れた小さなあなたを眠らせた、広く温かいあの背中を思い出してみてほしい、そして頭の中でこの言葉を思い浮かべてみてもらいたい。

「そうやな、そうやな。解った解った。」と。

自殺者増加の問題に対しての対策や研究に、もっとも必要であるのにもっとも欠落しているものを、一つだけ挙げるとすれば、やはりあの日あの時の「はいはい、解った解った。」とそっと背中を撫でる、あの「人間」の温もりそのものではないのだろうか。自殺者増加の問題を目の前にして、みんな仰々しく「脳内物質の不足が云々」とか、「長時間労働からくる睡眠時間の不足が云々」とか難しいことを並べている。でも結局はテーブルの上だけで議論して、ほんとはお金と時間と地位のことばかり考えているんじゃないだろうか。

いま本当に不足しているもの、いま本当にみんなが必要としているものは、ピンチの時、絶対に目の前に現れてくれて、「そうやな、解った。大丈夫。」と、絶対に期待を裏切らない、自分への自分にだけの、いつもの魔法の合い言葉を唱えてくれる、「正義の味方」の存在だろう。

そして、そんな「正義の味方」に飢え、求めているあなた自身は、同時にきっと他ならぬ誰かにとっての「正義の味方」でもあるはずなのだ。

正義の味方が、正義の味方であるアンタ自身が、自分で死んでどうするんだ!ダサいって、そういうことだ。

路地裏の夕暮れ（四）

そんなわけで、人への優しさが足りないとか、配慮が無いとか、そういうことって意外と身近なところにあると思う。

十代の頃、髪を切りに行ったお店の美容師さんに、「こんな金髪で！バンドなんかやっていて、お家の方は何も言わないの？」なんてことを言われたことがある。いやいや、それじゃあ、まるでバンドやっていることが悪いことみたいじゃないか！と思ったし、だいたい金髪にしたり髪をいじったりと、ヘアスタイルを楽しむ人達がいるから美容室が成り立っているんじゃないか！という当たり前の反発心もあったし、お店でかかっているBGMだって、世の中の誰かが演奏したり、録音したり、商品にしたり、そんな流れを経て、世に放たれたモノが最終的に今ここで必要とされて、BGMとしてかかっているわけで、もう、「アンタ何を言っているの？」という感じだった。

あまり強く言い返したりして恨みを買って、てんでおかしな仕上がりのヘアスタイルにされてしまっても困るので、せめてもの抵抗として「美容師なんかやっていて、お家の方は何も言わないの？って言われたら、気分悪いでしょう！」と言うに留めたが、子供ながらに、ものすごく気分の悪い出来事だった。

お店があって、美容師さんがいて、音楽がかかっていて、その音楽は誰かが作ったものだし、誰かが録音したものだし、お客さんが来て、もっと元をたどって言えばその美容室を建てた人達がいて、というように日常のあらゆる場面場面を思い浮かべて掘り下げてみると、やはり世の中の成り立ちに無駄なものなんてないし、必要の無い人なんていない。


自殺をしようとする人に、「死んじゃだめだ!」とか「死なないで!」と言うとしたら、そこだ。その部分だ。アンタが欠けたら、実はみんな困るよ!という当たり前のことを、当たり前に言わなくてどうする。


世の中が無責任に、漠然と死んじゃだめだ!なんて言うのは、ハッキリ言って、もし仮にたくさんの人が、自ら死にまくったら、世の中は混乱するし、責任を問われる立場にある人達にとっては面倒極まりない事態であるだろうし、細々とした要素はともかくとして、突き詰めて極論を言えば税収が減るからだ。

世の中の人々の暮らしや、その仕組みそのものに支障が出るからだ。

大きい視点で見れば、はっきり言って個々の人間の生存なんて、世の中全体から見てみれば税収の頭数でしかないと思う。（それ自体は、お米を年貢として納めていた時代から何も変わってはいないし、既述の通り、ありきたりな「普通の人」とか、いわゆる「庶民」であるということの、ごく自然な解釈でもあるだろう。）

ようするに、そんな頭数がむやみに減り続けたら、遺された人間が非常に困る！という点に尽きる。

あなただって、日常の中で、自分自身の毎日の生活に追われているでしょうし、知らないところで知らないうちに、知らない誰かが亡くなっても気にも留めないまま毎日を過ごすでしょう。けれども、いくらどこの誰だか知らない人であっても、特に働き盛りの人達が死にまくったら、税収は激減する。そして、これはある意味では巡り巡って個々の日常生活に直結する大問題であるはずだし、それでなくても昨今の人口減少の実状はかねてから問題視されていることであり、危機感を募らせるに充分な切迫感がすぐそばに横たわっているはずなのだ。

だから、人は口を揃えて自殺はいけないこと！死んじゃだめよ！という。そして、自殺者にある日突然に遺された人間の立場から言えば、死んじゃいけない！のは、遺された人達が嘆き悲しみ、路頭に迷うからだ。残りの人生のおびただしい膨大な時間を棒に振って生きながらえる運命を背負わせるからだ。

目の前で「死にたい！」と嘆く人に、「お前が死んだら世の中の税収が減っちゃうよ、困るなぁ、年金も減っちゃうなぁ。」なんて言ったら吹き出すかもしれない。あるいは、この期に及んでそんな身も蓋も無い話かよ！と怒るかもしれない。

それでも目の前で自死願望を抱く人には、あなたに遺されるその家族や仲間や恋人が、人生を棒に振って、廃人のようになって、誰にも理解されず、路頭に迷い世捨て人のような姿で残りの人生を生きる様を、一度でいいから想像してみてほしい！と今更ながら懇願したい。

「おお、そうやな、解った解った。」と眠りにつくまで背中を撫で続けてくれた、あのしわしわの手を思い出してみてほしい。

あの人を嘆き悲しませることだけは出来ないと思うだろう。

思わないのか？思ってほしい！思ってくれ。

「誰かのために生きる」ということは、決して「誰かのためにやりたくもない仕事をして、くたくたになって安月給の入ったペラペラの封筒を持ち帰る」ことだけではない。あなたのことを愛し、必要としてくれる人を一方的に遺して、ある日突然に勝手に死んで、遺された人達を絶望のどん底に突き落とし、訳も解らず路頭に迷わせ、人生を棒に振らせたりはしない！ということが、ただただ単純に今を生きるってことだと思う。

あなたが思い詰めるほど、回りはあなたに期待なんてしていないよ。

目の前の人が「死にたい！」と言ったら、「ただ生きていてくれさえすればそれだけでいい」と誰もが思うだろう。

他の細々としたことなんて、本当につまらない、どうでもいいものに感じてくるはずだ。カネも車も家も見栄も地位もプライドも関係ない。ただただだいつもと同じように、朝出ていったお家にまた夕方になって帰ってきてくれればそれでいい！と思うだろう。

だから、いつも、いつもと同じように、ただいま！と帰ろう。意地でも帰ろう。這いつくばってでも帰ろう。泣いても喚いても、ボロボロになってでも帰ろう。

そうしたらまた、「ええのええの。大丈夫。解った解った。」と誰かがそっと背中を撫でてくれる。気が済むまで眠るのは、それからでも遅くないでしょう。

正義の味方が待つところへただ帰ろう。疲れ果てた日の帰り道、虚しい気分の帰り道、タメ息ばかりの帰り道、そんな日にはあなたのことを待つ正義の味方と、魔法の合い言葉を頭に思い浮かべてみてほしい。

「ええの、ええの。大丈夫！」

路地裏の夕暮れ（五）

ひと昔もふた昔も前の「切腹」なんかに代表される、ある種の自決文化。自決と自殺は何が違うのか。はたして、その両者の概念に何かしら違う部分があるのか。

戦の責任を取って切腹するとか、何か大きなミスをして、恥を晒した、恥ずかしくてこの先これ以上生きていられないと言って、死をもって恥に落し前をつける。その手段として、切腹するとか身を投げるとか、形は様々であっても、要するに昔から「もう死んでしまいたい！」という発想はあったんだなということが解る。一見、現代社会よりも、格段にのんびりとおおらかに人生を謳歌したようにも見える大昔の人達やその暮らしも、意外と世知辛い社会を生きていたのかもしれないなと、出るわけの無い答えを思い巡らせてみたりして、ふと妄想に耽ったりする。

ただ、現代にそれらを当てはめてみるとしたら、果たしてどうだろうか。ミスを犯した人、罪を犯した人を、世間が激しく糾弾し、追及し、追い詰める。渦中の人物は逃避行の末、潜伏先で不振な死を遂げる。そうなれば、決まって世間は「自殺と他殺の両面からの見方ができる！」と口を揃えて煽り立てる。よくありがちなケースだろうと思う。

その場合、何者かに消された（殺害された）という事実が断定されたケースを除けば、すべて自殺として簡単に解釈されてしまうだろう。

「もう死にます！」とか「死んでお詫びします！」とか、あるいは「死んで身の潔白を証明します！」なんてケースもあるかもしれない。けれど、これが果たして大昔の「切腹」と同じ類いの自決文化なのか？


激しく糾弾され、責任を追及され、心身共に追い詰められて、「解りました。もう無理です。じゃあ死にますね！」と言わせるような図式は、それはもう自決ではなくて、間接的に殺人（他殺）なのではないかという見方も充分できる。

「解りました。死にますね！」と言うまで追い詰める、言わせるまで追い込む。それがこの類いの「責任の取らせ方」であることは、ものすごく危険なことであると改めて思う。

自決を決行した者にとっては、「死んでお詫びします！」ではなく、「死をもってお詫びさせられた」ということであるし、自分が死ぬ以外には、もう引っ込みがつかない状況であり、やはりそこは言い方を変えれば世間からの糾弾に「殺された」ということに行き着く。「もう死にたい！死んでやる！」というのが現代の自殺というものの図式なのだとしたら、「死ねばいいんでしょ、解りましたよ。じゃあもう死にますよ！」ってのが自決の実質的、根本的な精神なのではないか。

自決は本人によってその死を完結させ、その判断や責任総てをも本人に還す、誰の手を汚すことも無い、極めて都合の良いあまりに合理的な他殺であるのではないだろうかと思う。

そして、そんな大昔の自決者のことを時に男気云々として語ったり、あるいは名誉の死であると吹聴したり、ある意味でのヒロイズムのような価値観に投影し、祭り上げたりするようことは、その一方では同じように、現代では自殺をした人間に対して、むやみに弱いとかだらしないとか偏った解釈のみで無責任なことばかり言う昨今の論調とも、ものすごくダブって見えるようだ。

死ね！と言って手をかければ、それは殺人だ。追い込み、追い詰め、結果的にもう死にます！と言わせるのは、自決なのか。

「死にたい！」「死んでやる！」「死ぬしかない！」「死にます！」「死なせてください！」

どれも同じようであって、決して同じものではない。

自殺志願者が、「早く確実に死刑になりたい」がために、より凶悪な罪を犯すなどと言う、近年によく見聞きする例を見ても、人間の「死への願望」の多様さに打ちのめされる。人が死ぬということの深さや、難しさや、その多様さに目が回りそうになる。

日常の中で、死というものについてを、こんなふうに「ああでもない、こうでもない」と考えていることは、自分自身はっきり言ってどうかしていると思う。

しかし、ある日突然にメンバーの死という事実に直面することによって、もう本当に自分自身がどうにかなってしまいそうなぐらいに、目の前の身近な、決して避けて通ることの出来ない問題として突き付けられた。

人が生きること、そして死ぬということ。

その深さと、重さ、そしてその掴みどころの無さに茫然と立ち尽くす。

けれど、それでも時間は絶え間なく続き、時計の秒針は相変わらず静かに時を刻み続けている。

その一秒一秒こそが、誰にとっても、紛れもない、そして逃れることの出来ない、「人生」そのものなのだということに今また改めて気付かされる。

路地裏の夕暮れ（六）

「守る」って本当に難しい言葉だと思う。

何せ、誰が誰にいつどんな風にどの程度のことをしてあげることを言っているのか、ものすごくあいまいだし、チャラチャラしたその場しのぎのエエカッコしいの人なんかでも、もっともらしい台詞を武器にいい加減な覚悟で適当に口に出しちゃったりもできるし、ちょっと考えてみただけでも「守る」ってものすごく色んな切り口があって、なんだか難しいし、デリケートでやっかい極まりないことなはずなんだ。

学校でクラスの大半が病欠をしたら、大変な病気が蔓延した！感染力が極めて強いウイルスが大流行だ！となるだろう。学級閉鎖にもなり、検査に予防に対策にと、回りも大騒ぎしてくれることだろう。

けれど、クラスでたった一人、病気で学校に行けません！といった場合は果たしてどうだろうか。

きっと、あまり誰も気にも留めなかったり、話題になることもなかったり、中には逆に「あの子は身体が弱いんじゃないのかね。少しは運動なんかもやって、たくましく身体鍛えなきゃダメなんだよ！」なんて手厳しいことを批判的に言う人もいたりするんじゃないだろうか。ここでやはり筆者なんかは、激しく疑問を感じる。

クラスの大半が流行りのウイルスに感染するよりも（もちろんそれはそれで大変なことだし、

無いほうがいい事態ではあるが）、クラスの誰もそんなウイルスに感染したりなんかしていないのに、そのたった一人の子だけが、なんの因果か不幸にも感染してしまったという事実のほうが重いし、むしろなぜそんなことが起きてしまったのか疑問を感じるし、大変な事態であると思う。その場合のほうがむしろもっと騒げよ！と思う。誰もかからないような病気にたった一人だけ感染しちゃった！なんでだろう、どうしてだろう、どうしたらいいんだろう、どうしてこの子だけが！って心配にもなるし、それこそ回りの他の子達のためにも、検査に予防に対策にと大騒ぎして然るべきなんじゃないかと。

「守る」って本当に難しい。ついでに、「守る」なんて言葉、いい加減に言えちゃうって話でさ、身近なところだと、「人間の髪の毛って何のためにあるの?」って話をしたい。誰もが小さい頃に一度は聞いたことがあるんじゃないかな。

「もともと人間は、動物でケモノで、大昔から少しずつだんだん進化を遂げて、最終的に今の人間の姿カタチになった。そしてそんな人類としての進化を繰り返しながらも、身体の中で、生きていく上ですごく大切で重要な部分にだけ体毛が残った。」みたいな話。

「頭の中には、脳があって、とても大事なんだよ。だから髪の毛で覆ってケガをしたりしないように守っているんだよ！」

はいはい。さて、誰も彼もがご存知であろう、この類いの話。果たして「なるほどね！だから顔や手足なんかは肌が出ているけど、それで頭には毛があるんだね。人類すごいね！」とスルーしてしまっていいのかなと。

単刀直入に言います。今からハゲの話をするよ。
産まれてきたばかりの子は当然つるっぱげだよね。そして、だんだん歳をとって、イヤでもおじいさんやおばあさんになっていくよね。よぼよぼになって、だんだん毛が薄くなっていってさ、なんだかカッコつかないな、なんて思って相当悩んでいる人だっているもんね。その感じ、解る。その気持ちすごく解るよ。
だけどさ、ちょっと待って！さっきの髪の毛の話。大事なところを守るためにあるんじゃなかったの？少なくとも筆者なんかはそう教わって育ったクチだ。

なんていうかさ、何度も言う通り赤ん坊と老人は髪の毛が薄いってところの話なんだけどさ、イチ生命体として、一番危なっかしかったり、注意力散漫だったり、なんやかんや最も自己防衛能力に欠けるその二つの時期には、一番大切なところを守るためにあると言われ続けてきたその髪の毛が無いんだよ！

これに気付いた時、ちょっとした衝撃ですらあったよ。

髪の毛は大事なところを守っているんだよ！なんて言う既述の理論で言うのなら、赤ちゃんの動きなんてものすごく危なっかしいし、すぐ頭ゴッツンコしちゃうから、髪の毛ふさふさなんだよ！まだまだ未熟だから動物みたいなもんなんだよ！とか、お年寄りになるとよく転けたりして頭を打ったらマズイからね、髪の毛モッサモサなんだよ！っていう具合の話じゃないとさ、おかしいでしょ。

言葉尻を批判的に捉えての、そんな稚拙な議論をしたいわけじゃない。

髪の毛も然り、おじいさん、おばあさんがいて、お父さん、お母さんがいて。こども達がいて、孫がいて、脈々と続く家族の編成も然り。守るべきもの、守りたいものをいざ守りたい、今こそ守るべきだって時に限って、守る手段を失ってしまっていたり、その対象が不足してしまっていたりする。

髪の毛を、子育てや介護に当てはめて思い浮かべてみると非常に解りやすいと思う。本来、無我夢中で愛する我が子の子育てに没頭したい時に限って、父母自身がまだまだ働き盛りで多忙だったりさ、遊びたい盛りで葛藤抱えたりさ。

そして、そうこういっているうちにそんな父母自身も歳を重ねれば重ねるほど、だんだんと、どこが痛いそれが辛いと言って自分自身のことすらままならなくなって、老々介護なんて言葉まで出現してさ、そして世の中皮肉なもので、そんな実状が浮き彫りになってから気付いても遅いことだらけなのだ。

頭ぶつけやすい、赤ん坊や老人に限って、髪の毛が無いって例は、少し強引だが「孝行のしたい時分に親はナシ。」みたいな話と同じことのように感じる。

「守る」って、本当に何なんでしょうね。

髪の毛がなぜあるのかって話にしたって何にしたって、「守る！」なんて、たいそうなこと言ってみたところで、世の中本当にいい加減なもんだよな、なんて思えてしまう。

「守る」って簡単に言ったってさ、時にそれは、やっかいで面倒くさくて、少し照れくさかったり、ぶっきらぼうになることでしか表現出来ないことだったりするのかもしれない。なんか簡単に「守る！」なんて口に出しちゃいけないような気さえしてきた。

けれど、たった一つだけ言えることは、例えばあなたが何かを「守りたい」とか、誰かを「守りたい」と思った時、あるいは居ても立ってもいられない時、はたまた、ふと底知れぬ使命感に突き動かされるような時、そこにはあなたの全身から滲み出る優しさや、誠意や、真心が溢れていることでしょう。そして、そのソレ自体が紛れもないあなた自身の、心であり、肉体であり、あなたの存在そのモノなのだとも言える。

「このクソッタレ！」も、「アイラブユー！」もいつもいつでも表裏一体、紙一重なんだと思う。人生は永遠に続くものではないと知っていながら、普段はなぜかそれを誰も気にも留めようとしない。

家族や、友達や恋人や仲間、あるいはバンドのメンバーとであるとか、日常の中での様々な気にも留めない日常の中での場面場面をふと思い浮かべる。

「このクソッタレ！」も、「アイラブユー！」も、限られた時間の中で躊躇している場合ではない。一度しかない人生の中で、「いつかそのうち」なんて、かまととぶっている猶予なんぞどこにもない。

路地裏の翼

「もう私はいつ死んでもいい。」なんてことを言う人がいる。

「そうですか。じゃあ、さっそくこちらの死刑台へどうぞ。ほら！早く。」となったら果たしてどうか。


あなたならどうする？

「いや、さすがに今すぐはちょっと」「いや、べつに今日じゃなくても」となると思う。「そうですか、じゃあ明日ならどうです？」「いや、ちょっと明日は予定があるんです。ちなみに、あさってはゆっくり休みたいですし、云々かんぬん」となるだろう、きっと。

「では、いつならいいですか？いつなら死にますか？予約出来ますよ！」と言われたらどうか。

「来週はやらなきゃいけないことがあるし、来月は予定が入っているし」なんて感じで、きっといつまで経っても
「もう今日で死んじゃって構いません！」と自ら死刑台に上がる日を予約することはないでしょう。

要するに、みんななんだかんだ言って結局は死にたくなんてないんだ。なんだかんだ言って生きたいと思っている。今のままがいいと思っている。
それは、わざわざ頭の中で反芻したり、いちいち考えたりするようなことなんかではなくて、ほんともう生命体としての生存本能のようなものなのかもしれない。

ものすごい数の人が行き交い、ものすごい数の人がひしめき合う東京も、夜になると驚くほど静かで、それは東京の華やかな一面に憧れ、思いを募らせた、若き日の自分自身から見れば、それはとても意外な一面でもある。つけっぱなしにした電気を見上げて、寝っころがっていると、音も無く、ただただ時間だけが過ぎる。そんな深夜の静けさにただ身を委ねる。
今日もどこかのステージから激しく迸る熱を放ったシンガーも、あるいは、どこかのスタジアムで何万人もの観客を沸かせ、祝杯をあげたスポーツ選手も、この街のどこかで、きっと心地よい疲労感と共に眠りについているころだろう、なんてことをふと考えたりする。あるいは、自分のように深夜の静けさに身を委ね、ただただ時間だけが過ぎ去る無音のひと時を噛み締めている人もいるだろう。

色んな生き方がある中で、気がついたらバンドに人生の大半を注いできた。

バンドに限らずとも、同じ思いを持った仲間と旅をしたい！とか、気の置けない仲間と美味しいものを食べに行きたい！とか、単純にそんな人達と一緒にいたい、同じ時間を共有したいとか、寝ても覚めてもそんな仲間に囲まれて生きていたいとか、そんなことを誰もが考え、誰もが夢見るだろう。

ある時、バンドをやっていれば、それだけでなんと、いとも簡単にそれら総てが叶う。そんなことに気付かされた。

昼夜を問わずレコーディングに明け暮れ、やがてツアーに出れば、それこそ家族や友達なんかよりも長い時間をバンドのメンバーと過ごす。同じ釜の飯を喰い、同じものを見て笑う。同じ陽に照らされ、同じ雨に打たれ、同じ出来事を通して喜怒哀楽を分かち合い、目の前の同じ瞬間の数々を共有して旅は続く。

何度思い浮かべてみても、バンドをやっていれば、やはりそれらが総て叶う。

ある時、そんな風に考えたら「バンドしかない！」という思いは、やがて自分の人生そのものになった。

「音楽が好きだ」とひと言で言っても、その視点や程度は様々であるし、人それぞれだと思う。

音楽を聴くのが好き。音楽を創るのが好き。楽器を演奏するのが好き。歌を聴くのが好き。歌を唄うのが好き。

色んな好きがあると思う。あるいは、音楽を聴くのは大好きなんだけど、音楽を創ることには全然興味は無いとか、唄ったりするのは苦手だとか、そんな感じの人だっているだろう。ひと言で「音楽好き」と言っても、色んなパターンが含有された、人それぞれの「音楽が好き！」の形があるということが解る。

そして、自分自身の場合はどうか。「ロックが好き」で「バンドがやりたい」。ただただ、それだけだ。それに尽きる。

まだまだ、やり足らないし、まだまだ、いつだってまたステージに上がりたいと願って止まない。

よくライヴのあと、「激しいステージでしたね！」とか「アグレッシブなパフォーマンスですね！」なんてことを言われることがある。けれども、当の本人からすれば、まったくもって満足なんてしてなくて、まだまだやり足りないし、ウズウズしている。

ライヴの最後によくやる「ガラスのくつをはいたままで」という曲がある。時計の針が深夜零時を指すとき、総てが灰になってしまうのだとしたら、そんなのは嫌だ。けれど、時計の針が深夜零時を指した時、総てが灰になってしまっても、決して後悔したりなんかしないような生き方をしたい。思い残すことなんて無いような生き方をしていたい。

よく、「今日出来ることを明日に回さない！」なんてことをさも良い事のように言っている人がいる。けれどそれって、明日もまた今日と同じように、今日と同じような時間を過ごせるだろうっていうことが前提になっている。まずは今日、今この瞬間を今この瞬間のためだけに思い切って生きるべきだ。少なくとも自分はそうしたい。

明日なんて誰にも解らない。「明日」が「今日」と同じように、同じような時間を連れてやって来てくれる保証なんてどこにもない。

今夜、深夜零時になった時、総てが灰になってしまった様子を思い浮かべてみる。

やはり「明日でもいいようなことを今日やっているヒマなんてない！」

今日、今、目の前にいる人と、何気ない会話する。その人と明日も、今日と同じように何気ない会話を楽しめるかどうか。それは誰にも解らない。

今日が、最後の会話になるかもしれない。何か言い残したり、伝えられなかったりしたことは無いだろうかと考えてみる。

もし今日が最後でも、後悔しないような今日一日にしたい。もし今日が最後でも、後悔しないような生き方をしたい。もし今日が最後でも、後悔しないような今日一日にしてる？もし今日が最後でも、後悔しないような生き方をしてる？

今夜もまた、静けさの中、長さの違う二つの針が重なり、真っ直ぐに天に向かって、午前零時を告げる。なに食わぬ顔で。そして、みんな誰もが「灰になっていない」ことに安堵する。そして、誰もがそんな明日の自分自身に少しだけ期待している。なに食わぬ顔で。

路地裏の翼（二）

「想像力」っていうものは、規模も程度も人それぞれで、それこそ本当にもう「無限大」だと思う。だからこそ、言葉の一つ一つ、言い方や受け取り方も十人十色、多種多様で、それは時に誤解を生んだり、相手に自分の思いがうまく伝わらなかったり、相手の言っていることをどのように解釈すればよいのか迷いが生じたり、いったいどういうつもりで言っているんだよ！なんて疑心暗鬼になったりするケースだってあるだろう。

日常の中でもよくある、お友達を自分のお家に招くシーン、もしくは逆に自分がお友達のお家に招かれる場面を思い浮かべてみてほしい。これまたありがちなセリフではあるが、とりあえず二つのパターンを頭に浮かべてみてほしい。

「ごめんね、散らかっているけど、普段からこんな感じだから、気にしないでね。」ってやつと、それともう一つは、「ごめんね、散らかっていて。いつもはこんなんじゃないのよ。」ってなケースもあるだろう。

このあたりの発言自体の細かいニュアンスの違いなんかは、きっと個々の性格とか、二人の友人関係の深浅にもよるだろう。

ここで言いたいのは、どういうつもりでそのセリフを発しているのか、そして相手はそれをどう受けとるのか、むしろその前に相手にどう受けとってもらいたくて、その言葉を発しているのか。そして、それなら相手はそれをどう受けとめるべきなのかってこと。

ここでは、仮にそう言われた側の、それらの発言を受けとる立場での話をしたい。

「普段から散らかっている」という主張を、いつもこんなに乱れた感じなのかよと、気になる（心配する）こととして受けとめるのか、はたまた「普段から散らかっている」のだから、それが普通で極めて平常な状況なのだから、気にする（心配する）必要は無いのだと受けとるのか。

そして、二つ目のセリフの例の場合も同じように、相手は「いつもは散らかってはいない」ということを主張しているのだから、それなら今日だけたまたま散らかっているだけなのだから、それなら安心だな、べつに心配するようなことでもないのだなと感じるのか、もしくは「いつもは散らかってはいない」のにも関わらず、また人を招くにも関わらず、なぜか今日は部屋が散らかっていて普段とは違った状況であるという事態に対して、疑問に感じたり不審に思ったり心配したりするべきである家主の発言であるのか。

思考力の限界点と、想像力の果てしなさ、そしてその能力の無限の可能性なんていうと、この例に関してだけ言えば、なんだか仰々しくてしっくりこないんだけど、自分の考えを相手に伝える時、どう表現したら、相手に全てが伝わるのか、そして人の話を聞く時にも、相手はいったい何をどういうつもりで言っていて、自分にどう解釈してもらうことを望んでいるのか、それらを考えたり、あるいは考えていなかったりしながら、人と人とのコミュニケーションってものが続いていく。そのパターンやケースは、やはり無限だ。単純なことのようでいて、なんかすごく難しいことにも思えてきたりする。だから、人間関係って難しいし、うまくいかないことだってある。

ある時、どんなやり取りもよりシンプルに、ストレートにコミュニケーションをはかったほうがスムーズで誰もがノンストレスであるのではないかと気付いたことがある。

日常の中のある場面で、漠然と「車どこに停めればいいですか？」と聞かれた。筆者は「むしろ、自分はどこに停めたいの？」と言い返した。そしたら相手は、「じゃあ、ここに停めてもいいですか？」と言った。

このケースの場合、始めっから「ここに停めていいですか？」とだけ聞けばいい場面じゃないのかということ。「どこに停めればいいですか？」なんてことは、「ここに停めたい！」ということを主張して、それが叶わなかった場合（「ここには停めちゃダメです！」と言われた場合）にようやく、そこで始めて、それなら「どこに停めればいいですか？」という言葉がきて然るべきなんじゃないかなと。

そんなわけで、この場合「ここに止めたい」と自己主張をしないことのほうが、面倒くさいことになっているし、こういう場面でなお遠慮する姿勢が美徳みたいに思っているのだとしたら、そんなものは奥ゆかしいとか控え目とかいうものではない。めんどくさい、じれったい、時間がもったいない。

このケースのように、余計な気を遣って、まどろっこしい遠回りしたやり取りをするもんだから、スムーズにいくはずのやり取りでさえ、複雑でややこしくて、どんどん人とのコミュニケーション自体が面倒でストレスを感じるものになっていってしまう。

もうほんと、普通のことを普通に、シンプルに自然体でやる。それだけでいいのに！って思うことが世の中には溢れていて、誰も彼もが、誰も得しないようなことばかりやって、誰も彼もが、みんな生きやすくなることをしようとしない。

人と人とのやり取りなんて、ほとんどの場合「イエス」か「ノー」か、あるいは「好き」か「嫌い」かで事足りる。もっとシンプルにいこうよ。そんなふうに思う機会があまりに溢れている。


なんだか厳しい物言いをするようだが、悩みを苦に自殺をした人に抱く印象として、ある意味では「まったく、ほんとにお人好しな人なんだね。」ってな解釈ができる。そんなことのために自分自身の命を粗末にしてとか、そんなヤツのために自分が命を犠牲にするなんてとか、そんな背景が見え隠れするケースなどは、まさにそれだ。お人好しにもほどがある、とでもいったところだろうか。

「お人好し」と一言で言っても、様々な切り口があるとは思うが、最近の世の中の状況や、それに翻弄される今を生きる人達を見て、その傾向を一言で表すとしたら、ほんと猛烈な勢いで「マゾ化」しているという印象を抱く。

ドが付くほどのマゾ。ドM（ドエム）が大増殖していると思う。

現代の人々の社会生活に関しての動向や、その実態、あるいは経済状況、労働状況などを示した記事などを読んでいると、そこには「自発的隷従」という言葉を用いいて、筆者の言うところの世の中の人達のマゾ化、ドM化について、とても的確かつ端的に指摘しているものがあって、なんだか「おいおい！みんなしっかりしろ！」と叫びたくなる。ふだんは偉そうなことばかり宣って、それなりに社会に馴染んで、頑張ってますアピールをして、それらしい振る舞いをしているわりに、なんだその腰抜け加減は！と、驚いてしまう。

身近な例を挙げれば、満員電車に乗ることに、慣らされている、そして疑問を感じることや、それに意義を唱えることから注意を逸らされて、ある意味で都合のいいようにコントロールされてしまっている。

そして、都合よくコントロールされていることにすら気付かずに、気付いたとしても「まあ、それでいいんですよ、仕方ないですね。あはは。」なんてヘラヘラしている「自発的隷従」な人々が大増殖して、そして色んな意味での「世界の仕組みをよく知るヤツら」に、ますますそんな姿勢につけこまれ、搾取されていく。

イヤなことを、イヤだと言わないことがまるで美徳かのような感じで、お前らいったいいつの時代から来たんだ！と言いたい。奴隷でも無いだろうに、夜に仕事から帰って一番始めにすることが、翌朝の目覚まし時計をセットすることだったら、ちょっと冷静に考えて、自分のライフスタイルを見つめ直してみてもらいたい。

いったい誰のために生きているの？

一度しかない人生、一度しかない目の前の一瞬一瞬を、不本意に浪費し続けて日々の時間をやり過ごしてしまっていることを、慎ましく生きるってことと同じだと思わないでほしい。

そして、それを何とも思わない自発的隷従ぶりには呆気に取られる。


朝早くに起きられないといけないからと言って、夜通し無理矢理起きて、そのまま仕事に向かうような生き方は、誰のため？何のため？あはは、夢のためだって？

それって、夢のために右往左往するアンタがいることで、ちゃっかり搾取して私腹を肥やし続けている人がいる世の中の事実を、実態をどう考えているのかって思う。

それならどうか、そいつらの思うつぼにさせるもんか！っていう視点も込みで夢に突き進んでほしい。

様々なケースを見て言えることなのだが、そもそもなんでそんなお人好しなことが出来るのか本当に謎だし、時間も感性も、というかもう丸ごと引っ括めて人生そのものを誰か知らない他人にいいように搾取され、美味しいところだけ気が済むまで食い散らかされるようなことをどうしてみすみす指をくわえて黙って見過ごしていることが出来てしまうのか。少なくとも、そんなアンタが、「明日のために早く寝なきゃ！」と目覚まし時計をセットしている頃、そんな生活を強いている側の人間（アンタから金も時間も搾取して私腹を肥やしている側の人間達のことね。）は、夜な夜な飲み歩いて充実したアフターファイブとやらを謳歌していることだろうよ。

いやいや、夜遅くまで忙しいプレジデントだっているだろうって？　うんうん、解る。夜遅くまで、より効率よく暴利を手中に納めるための、搾取方法をね。考えるためにね。さぞ忙しいだろうね。

個人的には、例えば単純に「社長さん」って聞けば、へえ、すごいなあとか、偉いんだなあ、なんて思うし、創業者が起業した経緯なんかを熱く語るのを聞いて素直に憧れを感じたり、その熱意に心打たれたりすることだってある。

けれど、ここでいうところの「自発的隷従」の人達のことを、人を人とも思わないようなヤツらが、さも正論かのような口振りでナメたことばかり言って、本来なら様々な指標を示し、牽引していくべき立場であることも、そんなもんどこ吹く風といったそぶりで、横着の限りを尽くし、我が物顔でくだらない自己満足極まりない寝言を土足のまま乗り込んだ世間に、撒き散らし続けているではないか。

ある時、やり手のビジネスマンを取り上げます！みたいな記事で、とあるお店の創業者が、起業したきっかけについて「初期投資や原価が驚くほど安い業界だと知ってしまったからだ。」と答えていた。続けて、「もともとサラリーマンってあまり楽しそうじゃないと思っていたし、今の会社も社員が成長できないような組織なら、いつ潰してもいいと思っている。」なんて得意顔で言っていた。そして「ビジネスなんだから、そりゃあ打算的にやってきましたよ。」と結んでいた。

まあ、そりゃあもちろんその通りだし、何も間違ってはいないんだけど、なんでよくもまあそんなに身も蓋もない言い方を、それも不特定多数の色んな立場の人がそれぞれ色んな視点でその記事を目にすることになるのに、どうしてわざわざそれをそう言っちゃうの？と、内容そのものよりも、その人自身の人間性とか（のクソさ加減）にあきれ果てた。もしくは、そんな発言も許され、周囲も誰も注意できないぐらいの立場に成り上がってやったぜ！と自らの経歴や権力を誇張したいだけにしか思えない。

これを仮に音楽業界に置き換えてみたら、その違和感に気付くだろう。

もしも、プロデューサーが「自分はバンドやるなんてあまり楽しそうじゃないと思っているから、だから制作をやっている。いま面倒みているこのバンドも成長出来ないようならいつ解散させてもいいと思っているんだ。」なんて言ったとしたらさ、そんな姿勢の人の元で、誰が「頑張ります。付いていきます。」ってなるっていうんだ。

少なくとも、いったいどういうつもりで、わざわざそんなことを口に出しているんだよと思うだろう。

また、そんな発言を知ったリスナーの人達は、そんなヤツの元で生み出された、そのバンドの作品をどんな気持ちで手にすればよいというのか。

そして、その先程の記事の中には、海外生活が長かったから、もう洋服は海外でしか買わないんだとか、「もう、そんなものはお家に帰ってから、お母さんに聞いてもらえよ！」と言いたくなるような、幼稚園児が今日あったことを延々と話続けているかのような、しょうもない内容で、最後のほうを読む頃にはうんざりしていた。

ちなみにそういうのって、身近な日常に置き換えてみると、そのバカさ加減がよく解る。

例えば筆者が、地元に帰った時に、地元で生活している人達を前にして、「俺もずいぶん東京暮らしに慣れたからな、もう服は東京でしか買わないことにしているんだ。」なんて言っていたとしたら、そんなもん滑稽極まりない、どんだけ間抜けなシーンだろうと思うしさ。

それでね、何が言いたいのかというと、なんでそう言うことをその手の記事で恥じらいもなくぬけぬけと言えちゃうの？と。少なくとも筆者自身は、もうそのお店に行く気が完全に失せたわけだしさ。購買意欲なくしたよ完全に。その人の経営手腕なんかに心酔する信者のような人達だけに向けて発言しているつもりなのかもしれないが、多くのごく一般の人達は、記事を目にして、新しい顧客にもなりうるという可能性のようなものをどうしてないがしろにできるのかと、他人事ながらそういう傲慢さに溜め息が出た。

庶民感覚が欠落している典型的な例でもあるだろう。

もともと、機会があったら利用してみたいなと、興味があったからこそ、「あ、この人が社長さんなのか！」と興味津々で記事を読んでみたのに。

それは、ある側面から見れば、イチ消費者でもある、自発的隷従な人達ほど、頑固で融通が利かない一面があるんだってことにまるで気付いていない「ある意味での特権階級の人達が現状にアグラをかいている」傲慢な姿の、典型的な一例でもあるだろう。

炎上商法がどうだとか、解釈や屁理屈はどれだけでもでっち上げられるだろうけど、炎上して燃え尽きて、そこには何も残らない。もし焼け野原になって、さら地になっても、その敷地の前を、その日もいつもと同じ顔ぶれが、いつもと同じように眠い目を擦りながら、聖者の行進のように通勤していくだけだ。

余計なことを考えないように、現状に対して何も感じないように、何も疑問に思わないように、そんなふうに都合よく仕向けられた大勢の人達がね。

何とも思わずに、言われた通りに言われた通りの時間にそこを通っていくだろう。何も感じることもなく。

路地裏のメインストリート

もし、「さあ戦争を始めよう！」と言い出すヤツがいたら、「それなら、まずはお前が一番に戦場に行けよ！」と言いたい。

そしたら、皆さんは「発言が過激すぎる！」なんて言うかな。

もし、飛行場の騒音問題に苦しむ住人の訴えに聞く耳を持たず、救済や措置も施さず、その場しのぎの軽い言葉を並べてやり過ごす権力者がいたら、「じゃあ、まずお前が率先してそこに移住しろ！もしくはお前の家の目の前に飛行場を作れ！」と言いたい。

そしたら、皆さんは「発想が極端すぎる！」なんて言うかな。

もし、どっかの企業が生産拠点を国外に移すだのなんだのと言って、意気揚々と鼻息荒く得意げに海外進出したくせに、まんまと失敗して、現地の工場を閉鎖して撤退することになった時、「それに伴って〇千人規模のリストラを行い、経営再建に注力します！」と、まるで英断のような口振りで話すクソ野郎がいたら、「まずは、お前が消えろ。それから、進出を言い出したヤツも、それをけしかけたヤツも、甘い汁を吸おうとそれに乗っかったヤツらも、調子に乗って奉り上げ、担ぎ上げたヤツらも、そして最終的に判を押したヤツも、揃ってみんな失せろ！白昼の下を都合いい時だけ仲間ですみたいな顔をして歩くな！路頭に迷いさらせ！」と言いたい。

そしたら、皆さんは「ヒドイこと言うなあ、ひねくれていますね！」なんて言うかな。

もし、「パソコン等の普及で、働き方の多様化が進み、在宅で出来る業務が増えた。子育て世帯の支援のためにも、在宅勤務の環境整備や支援を推進！」なんて耳にしたら、「在宅業務をする人のために、その場に資材、食材などを運ぶ人、設置する人などなど、在宅業務を円滑にするための後方支援をする、在宅では出来ない仕事が増えるだけだろう。」と言いたい。

そしたら、皆さんは「そんな当たり前のことは誰もが解っている。解りきっている。誰もがみんな解っているけど、誰もいちいち口に出して言わないだけなのよ。」なんて言って、これ見よがしに筆者のことをたしなめるかな。

もし、「名だたる戦国武将の中では、誰が好きですか？」なんて聞かれたら、「全員嫌い。仮にも戦の将だと言っているくせに、斬られたこともケガの一つもしたことなさそうじゃないか。おまけに当時にしてはさぞ長生きしただのと呑気なめでたい人生だったそうじゃないか。実際に馬に股がって、刀振り回して命懸けで闘って、そうやって死んでいった名も無き人達のほうがよっぽど当時の世の中を支えていたと思うし、讃えられ、語り継がれなければいけないはず！」と言いたい。

そしたら、皆さんは筆者のことをここぞとばかりに「浅知恵のへそ曲がり！」と罵るだろうか。

もし、筆者が新聞の時事問題を読んで、「少子化が、本当にヤバイ状況！だとかなんだとか、そんなに子どもがいないと言っているのに、それなのに何で保育所が足りないの？」と言ったら、普段はなるべくみんなに知られないように、こっそり作ったり、都合よく変えたりしているルールや制度をここぞとばかりに持ち出して、「世の中のこんな決まりも知らないんですか？」としたり顔で、呆れたわよなんて言いながら、鼻で嗤われるのだろうか。

有名人が恋人に振られたといって、精神的に不安定になったとかで、奇行を繰り返す。ワイドショーを賑わせ、果ては閉鎖病棟に入院したとかなんとか。みんな「哀れだ、可哀相、頑張れ！」

なんて言う。はあ、みんな右へならえでそう言うんだもんな。やれやれ。

そして、一方ではロゼ・スタイルのケースはどうか。バンドメンバーがツアー中に自殺。残ったスケジュールを遺されたメンバーで完走。

「最近は、バンドどうしてるの？」

「メンバーが死んで、ベースが今いないから、ライヴとかやれてないんだ。」

「そうなの？なんだそれ、バンドバンドって言っていたのに、そんなもんなの？ほんと弱いんだね。」

ってオイ、なんなのこの手のやり取り。

もう、しゃべりたくない。もう、会いたくない。もう、お出掛けしたくない。もう、食べたくない。もう、飲みたくない。もう、見たくない。もう、聞きたくない。もう、寝たい。もう、書きたくない。

路地裏のメインストリート（二）

何度朝を迎えても、やはりみんな誰も彼もが、うろうろしている。右往左往、うろうろしている。日常の中で、ありふれた場面で、初めて遭遇するような場面でもあるまいに、うろうろうろうろ、いったりきたり。

この商品を、よりたくさん売って、より利益をあげるにはどうしたらよいか考える。付録をつけて興味を引こうと考える。付録をつけたら、前より売れるようになった。

そしたら今度は欲が出る。より儲けを得るにはどうしたらよいかと考える。余計な経費は省こうと言い出して、付録をつけることをやめる。

そしたら、やはりまた売れなくなって、じゃあまた付録をつけて・・・と、延々と。

ぐるぐるぐるぐる。うろうろうろうろ。

同じところで行ったり来たり。

同じことを繰り返しながら、それでもまるで初めての経験かのようなそぶりで斬新なアイデアで革命的だといつだって空前絶後のお祭り騒ぎだ。

そんなふうに、なんだか世の中はがっかりするようなことの繰り返しみたいだ。誰も彼もが解っていながら、わざわざがっかりさせる風潮はどうしてなんだろうかと不思議でならない。

部活に入って、一年生はまず球拾い。それが済んだらあとはひたすらランニング。なんで。試合がやってみたくて入ってきているのに。まずがっかりさせるのなんで？

とりあえず、やらせてみたら？やらせてみたら思い知るよ、気付くよ。きっと。

基礎体力が足りない。試合を闘う身体が出来ていない。

よし、徹底的に走り込んで競技に適した身体造りをするぞ！ってさ。そしたら、言わなくても気が済むまで走り込みを続けるだろうよ。


入社して、さあ配属先はどこだろうって場面で、真っ先にがっかりさせるのはなんで。もともと東京に住んでいる人が、お家から通える会社だからって思っているのに、いきなり辺鄙な田舎の支社に行かせたり、地方都市でぬるま湯に浸かりきっていた自分を変えたい！と新天地での活躍を夢見て東京に出たいと希望する若者を、さらに田舎町に配置したり、などなど。あまのじゃくにもほどがあるというかさ。

一周回って、みんな一つずつ枠をずらしたら、みんなそれぞれ希望が叶うんじゃないのかな。希望が叶うことが、なんでそんなにいけないのか。

住み慣れた町で、今までのスタイルのままで、無難に生きていたい人は、その町で活躍すればいいじゃない。心機一転、住み慣れた町を出て、都会で自分の力を試したい、夢を叶えたい、そんな人には気持ちよく、道をあけてあげたらいいじゃない。都内だけじゃなく、地方の支社のことをもっと知らなければやっていけない！とか、地方で力を発揮できないようなやつが東京で活躍できるわけがない！とか、そんな理屈は、行ってみて、やってみて、その上で本人が思い知ることだろうし、それで気が済むことだってあるだろうし、それ以上でもそれ以下でもない。それでいいじゃない。

会社は金を払っているんだからとか、遊びじゃないんだとか、会社の方針がどうだとか言っている人は、じゃあ、まずいったいアンタは「何」なのかって思う。会社の方針がどう、とか言う人よくいるけどさ、なにそれ。「会社」さんなんて人はいないんだからさ、アンタらも含め、結局のところ生活のために働いている、月給取りの集りだろうが。

そしてほんのひと握りの搾取する側のために、自分自身の人生の限られた貴重な時間を切り売りして金に替えているってだけの単純な図式なんだからさ。「会社」さん同士で叩きあってどうするよ。

よく、接客業の働き手を募集している会社が、求人記事に「茶髪バツ！」、「ネイル禁止！」とか、頭っから人間性を否定しているものがあったりする。人間が人間と関わる仕事をするのに、初めっから自分自身のことを否定されるって恐ろしいことだ。中には白髪染めもバツ！だとかいうものもあるぐらいだし、そもそも誰が誰のために誰にそんなことを言うのか、何が何だか解らない。

金髪でバリバリ仕事出来る人で、髪色のことをきっかけにお客さんと仲良くなってお店に貢献できる人より、黒髪でダサくて取り柄もないような人のほうを雇いたいのか。見た目も仕事のスキルも思い通りの人を雇いたいなんて虫がよすぎる。少なくとも、そんな「出来る人」なら、初めっからお前の店なんかで働かねえよ。

応募者が、金髪で付け爪ガサガサ付けて、しれっと面接に来たとして、それをああだこうだ、マナーがどうだとか言うんだとしたら、それは、そもそものお店は、世間の人達から、その程度の店だと思われているってことだ。正装してかしこまってペコペコして面接受けに行くような会社だと思われていないってことだよ。初めっから人間性を否定しているような店に、経営者が望んでいるような人間性の完成度の高い人が門を叩くとは到底想えないだろう。

だいたい、染髪とか付け爪とかそういうのって、オシャレして自分を磨くって部分とか、それこそ鏡に映る自分を客観的に見られるってことでもあるし、少なくとも、日常的に人に見られることをものすごく意識している人だってことでもあるので、むしろ、ものすごく接客とかサービス業に向いている人なはずなんだけど。そうやって、他人格を否定し、個性を殺し、はみ出すことを牽制し続けることで統制がとれているようなつもりでいるのだろうか。

その上、人口が減り続け、高齢者が増え、労働者人口が減りまくっていると嘯く一方で、求人倍率が一向に上がらないなんて、とぼけたことばかり言っている。人手不足で店が回らないと、嘆く人がいる一方で、働くところが無くて経済的困窮を極め、自ら命を絶つ人が後を断たない。「子は世の宝だ、可能性に満ちている。自分にしか出来ないことを追求してみよう！」と口当りの良い教育を押し付けておいて、いざ大人になり社会に出れば、「替わりはどれだけでもいるんだ！このクソ失せろ。」と言う。

そして、そうやってみんな自分を守るようになり、他人の会社さんの電卓のゼロの数を数えているうちに、嫌でもどんどん歳をとっていく。

前月比、前年比。数字がすべてなんだそうですよ。去年の今日は、百万円売り上げがあったんだ。それなら、創意工夫を駆使して、今年の今日は百一万円の売り上げを達成しなさい。だそうだ。人口が減り続けていると知っていながら、ずっとそんな習慣を続けていくんだね。続けていればいいけどさ。ずっとずっと、アンタ達の言う通り、前月比、前年比の数字が増え続けていってさ、そしたらいつか天文学的な数字になっちゃうね。あはは、すごいよ。笑っちゃうね。うまくいくといいね。アンタらよりも、意地でも長生きしてさ、そしたらそのゼロの数をみんなで数えたいなあ。

路地裏のメインストリート（三）

著名人なんかがテレビに出て、「貴重な幼少時代の映像を初公開！」なんて感じのことをやっていてさ。お遊戯会や運動会の様子を納めたモノクロのホームビデオを観て、みんなで「かわいい」、「ほほえましい」、なんて一喜一憂している。そんな様子を見て、筆者なんかは思うことは一つ。

「なんだかんだ言ったって、そんなモノクロの時代にして、家庭用ビデオカメラを所有しているような裕福な家庭の子だったのか。ほんでもって行事のたびに成長の記録がどうだとか言ってはビデオ回して、大事に大事に溺愛されて育ったボンボンだったのか。なんていうか、がっかり。」

って感じでさ。

こちとら、貧乏暇なし。

せめてもの悪あがきで、なんとか忙裡閑を偸む、なんてところが多くの市井の庶民の現実なのだ。

そんなママ友ごっこの腐ったみたいな撫で合いに気を取られている場合ではない。がっかり、うんざり、そんな連鎖は後を断たない。それはもう、この世に産まれ堕ちた瞬間から。どこまで行ってもまとわりついてくる。

占い師が、自分自身の運勢は視られないんです、なんて殊勝に笑うのを見て抱く違和感と似たような感覚である。

どっかの塾の先生なんかが、自分の講義を受けた〇人もの生徒が東大合格を実現させました！なんて言っているのを聞くと、「じゃあ先生、自分は？」ってまず思う。その、さぞ画期的で効率的な勉強法で、まずは自分自身が東大に入って、官僚や研究室かなんかの権威に成るのが合理的な生き方なのではないのかなと。自分自身が東大にいってさ、そしたらそんなよそのガキが何人合格できるかとか、勉強法がどうだとか、まったくもって関係ないし、自分だけ十二分に人生を謳歌して大手を振って、気が済むまで街を闊歩すればいいわけでさ。

あるいは、お店にお客の振りをして覆面調査員が赴き、店員の働きぶりにイチイチ点数付けて、ネチネチ難癖付けて、評価の名のもとに粗探しの限りを尽くす姿を見聞きしては、「そんなによく気が付く優秀な人間なら、自分自身が店に出て切り盛りすればいい。」と思う。なぜ仕事が雑になりがちなのか、なぜお客の望むサービスに不足があるのか。

それらの実態を認識し、労働環境や、備品の整備や、お客へのサービス向上に繋がるあらゆるアイデアを実用に向けて改善を進めるのが本来の役目ではないのかね。「店員が無愛想でお客に対して笑顔が足りない。評価バツ、減点イチ。」で、いつも誰かのせい、誰かの責任。本人が悪い、指導した者が悪い、そんなヤツを雇った担当者が悪い。そんな感じでいつも悪者探し、犯人探し。そこで終わっているだろう。

例えば、「どうしてこの店の店員は笑顔が無いのか?」、「どうして店員がイキイキ働けていないのか。」そんなありのままの目の前の実態になぜ目を向けないのか、目を向けられないのか。目を向けようとしないのか。見て見ぬ振りをするのか。低賃金でコキ使われて、誰がノリノリで働くか。実態に見合わない、机上の空論を詰め込んだだけのマニュアルを押し付けられた店員は、お客のニーズに応え臨機応変な接客をしようとする時、そんなんでどう個性を発揮しろと言うのか。

場内の地図を大きな看板に掲げていても、それを今まさに見ている人が向いている方向と、地図上に載っている「現在地」の位置から向いている方向がまるで合ってない例とかを見ても、本当にどう生きてきたら、そんなことを平然とやってのけられる人間性になるのかと、筆者的には本当に謎である。もちろん、音楽やバンドの世界にだって、それらに似たようなわけの解らない出来事はあるし、そういったものに嫌な気分になったりもする。

あるバンドがツアーをする時の話を聞いて、「おや?なんだそれは。」と思ったことがあった。

バンドの機運が高まり、ここぞといったツアーのタイミングで、そのバンドのボーカリストが「大事なツアーだから、ノドや心身のコンディションを保ち、ライヴで最高のパフォーマンスを維持するために、今回はメンバーみんなと一緒に安宿で雑魚寝なんていう、それまでのツアーでのおきまりのスタイルを避け、他のメンバーとは別行動で、ちゃんとしたビジネスホテルに寝泊まりし、シートの硬いワゴン車での移動を避け、新幹線で移動して、各地でのライヴで最高のパフォーマンスを出来るように、過去最大にコンディションのケアを徹底した。」みたいなことを言っていたんだけどさ。

まあ、それはその本人自身はそこで完結した意志表示であって、それ以上もそれ以下もないんだろうけど、単純にさ、一緒にステージに立つ他のメンバーは、これまでと変わらず、その本人が「コンディションに良くない」と思っている方法でツアーを回っているという部分についてさ、どう考えているのかなと、ものすごく興味深いんだ。

自分自身は最高のコンディションでライヴに挑んでいるというのに、すぐ横で演奏している他のメンバーは満身創痍でステージに上がっていると知っているんだよ、それどんな気分でライヴやってんの？どんな気分で各地を回っているの？って思う。

草野球の試合をやる時に、「試合で最高のパフォーマンスを出しきりたいから！」と言って、会場準備やグラウンド整備に来ないヤツがいたら、そんな人と同じ気持ちで同じスタンスで戦えるのか？というのと同じだ。もっと言えば、他のメンバーも各々「じゃあ、俺も試合だけ行くわ。」、「明日に備えたいから、試合終わったらすぐ帰るわ。」とみんながみんな言い出したら、チームプレーもへったくれもないし、だいたいそんなヤツのために、誰が早くから会場準備したり、遅くまで片付けをしたりしてやろうと思うかよ。

前のほうで少し触れた、バンドメンバーと、サポートメンバーとの関係性はこういった問題でもあるんだ。

「本番だけ行くからさ、あとヨロシク！」、少なくともそんな姿勢を恥ずかしげも無く、あからさまに態度に出すヤツに、誰が「本番だけでも来てくれたら御の字です。ヨロシクね。」なんて言うもんか。

日常の色んなシーンを筆者なりの視点や思いで、書き記してきたが、世間で今風に言うところの勝ち組を自称する人達とか、リア充なんて呼ばれて風向き良好な人々やらにとってみれば、筆者の主張や思いに対して、まさに負け犬の遠吠え！なんていうふうに揶揄する声もあるだろうと思う。けれど、鳴くだけマシ、吠え散らかす意地だけは捨ててたまるか！なんて思っている。

きっと、こうしてこの本を手に取り、ここまで読み進め、筆者なりの遠吠えに付き合ってくれたあなたは、こんな筆者の負け犬根性を寛大に受けとめ理解してくれていると思う。そうでなくとも、せめて理解しようと歩み寄る姿勢で居てくれていると信じたい。

よく吠える犬だなと言われて構わない。ギターを掻き鳴らして、ドラムをぶっ叩いて、思いの丈をわめき散らす。けれど、そんなロックバンドって、手が有って、指が有って、足が有って。ちゃんと耳が聴こえて、自分自身の意思で自分自身の口で言葉を話せて。五体満足で、心身ともに健康であって、初めて成り立つ。楽器を鳴らし、声を枯らし、こうしてバンドをやって生きることは、今まさにここにこうして健康に生きているという事実や、そのありがたみや、その奇跡を実感するとともに、その喜びを爆発させている衝動の総てというに他ならないのではないか。

ステージに上り、そう、その「生」への喜びを爆発させる光景を思い浮かべてみる。

そして、ある時ふと思ったことがある。耳をつんざくエレキギターのハウリングも、ボーカリストのシャウトも。耳の聴こえないあの子には、まったく届かないんだなって。

そして、それならとステージ上をところ狭しと走りまわり、これでもか！とギターを掻き鳴らし、頭のテッペンからつま先まで全身全霊で自分自身の存在ってものを表現してみても、こんどは目の不自由なアイツには、ほんのひとすじの光すらも伝えることはできてはいないんだよなって。

そんなふうに思ったら、いくら粋がってみても、バンドマンなんてさと、やはり少し凹む。ウソつけ。だいぶ凹む。かなり凹むわ。

無音の世界を生きる人に、光の無い世界を生きる人に、バンドマンだったら、いやいやバンドマンである前に、一人の人間として、いったい何が出来るのか。音も、そして光も無い、そんな自分達には想像を絶するような世界を今日いまこの瞬間も、たった一度きりの掛け替えのないその人自身の人生として生きている人がいるんだ。未熟者ながら、そんなことを考えてみたりするんだ。

自分には何が出来る？自分は何をする？自分は何をしたい？自分は何をどう考えるべき？

いつもステージでは、心の中で「俺はここにいる！」と叫んでいる。

俺はここだ。俺はここだ。ってそればっかり。それしかない。

負け犬の遠吠えと言われて構わない。俺はここだ。と叫び続けていたい。

とても想像もつかない。目も耳も閉ざされた世界。けれど、足が震えても、一歩ずつ、這ってでも。俺はここだ。と伝えにいきたい。

見えないと言われても、聞こえないと言われても。自分は自分でいたい。自分は自分だと言いたい。俺はここだ。と言いたい。

見えないと言われたら、聞こえないと言われたら、そしたら、この手でそっとあなたの頬を包み、俺はここだ。と伝えたい。手が震えて笑われても、俺はここだ。と伝えたい。震える指先から、そんな自分の劣等感を吐き出したい。

弱い犬ほどよく吠える、なんて、人は笑うかな。だけど、吠える犬ほど、人を咬まないっていうじゃない。


よく、音楽は国境をも越える！とか、世界の片隅の小さな町から、世界中へ音楽を発信！、なんて歯の浮くような台詞を耳にする。そして、それを真に受けては、ボリュームを目一杯あげて、楽器を掻き鳴らして、思いの丈を唄にする。叫んで、喚いて、声を枯らす。

バンドって最高だろう。やっぱバンドって何てイカしてるんだろうって思う。でも時に、世界どころか、この町どころか、自分のすぐ目の前にいる人にさえ、「俺はここだ。」っていう、たった一つのこの心の叫びさえ、どうしたって伝えられないことだってあるんだって。

だからほんとは最高に情けないんだ。そしてきっと最高にだらしないんだ。バンドって最高にカッコいい。だからきっとそんなところが最高にカッコ悪かったりもするんだ。それでも俺はここだ。と伝えにいく。

まだ何も始まっていないから、まだ何も終わってなんかいない。世界が眠りこけている間に、こっそり起き出して、何か始めようとウズウズしている、そんな自分を思い浮かべてみる。手で目を塞いでも、こぼれ落ちてくる。光が差して、音が永遠を突き抜けていく。そこから放たれる熱に突き動かされるように、固く繋いだ錆びた鎖をほどいたら、その一瞬はそっと後ろに線になった。

そして、そんなことを考えているうちに、今日もまたソファで眠ってしまうだろう。白い壁の小さな部屋で。「俺はここだ。」と寝言を言いながら。

バックストリートから愛を込めて。
メインストリートへ夢を乗せて！

さいごに

「バンドマン」はプライベートが想像出来ちゃったらダメなんじゃないかなと思う。

単なる「音楽家」や「演奏家」ではないんだ。歌や演奏のウマいとか下手とかなんて問題よりも、これだけは絶対譲れないという信条で、初めてギターを手にした瞬間から今現在に至るまでブレることなく持ち続けてきた自分なりのこだわりであり、バンドマンとして生き続ける鉄則だと思っている。

なので今回こうして「ステージ上でギターを弾く自分」以外の自分を、文章としてここまでさらけ出すのは、正直言ってどうにも照れくさいような何と言ったらいいか解らない妙な気分だったりもするし、そんな俺がここまで書いたんだから、相当思いきって書いたんだなと、その覚悟を「よし」としてよ！という思いもあったりする。

なにしろ、この本では、「ステージ上でギターを弾く自分」以外の自分の事を書くことを避けては通れないことばかりだったからだ。

なので、それなりに覚悟を決めて書き始めたわけなんだけど、何度も当時の色んなシーンやその時その時の気持ちを思い出しては「もう書けない」と打ちのめされた。

何度目かに「もう書けない」、「書きたくない」ってなった時、「自分はずっと好きでバンドやってきただけで、ましてや作家でもないし、期限を決めて書くような類いのものではないと思う。」と、書くことを提案してくれた人に正直に気持ちを伝えた。

「原稿を書く」、それだけの事なのに本当に辛い時間がたくさんあった。言い様のない悔しさや、叫び出したくなるぐらいのモヤモヤした心の内をペンと紙切れにぶちまけたところで何が変わるんだよと、どこか冷めている自分が常にいた。けれど、今は書いたことに後悔は無い。

ツアー中にメンバーが急死し、それ以降何もかもあらゆる物事が一変した。何に対してもやる気が起きなくて、独り部屋でぼーっとしていることが増えた。

それまで自分やバンドのまわりにいた人達も、それはもう面白いくらいに急激に去っていった。それでもいつも前を見て先を見て、新たな形態での活動を模索し、何度もスタジオに入り、新しいこれからの展開への希望を見出だせるように色んな事にトライしたが、なぜかいつもアクシデントに見舞われたり、計画自体が頓挫したりするようなことが続き、そしてやはり周囲との人間関係も何かしらギクシャクするような事が続いた。

そんな頃、「じゃあ、そのどうにもならない現状や、メンバーの急死によって一変したありとあらゆる自身の暮らしを、ありのまま文章にしてみたらどうか?、音楽にぶつけていた情熱を、ペンと紙に向かってぶつけてみたらどうか?」というような提案が舞い込んだ。

今の今までバンドばかりやってきていた自分にとっては何となくピンと来ないわけで、「俺はバンドがやりたいんだけど！」というような反発心にも似た思いすらあった。
けれど、やはりその後も変わらず長い時間ただただ真っ白い部屋の壁を眺めているだけの、非生産的で精神衛生上も不健康極まりない無軌道な毎日を過ごす中で、何となく「打ち込む物がほしい」、「なにか没頭できるような事があったらな」という自分なりのささやかな望みもあった。

この本を書き進めていく途中、知人が結婚したということを風の便りで知った。まぁ、言ってしまえば「ひそかに想いを寄せていた女性」だったので、個人的には祝福という気分というよりは、ハッキリ言ってかなりショックだった。

冒頭にも書いたように、本来なら自分なりのバンドマンとしてのこだわりとしても、オフステージでの「自分」というものはあえてオンに「出さない」、「出すつもりもない」というスタンスで来ていたんだけど、今回本当にあらゆる角度から「自分のこと」や「自分の見てきたもの」を書き、さらしてきたので、もうここまできたら思い切って、いや開き直って「この本を書き上げる原動力」になった出来事を書きなぐって締めたいと思う。

その女性（仮にAさんとしよう）と知り合ったのは、それこそまだセイも生きていて、普通にロゼ・スタイルも各地でライヴをやり、毎日忙しくしていた頃だ。

なので、Aさんが結婚したということを知った時に、一番初めに思った事は「当時から、もうそんなにも（色々と世の中が変化するくらいに）長い歳月が流れたんだ」という「時間の経過」というものに対する実感だった。


Aさんは当時、とあるバンドのメンバーだった。地方のイベントに出演した際に対バン（共演者）として出演していて知り合いになった。

終演後のドタバタとした楽屋で挨拶をした。

ほんの立ち話程度だったが、話のテンポというかノリが合って、一言二言少し話をした。

話の流れでAさんに「打ち上げ行きますか？」と聞かれたので、

「もちろん行きます！」と答えると、

「じゃあ後でまたゆっくり話しましょう！」と。そんな感じで、ライヴ終了直後の高揚した空気の残るバックステージでのごくありふれた時間が流れ、そんな中でのこれまたどこにでもあるような共演者同士の会話だった。


打ち上げの時、Aさんが「ここ空いていますか？」と言って隣席に来た。

確かに楽屋で「後でゆっくり話しましょう！」というような話はしたものの、そんなものはほとんどの場合、みんな特に気に留めるようなほどのことでもなく、出演者同士、共演した者同士ごくありふれた挨拶といった感じだし、ほとんどがほんの「社交辞令」のようなものと同義といってていいぐらいだろう。

なので、その時同じテーブルに来てくれたことが、単純だけど素直に嬉しく思い「ぜひ、ここ座ってください！」と言った。

「後でまた話しましょう！」という楽屋での会話を覚えていてくれたのか、もしくはたまたま空いている無難な席に着いただけだったのかは、こちらは知る由もないが、話のウマが合う人だなということだけは肌で感じていたので、色々と話できたらいいなと思っていた。

その日の打ち上げは、各々カウンターに行って飲み物や食事を受け取るスタイルだったが、不思議とお酒を飲むペースもなんとなく合って、グラスが空く度に「次は何飲みますか？」と聞いてくれて、「自分のおかわりを取りに行くついでだから」と言っては、毎回のようにカウンターにお酒やおつまみを取りに行ってくれた。

これは超個人的な意見なんだけどさ、同性にしろ異性にしろ、飲みの席などで、飲むテンポというか間というか、「次は何飲みます？」みたいなタイミングが妙に合わないということとかで間が悪いような人ってなんだか「イラッ」とくるからさ。

そういった意味でも、Aさんの「ビール取ってきましょうか？」のタイミングがなんとも絶妙で、ほんとにノンストレスな楽しいお酒になった。

「タイミング」や「間の取り方」、そして何より「ノリ」が絶妙なのは、やはりAさんが「ドラマー」だからか？、なんて本気とも冗談ともつかないようなことを考えてしまったほどだ。


酒を飲んでのバカな話もたくさんしたが、おのずと音楽の事、バンドの事、普段の生活の事などなど、本当に色んな話をした。Aさんも、地元徳島での話や、大学生活を送った九州での事、バンドを組み上京した際の思いなど、色んな話を聞かせてくれて、明るく快活に駆け抜けた若き日のAさんの様子がたくさん頭に浮かんだ。Aさんは、「明日も、大阪に移動してライヴがあるから、今日は早めに上がります。」というようなことを言っていたが、結局はかなり深い時間になるまで、打ち上げに残っていてくれた。

ちょうどその時期、ロゼ・スタイルが上京する直前だったこともあり、当時すでに東京を拠点に活動中だったAさんに色々と聞いた。

Aさんは、その日初めて会ったとは思えないぐらいに、かなりプライベートな部分の話まで具体的に話をしてくれた。

Aさんなりの「バンドマンとして生きる」こだわりのようなものが感じられる、「先駆者」の生の声が聞けて掛けがえのない有意義な時間を過ごすことができた。

中でも特に印象に残っているのが、

「絶対東京（での活動）のほうがいいよ！」「私は上京してほんとよかったと思っているよ！」「(周りの意見とか評価とかなんて）何も関係ないよ！（東京に）出ちゃえばいいんだよ！」とハッキリとキッパリと言い切ってくれたことだ。

この話はその後、実際にロゼ・スタイルが上京する時にも、メンバーに「Aさんが打ち上げの時そう言ってくれた！」と何度もその時の話をしたものだ。文章にすると伝わり辛いかもしれないが、意外とこの類の話題で「キッパリ言い切れる」人って、ものすごく少数派だと思うからだ。多くの場合、この手の話題は「それもいいんじゃない」とか「機が熟すことがあればね」等と差し障りのない話で終わるようなことがほとんどであるように思う。だから間違いなく、その日のその打ち上げでのAさんとの会話は、人生の中での忘れられない会話のトップクラスに入るものの一つだ。

翌日、「(次の公演先の）大阪に着きました！イベントも打ち上げも楽しかったです。話易くてよかったです！」というようなメールを送ってくれた。

その後も長い間、Aさんは音楽シーンの最前線を走り続けていた。

ロゼ・スタイルは、セイが死んで色んな事が変わってしまった。Aさんとは、お正月なんかに「今年もよろしく」というようなメールをやり取りする程度の関係でしかなかったが、セイの死後たくさんの人達が露骨に周りから去っていった中で、それまでと変わらない態度で接してくれるAさんの人柄にいつもなんとなくホッとさせられた。

「ロゼ・スタイルらしい、スタイルで頑張って！」といつもさりげなく肩を叩いてくれるような文面でのメールに、いつかの打ち上げでの風景を思い返したりした。

当事者として、自分で言うのも惨めだが、極めて客観的に考えても、やはりセイの急死後、外因内因諸々あるにせよ、ロゼ・スタイルはバンドとして明らかに失速したと思う。そしてとても悲しいが、そんな失速した落ち目のバンドの一員である自分自身はもっと落ちぶれて失墜しているにきまっている。

バンドをやっている以上、「いいとこ見せたい！」と思うのが当然の感情だと思う。そんな単純な部分でさえ、もうどうにもどうしようもないぐらいにボロボロだった。

セイが死んで、それまでと同じようなスタンスでバンドが展開出来なくなったとか、ベーシストが居なくてはライヴが出来ないとか、そんな単純なことではない。それに気が付くまで随分と時間がかかった。

夢とか希望とか、何もかもひっくるめた「あったかもしれない未来」、「あったかもしれない出来事」そんなものすべてが「無」になったんだ。

誰にも何にも期待が持てない。何に対しても未来が見出だせない。将来という言葉に全くといっていいほど光が感じられない。これほど空っぽの感情でどう生きろと言うのか。ロゼ・スタイルは、光を喪った。あらゆる光を喪った。


そんなドン底の状態にありながらも、正直に言ってAさんはやはりいつも心のどこかで気になる存在だった。自分自身に唯一残っている、正常な「感性」や「感情」であるようにさえ思えた。

「いいとこ見せたい！」「いいとこ見せたかった！」と思う。

いつか、Aさんを堂々と口説けるぐらいのギタリストになっていたかった。なんなら、Aさんのほうから振り向いてくれるぐらいの光を放てるバンドマンとして活躍をしたかった。

けれど、現実には「よかったらライヴ観に来て！今度飲みにでもいかへん？」ぐらいのメールの一つも出来ないぐらい、何もかもにくたびれていて、空虚で無気力でボロボロだった。

毎日毎日真っ白な壁を眺めて、時間だけをやり過ごしているだけの自分が大嫌いになった。

悔しくて虚しくて、何もかもに負けていて、もうアホらしくなって、原稿が全く書けなくなった。もう何もかもイヤになって、何のために原稿書いているのかも解らなくなって、そもそんなことを考えていること自体がバカバカしいわと思えてきて。

関係者に、「原稿、順調に進んでいますか？」と聞かれた時、「全然書いてない！」と答えた。投げやりで、無気力で、そのくせ開き直っていて。もう完全に何もつっかえ棒が無くって、もうほんとだめだった。

セイが死んでからというもの、楽しそうなヤツや風向き良好なヤツを見るとほんとに腹が立った。

「本当なら俺だって」「なんでお前なんかが」「お前なんかより俺のほうが」

もう、とてもここには書けないような汚い言葉で頭の中が一杯になった。

ありきたりで使いふるされた解釈すぎて、それをあえて自分が書くのもなんだかムカつくけど、

「負の感情というのは本当に何も生まない」と思う。

けれど、明らかにこの本の原稿は光のない「このクソ」という負の感情のみで書きなぐった。

その負の感情すら無くなってしまったら、今度こそ本当に廃人だ。

本編でも自死遺族の人達についても触れたが、自分自身いまだに日々そういった負の感情とのせめぎあいの中にいる。

遺された者として生きるのは楽じゃない、ということ。いつもいつでも、どこかで誰かに後ろ指さされているような気がする。なんだかバカにされているような気さえする。偏見や歪んだ同

情に晒されるのも鬱陶しい。なんだかうまく言えないし、かといって無難に差し障りのないゴタクを並べるつもりもない。けれども、くたばるにはまだ早い！と、かろうじてジタバタと足掻く自分もいる。

生き延びろ！のさばれ！はびこれ！くそったれ！

あとがき

とにかく今ここで言いたいのは、ここまで読み進めてくれた読者の皆さんにありがとうという感謝の気持ちしかない。

本編では、拙い表現や時に感情的な言い回しで、バンドのメンバーがある日突然に死んでしまった衝撃や戸惑い、そしてその後の何気ないそぶりで、それでいて容赦なく繰り返される日々の中での、やり場のない怒りや悲しみを書き連ねてきた。

セイの死は、当時ツアーにそしてレコーディングにと、バンド一丸となって突き進んでいるつもりだったその頃のあらゆる日々のひとコマひとコマが、そんなものはちゃんちゃらおかしい、勝手な自己満足や自分自身の中だけでの都合の良い解釈であったのだということを、有無を言わさず突きつけられたようなものだ。

同床異夢も甚だしい。

よく「もしタイムマシンで過去に戻れるとしたら、いつに戻りたいですか?」なんて質問をされる。

以前は真顔で、「セイが亡くなるより前の時間に戻って、またみんなで、あのメンバーでバンドをやりたいです。」なんて答えていた。

けれど、今はそれもなんだか違うような気がしている。セイが死ぬよりも前の自分自身や、セイが死ぬよりも前のメンバー達のことを思い返してみる。

ある日突然にセイが死ぬだなんて夢にも思わずに、張り切ってバンドに没頭している。セイが死ぬだなんて夢にも思わずに、その気になって惜しみ無く人生の全てをバンド生活に捧げている。二〇〇七年の九月十七日を境に全てがひっくり返り、全てがチャラになり、全ての価値観が覆されることになるなんて全く知らずにだ。


それを考えたら、何が「あの頃に戻りたい」だ！と思う。

二〇〇七年の九月十七日にセイが死んで、全て「おじゃん」になるのにさ、そんなことは露知らず、猛然と鼻息荒く張り切っている、そんな二〇〇七年の九月十七日よりも前の自分やメンバー達のことを考えたら、もうバカバカしいやら、情けないやら、それはもうあわれで仕方がないからだ。


けれども、やはり人生の大半をバンドやってギターを担いでいる毎日だったから、いまだに当時のクセや感覚で物事を見たり捉えたりしてしまったりしていることがある。

バンドを始めたばかりの頃、まだまだ遊びたい盛りの年頃だった筆者は、日頃のスタジオ練習やライヴの前後に他の予定があったりすると、よく街の大型のコインロッカーを利用して、ひとまずギターや機材を預けて大荷物から解放されてから、身軽になって街へと繰り出していたものだ。

いまでも初めて訪れる駅に着くと、ついつい案内板などを見上げて、ここの街は大型のコインロッカーが有るか、有ればどこにいくつぐらいあるのか、普段の空き状況はどうか等を無意識に気にしていたりする。

他にも、街中で流れている歌を聴いて、無意識に頭の中で口ずさんでいる時、ふとした瞬間にそれはボーカリストが唄うメインメロディーではなく、コーラスのほうのメロディーだったりして、自分でもふとそれに気付いたりする。

これはたぶんバンドでボーカル以外のパートを担当している人ならなんとなくは解るのではないかなと思うんだけど。

ある意味「ギタリストあるある」と言えるんじゃないかななんて思う。職業病だね。

バンドをやり始めた頃は、携帯電話が一般的に普及し始める直前の頃だった。

メンバー募集の貼り紙を見て「貼り紙見ました！一緒にバンドやりませんか？」なんてやり取り一つにしても、ふつうに「○○さんのお宅ですか？バンドの件でお電話したんですが△△君はご在宅でしょうか?」なんて感じでさ、どこのバンドもそんな地味で不便なやり取りの中で始まったものだ。

少し前に、インターネットカフェに寝泊まりしながら生活している漫画家の方が、ホームレス漫画家なんて言われて話題になっていたが、それを言うなら当時のバンドマンなんて、それぞれみんなホームレスギタリストとか、ホームレスボーカリストとか(以下省略)だろう。

それこそ、二十四時間営業とか深夜営業のインターネットカフェや、漫画喫茶なんかも今ほど普及していなかったので、ライヴの打ち上げが深夜にお開きになった場合や、深夜までレコーディングをして、始発電車まで時間を持て余す時なんかのしのぎ方には、当時は本当に頭を悩ませたものだ。

他にも、酔っ払って終電を乗り過ごしてしまい、深夜に見知らぬ駅に降り立ち、途方に暮れながら、重い機材を担いで真夜中に歩き続けたことだってある。

バンドと一言で言っても、本当に色んなことがあったし、色んなことを経験して、今に至る。

当たり前だが、バンドをやり始めた頃には、まさか自分のバンドのメンバーがいずれツアー中に自殺するなんていう強烈な出来事が起こるとは想像もしなかった。

セイが死んでから、雨降りの日にふと考えることがある。

あの日、もしも土砂降りの大雨が降っていたら、何か変わったかなとか。そんな都合の良いことを。

同じように、ニュースで犯罪の被害に遇った人のことを見聞きしたりした時なんかも、やはり、その日もしもどしゃ降りの大雨が降っている日だったら、何か変わったかななんて考えてしまう。

部屋で寝転がっていて、窓の外からの雨音に気付くと、今日はどこにも出掛けずにお家に居ようと思う。そんな時には、いつもそんなことを考える。

もしもあの日土砂降りの大雨が降っていたら、セイも今日はどこにも出掛けずにお家に居ようと思って、あらぬ事を考えず、死を思い留まったのではないかなんて都合の良いことを考える。

ニュースなどを通して世の中で絶え間なく繰り返される悲しい出来事も、もしもその日どしゃ降りの大雨が降っていたら、犯人は人を傷付けることはなかったのではないか、罪を犯すことはなかったのではないか、少なくとも雨が止むまでは部屋で大人しく寝ていようかな、なんて思ったのではないかと。そしたら、被害者も望まぬ災難など遭うこともなく普段と変わらぬその日一日を過ごし、またそんな平凡でありきたりな、それでいて平穏で幸せな時間が次の日も、またその次の日もずっと続いていったかもしれないのにな、なんてやはりまたそんな都合の良いことを考える。

セイが死んでから、よく悪夢に魘される。車のブレーキが利かなくなって絶体絶命になっている夢。避けても避けても、対向車がセンターラインを越えて正面衝突してくる夢。

もう、何も誰も信じられなくなってしまっている、もう誰一人まともな人だと思えなくなっているし、どこで何をやっていてもツイてないやと、そんなふうにしか考えられない。あの日以前よりも、あの日以降のほうが断然、出先で突然の雨に降られることが多くなったとか、なぜだか赤信号につかまることが多くなったとか、そんなことばかり感じる。ほんと、自分でもどうかしていると思う。

この本を書くにあたって、いわゆる自殺問題に関する参考文献のようなものは一切読まなかった。だから、この本のなかにはデータを分析したグラフとか、傾向がどうしたとか、どこのだれがどんな対策をいつどうしたとかなんていう、これ見よがしな表なんかも一つも存在しない。それは本編でも触れたように、筆者はまさに今この瞬間も自殺問題に翻弄されている、当事者の一人であるからだ。メンバーの自殺によって、その後の人生や自分自身の精神面に多大な影響を受けた張本人であるからだ。

そして、有無を言わさず当事者になってしまったからには、それらを客観的に分析したり論じたりする研究者や評論家とか、とにかくそっち側の立場には絶対に成り得ない。渦中のあわれな当事者でしかないということ。

例えば、厚労省などは、自殺問題に対する、研究結果を発信したり、それらを元にした対策をおこなっていたりするだろう。しかしそれらは直接的には当事者にはあまり届いては来ないし、心に響いても来ない。決してそれは悲観的な捉え方や主張ではなくて、当初から、やはり第三者は第三者、当事者は当事者と割り切って考えている。

だって、もしあなたが普通に道を歩いていて転んでケガをしてしまったとする。そんな時、まず何を考えて何をするかを想像してみてほしい。消毒液で患部を消毒したり、絆創膏を貼ったりして応急手当を施すだろう。そしてなるべく大人しくして、その痛みが消え去ってくれるのを待つだろう。そして、それらは別にわざわざ知恵を絞ってそうしたと言うよりは、ごく普通に当たり前で自然な振るまいとして、そうするのだと思う。仮にも、今まさに転けた超本人が、まさか痛む患部を放ったらかしにして、止血もせず、こんな歩き辛い道路だから転けたんだとか、国土交通省は安全性を研究しているのかとか、町の土木事務所の対策がどうとか、そんなことに意識を向けたり、怒りをぶつけたりする人はあまりいないだろう。それと同じだ。

だから、自殺問題の当事者からすれば、やはり第三者である何やら仰々しい名称の機関などが勝手に知らないところでやっている自殺問題の研究とか対策とかは、直接的にはあまり関係無いと思っているし、今のところ、それらによる恩恵も何も全く無い。

助かったとか救われたとか、そんなふうに思ったこともない。そして残念ながら、自殺問題は、改善や減少の兆しも見えているとは言えないのが紛れもない現実だろう。

また、生と死ということに関して言えば、この本の原稿を書いている時ほど、今までの人生の中で、最も生きているということを意識させられたことはない。この本を書き上げるまでは何がなんでも「死ねない！」という気持ちが強かった。別にそれは、さしあたって自死願望を抱えているとか、生死に関わるような病であるとかいうことではない。どうしてもこの本を書き上げたいという気持ちがとても強かった。この本を書き上げるということに強くこだわったし、書き上げるということにこだわること自体が筆者自身、日々を生きるということそのものであった。そして、それは当然、現に今この瞬間を自分自身が生きているからこそ出来ることだ。生きたいとはそういうことだ。

そして、生きていることは当たり前のことではない。部屋から一歩、外に出れば交通事故に遭って死ぬかもしれない。かといって大人しく部屋に居たって、もしもそこに飛行機が墜落でもしてきたら、ひとたまりも無いわけで。ここで言いたいのは、要するにいかに「自分の意思で今この瞬間を生きるか」ということ。

気が進まないのに無理に外出して、車にひかれて死んだりでもしたら悔やんでも悔み切れない。

居心地の悪い、居たくも無い場所や、自分の居場所だとは思えない場所で、災難に遭って死んでしまったら、そりゃ恨んで怨んで幽霊にでもなってみたって絶対に成仏なんてできないだろうしさ。

自分の意思で、自分のための自分の用件で飛行機に乗って、それでもしその飛行機が墜落して死んでしまうんだったら納得もいくってものだ。それが、どうにも気が進まないのに、誰か他人の気紛れのために、しぶしぶその飛行機に乗っていて、それでもしその飛行機が墜落でもしようものなら、それはもう激しく後悔し、葛藤を抱えると思う。

自分は自分。それ以上でもそれ以下でもない。言いたいことは言えばいいと思うし、やりたいように気が済むように生きるべきだと思う。

よく、遠慮することを奥ゆかしいとかそういうものと混同して、あるいは美徳だと思って、そういうことを前面に掲げて生きているような人を見かけたりするが、そういう人達はまずその遠慮するとかいう、まどろっこしい空気を人に押し付け、周囲をじれったい気分にさせる、その「遠慮」ってもの自体を遠慮してもらいたい。相手に失礼の無いようにと遠慮しながらモジモジしては、ヤキモキする感じを一方的に与えてくること自体が、何より不快で気遣いのない失礼で無遠慮なことだったりすることもある。そこを気付ければ物事は何でもシンプルでストレートな方向にストレス無く進んでくれるのではないかと思う。

よくインタビューなどで相変わらずですねとか、ずっとスタンス変わっていないんですね、なんて言われたりする。そんな時、「自分ではつねに変わり続けているつもりだけどね。」と答える。でも自分では、きっとその変わり続けているということ自体がずっと変わらない自分なりのスタイルであるのだとも思っている。

変わらないこと、変わらなくてよいこと、誰も変わることを望んでいないからこそ、今あるありのままの状態が続いていること、続いているからこそ誰もが安心して求めるモノ、そんなものの存在があってこそ、我々は皆なんだかんだ言いながらも、「なるようにしかならない」なんて言葉を都合よく言い訳にしながら、のらりくらりと毎日を生きている。

野球の応援の「かっ飛ばせ！」なんて、もう何十年も変わっていないでしょう。かといってサッカーがいくら流行っても「蹴っ飛ばせ！」なんて応援にはならないわけでさ。そうやって、誰が何をどうしたわけでもないのに、自然に人々の生活や、日々の暮しの中に溶け込んでいるものがあるからこそ、ストレスだらけの毎日の中に、それでもどうにかこうにか安らぎを求めたり、折り合いをつけたりしながら生き続けていくことができる。

頭の中では、若い選手が何億円も年俸をもらって、好きな野球だけやって悠々自適に人生を謳歌しているんでしょ、なんて解ってはいても、それでも何千円もするチケットを必死で買って、朝早くから炎天下の行列に並んで、それでも毎回スタジアムに行きたいのだから不思議だ。

だから、生きていて毎日の暮しの中で、自然なこと、浸透していること、違和感ないこと、そういうものってものすごく大事だし、かけがえのないものだと今更ながら感じる。テレビ番組とかも、子どもの頃「そんなもの見ちゃダメだ」と言われた番組もあれば、いまだにずっと国民的番組なんて言われて放映が続いているものだってあるだろう。自然か、自然じゃないかとか、許容できる範囲か許容できる範囲じゃないかみたいな、そういう個々の感性とか価値観の基準というのは本当に大切だと思う。

すぐ隣で「私は自分を客観的に見ることができます。」なんてことをぬけぬけと言っている人がいたりしたら、筆者なんかはそれには激しく違和感を覚える。自分のことを自分で客観的に見られますよ、なんていう、そんなおこがましいことを人様の前で言えちゃうところなんかが、まるで自分のことを客観的に見られていないじゃないか、って思うからだ。

あるいは、戦中戦後の大変だった時代のことなんかを、「電柱に貼ってある求人なんかを頼りに鉄屑拾いでも何でもやって食いつないで、みんな苦労したんだ！」なんて話をする人がいたりするけれど、いやいや、電柱にまで求人のチラシを貼るぐらい人手の必要な、景気の良い（特需なんて言葉もあるぐらいで、裕福で風向き良好な）層もいたってことでしょう、と思う。

まるでそっち側の人達からの目線で考えたり話したりすることが出来ないのはなんでなの？と疑問を感じるし、そんなある種の違和感を感じながら易々と見過ごすことはできない。

だからこそ、やはり自然なこと、違和感を感じないこと、ありのまま受け入れられること、そんなものが大切であると思うし、そんなものを誰もが必要としているし、そんなものに限って欠けていたりして、人生なかなかうまく転がらないもんだよなあ、なんて若輩者ながら考えてみたりする。

普通なもの、普通のこと、普通な人、そんなものを誰もが欲しているだなんて、なんだか少し滑稽にも思える。閉塞的に混迷を極める日常を嘆き「今の世の中はどうかしている！狂っている！」なんて批判的になったりするわりには、「毎日がありきたりでつまらない」等と言っては、非日常的な刺激を求める人達で街は溢れているようにも見える。

普通ってなんだ？って、考える。筆者が人生の大半、バンドをやってきたということもあって、この本では自殺問題や、生と死に関すること以外にも、音楽とかロックとか、そんなカテゴリーのことも書き記してきた。けれど、あえて稀代のロックレジェンドの方々のことや、いわゆるスターな人達のことを引き合いに出して、ロック音楽を紐解くようなありがちな解りやすいキーワードを用いることも今回は敢えてスルーした。だから、散々音楽のことやロックバンドのことについて書いていても、「レットイットビー！」も、「デストロイ！」も出てこない。

本編でも書いたように、バンドなんて普通のヤツがやるからこそカッコイイし、光るし、魅力的なんだっていう部分は、やはり何度でも声を大にして言いたい。学校の文化祭で、クラスの冴えないヤツがやるコピーバンドほど、最高に熱い何かを放っているミラクル、それほどたまらないものはないからだ。

また、筆者のバンドの話になるが、「ロゼ・スタイル」は当初からメンバーチェンジが絶えないバンドだった。

メンバーチェンジは何度経験しても辛く、その度にまたとんでもないパワーの要ることだった。まだ十代だった筆者は、そんな事の繰り返しに少し疲れてもいた。けれども、ある時、業界で当時有名だった関係者から言われた一言がとても印象に残っている。「学校でたまたま同じクラスになって、たまたま隣の席になったヤツが、たまたまその後、一生一緒にバンドをやっていくメンバーになる人だっている。でも逆に十年バンドやって、ようやくそんなメンバーに巡り会う人だっている。でもそれはその人が実際に十年やっていたから、そんなかけがえのないメンバーに出会えたわけで、例えばもし九年目で音楽を辞めてしまっていたら、そのメンバーには出会えなかったわけだ。だから、気が済むまでやればいいし、そうすれば同じように気が済むまでやってきた、同じような思いの仲間といつかきっと出会えるはずだ！」と。

バンドって、それ以上でもそれ以下でもない。そう、さっきと同じ、自分自身のことと同じだ。それ以上でもそれ以下でもないんだ。自分の中で、勝手にそれを特別なものに仕立て上げたりしてしまっていたら、そりゃあ苦しいし窮屈だし、居心地悪いし、そりゃあさぞ辛いだろう。

「普通」。だから、バンドやりたいと思って、ずっとバンドばかりやってきて、今に至る。

最後になったが、ここまでは、なんだか取り留めもなく、いたって普通でありきたりで、これといった取柄もない、そんな筆者が、そんな普通でありきたりな人間だからこそ「なにクソ！」と、これまたありきたりで何の足しにも成らないような劣等感をなんとか生きる燃料にし、それを止め処もなく食い潰しながら、騙し騙し、その都度重い腰をなんとか上げながら、どうにかこうにかバンドをやって、自分の居場所を見出だそうと這いつくばって、もがいて、スベる、そんな日々の悪足掻きを描き連ねてきた。

ではこの先、筆者はどう生きるのか。どう生きようとしているのか。どう生きようと思っているのか。

　こうして最後の最後まで、支離滅裂な乱筆乱文に付き合ってくれた、今こうしてここを読んでくれている皆さんには、なんだかそれを伝えるべき責任があるように感じている。


　ことあるごとに、何かの拍子でふと思い出す言葉がある。スペインの「優雅な生活が最高の復讐である」って言葉だ。それは、過去の自分自身に対してでもあるし、セイの急死後、離れていったたくさんの人達に対して思う事でもある。

　あるいは、日に日に失速していったバンド「ロゼ・スタイル」を見ながら、周囲で「ざまあ」と嘲り笑ったヤツらに対してだったり、見てみぬふりをして、こっそり様子をちらちら伺っているような気持ち悪い性分の人達に対してだったり、まあ言ってしまえば、ことの発端である、若くして自ら命を絶って逝ったセイに対して思う事でもある。

　とにかく考えればありとあらゆるものに、自分自身の思考のなかで、なんとも都合よく当てはまるのがその言葉だったりする。

　けれども筆者がここで言っているのは、ひとくちに優雅な生活といったって、それは決して、お城のような大邸宅に住んで、最高級のスポーツカーを何台もコレクションして、夜な夜なゴージャスなパーティに繰り出して、ワイングラス片手に、何人もキレイどころをはべらせては、クルージングに興じて、贅沢と浪費の限りを尽くした悠々自適な生活を享受し倒すということなんかじゃない。

建設的で、生産性のある毎日を心身ともに健康で前向きな気持ちで生活していくことができたら、それが筆者にとっては何よりの優雅な生活だ。そして、それは勝手に死んでいったセイへの最高の復讐でもあると思う。

楽しいことに夢中になり、気の合う仲間とのかけがえのない時間を全身で謳歌し、今この瞬間を、そして目の前に広がるあらゆる「生の時間」を、自分らしく、自分なりに、自分だけの流儀で大手を広げ享受したい。

風呂上がりに、ちょうど良いタイミングで友達が家に迎えに来て、外からクラクションを鳴らして、「着いたぞ!」と知らせてくれる。Tシャツと短パンに、サンダルを引っかけて、車に乗り込む。全開にした窓からは夜風が入り込んできて、カーステレオから流れる音楽と激しくモッシュしている。ゴキゲンなエイトビートとスリーコードがタバコの煙と一緒に夜空に舞い上がっていく。目一杯ボリュームを上げ、コンビニで買ってきたアイスを食べる。

「そういや、どこに向かっていたんやったっけ?」

なんて。

そんな何てことのない毎日の積み重ねが、最高に優雅な、最高の復讐なのだと。

「早くまたライヴやりたいな！」「またバンドやりたい。」なんて。今なら言える気がする。

もう何年もその一言が、どこに居ても誰と居ても言えなかった。

何気ない普通のたいしたことない最低な毎日こそが、最高にクレイジーだし、そんな毎日の中の何気ない普通の人達はきっと最高にイカれているし、だからこそ誰もがいつも心のどこかで、都合よくとんでもないミラクルを期待している。

自分のこと、人生のこと、バンドのこと、今回こうして改めて書き出してみて思うことがある。

「普通」であるということは最強だ。そして最低であるということはこんなにも無敵だ。

どうだ！人生は最高にクレイジーだろう。

やりたいようにやらせてもらうぜ。

長谷川シン

◆著者プロフィール

長谷川シン

中学時代よりロック音楽に傾倒。高校時代に組んだバンドを基に、1996年にロゼ・スタイルを結成。

各地へのツアーライヴや主催イベントの開催等、バンドメンバーと共にあらゆる切り口でライヴバンドとしての勢力拡大を標榜するが、2007年のツアー中にベーシストSEIが急死し、状況が一変。

メンバーの死という、この上ない窮地に追い込まれながらも、翌年には新作アルバムCD「路地裏の劣等感」を発表。2009年には全国6ヶ所、9公演による約2年振りのツアーライヴを敢行し、バンドとして「止まらない」意思を表明。

そして、長年に渡るバンド活動、メンバーの死、日々の葛藤、未来への焦燥、周囲との親交や軋轢。そんな日常の数々をバンドマンならではの視点で綴った今作を上梓。

起伏に満ちた波瀾万丈のバンドライフ。今なおこの瞬間を駆け抜ける生粋無冠のバンドマン。

1977年6月2日生まれ AB型
三重県出身
バンド「ロゼ・スタイル」所属／東京都在住

路地裏の劣等感

二〇一八年四月十日　初版第一刷発行

著　者　長谷川シン
編集責任　ロゼ・スタイル
rzs_69@yahoo.co.jp
発行者　谷村勇輔
発行所　ブイツーソリューション
〒四六六・〇八四八
名古屋市昭和区長戸町四・四〇
電　話　〇五二・七九九・七三九一
FAX　〇五二・七九九・七九八四
発売元　星雲社
〒一一二・〇〇〇五
東京都文京区水道一・三・三〇
電　話　〇三・三八六八・三二七五
FAX　〇三・三八六八・六五八八
印刷所　藤原印刷

万一、落丁乱丁のある場合は送料当社負担でお取替えいたします。ブイツーソリューション宛にお送りください。

ISBN978-4-434-24241-0